COLLECTION LITTÉRATURE D'AMÉRIQUE

Gaïagyne

Du même auteur

Inutile et adorable, roman, Montréal, Cercle du Livre de France, 1964.

À nous deux, roman, Montréal, Cercle du livre de France, 1965.

Les Filles à Mounne, nouvelles, Montréal, Cercle du Livre de France, 1966.

Le Journal d'un jeune marié, roman, Montréal, Cercle du Livre de France, 1967.

La Voix, roman, Montréal, Cercle du Livre de France, 1968.

L'Innocence d'Isabelle, roman, Montréal, Cercle du Livre de France, 1969.

L'Amour humain, scénario, Montréal, Cercle du Livre de France, 1969.

Gilles Vigneault, mon ami, portrait, Montréal, Éditions La Presse, 1970.

La Marche des grands cocus, roman, Montréal, Éditions de l'Homme et Paris, Éditions Albin Michel, 1971.

Moi mon corps mon âme Montréal etc., roman, Montréal, Éditions de l'Homme et Paris, Éditions Albin Michel, 1974.

Les Cornes sacrées, roman, Paris, Éditions Albin Michel, 1976. Prix France-Canada et Prix du gouverneur général du Canada.

Le Cercle des arènes, roman, Paris, Éditions Albin Michel, 1982. Prix France-Canada et Prix du gouverneur général du Canada.

Pour l'amour de Sawinne, roman, Paris, Éditions Sand et Montréal, Libre Expression, 1984.

Les Sirènes du Saint-Laurent, récits, Montréal, Éditions Primeur, 1984.

Chair Satan, roman, Montréal, Éditions du Boréal, 1989.

La Danse éternelle, roman, Montréal, Éditions Trois, 1991.

Le Retour de Sawinne, roman, Montréal, Éditions Québec/Amérique, 1992.

Le bonheur suprême sera la plus grande cause de misère,
et la perfection de la sapience une occasion de folie.
LÉONARD DE VINCI, CARNETS C.A 39 V.C

Le principe de croissance est en toutes choses,
mais le principe de destruction est inhérent
au principe de croissance.
ROGER FOURNIER

Rien ne sert de courir. Le temps dont vous disposez
sera réparti entre chacune de vos actions,
depuis votre naissance jusqu'à votre mort.
ROGER FOURNIER

Prologue

Je suis la terre, la pute universelle. Je m'appelle Gaïagyne. Ma mère, une salope finie, m'a appelée Henriette, mais quelques années plus tard, mon « maître » m'a suggéré de changer ce nom commun pour Gaïagyne... Ce que je fis. Je vous en prie, réfléchissez pendant quelques instants au contenu de ce mot. Gaïa : terre. Gyne : femme.

Je marche depuis quelques années. Avant, je ne savais pas où j'allais. Maintenant je le sais, grâce à cet homme que j'ai appelé mon « maître », parce qu'il m'a *informée* de la tête aux pieds. Tout en marchant vers mon « centre », je vais vous raconter ma vie. Une histoire vraie !

La mort du chien

Ma mère était une femme qui était incapable de me réchauffer. Pour elle, la blessure de l'enfantement avait peut-être été inguérissable... Je n'en sais rien. Elle fut incapable de me donner le sein. Jamais elle ne me prit dans ses bras pour me consoler, me bercer, me communiquer le flux vital de sa chair. Bien sûr, elle me battait, ce qui enrageait mon père quand il était à jeun. Mais quand il était soûl, il me battait, lui aussi...

Pour combler ce vide, j'avais un beau chien qui m'aimait, qui me donnait, dans la mesure du possible, ce que mes parents ne pouvaient pas me donner. À l'âge de deux ans, il m'arrivait souvent de m'endormir sur son ventre. Il restait allongé sur son flanc pendant plus d'une heure s'il le fallait, attendant que je me réveille. J'adorais cette bête, plus humaine que mes parents.

Je l'avais appelé Minou. Car le premier mot que je prononçai, à dix-huit mois, ce ne fut pas maman mais minou, en désignant le chien qui léchait ma main. Le nom lui est resté, car ma mère en avait ri. Avec Minou, dès que je fus capable de m'éloigner un peu de la maison, je commençai à parcourir les champs et la forêt. Je l'observais attentivement quand il s'arrêtait pour renifler les traces d'autres bêtes, ou sentir le vent qui charrie toujours des odeurs que les humains ne perçoivent pas. La nature est entrée en moi par les sens de cet être plus « sensible » que les hommes...

Avec lui, je me suis roulée dans l'herbe, et j'ai appris la plénitude, l'aspect « ventre plein » de la terre... Dans cet humus où poussent des milliards de plantes, grâce auxquelles des milliards d'humains peuvent se nourrir, très tôt, j'ai saisi la réalité du cercle... Une espèce d'idée de la perfection... C'est beaucoup plus tard que j'ai pu mettre des mots sur cette réalité, mais quand je me promenais avec Minou, je la sentais. Et c'était suffisant pour me rendre heureuse.

Mon chien était donc plus qu'un ami. Il était mon maître à sentir, un peu comme on a, parfois, un maître à penser. Il était le ventre sur lequel je pouvais m'appuyer et me laisser pénétrer par le flux du sang, cette pulsation chaude qui est le commencement de la vie.

Dès l'âge de cinq ans, je savais que son ouïe et son odorat étaient plus perfectionnés que ceux des hommes, et je m'amusais à essayer de sentir ou d'entendre ce qu'il sentait et entendait... Chez moi, ce jeu a servi à développer ces deux sens... Je suis devenue un petit peu «chienne» moi aussi... Quand nous faisions une promenade dans les champs, il m'arrivait de me mettre à quatre pattes, comme lui, et de marcher dans l'herbe. Alors il me devançait en trottinant, puis il s'arrêtait, se tournait vers moi et marquait son impatience par un petit jappement comique. Parfois je l'agaçais. Par exemple quand je poussais le jeu jusqu'à lever la patte pour marquer mon «territoire» en laissant échapper quelques gouttes de pipi. Alors il jappait d'une manière plus agressive. Il n'était pas content du tout, car le territoire, c'était vraiment une affaire de chien...

Chez nous, à Saint-Marcellin, dans le Bas-du-Fleuve, il y avait des corneilles, des passereaux, qu'on appelait des moineaux, des mainates, que mon père appelait des étourneaux et qu'il détestait. Le vol des petits oiseaux ne me disait pas grand-chose. Celui des grosses corneilles, quand elles s'élançaient de la tête des grandes épinettes, me faisait rêver, ou rêvasser, d'une manière étrange. Je ne savais pas pourquoi. J'ai compris un jour, en voyant planer un aigle, très haut dans le ciel, tournant lentement, donnant de temps en temps un coup d'aile qui le maintenait à la hauteur désirée. Ce qui me fascinait dans le vol des gros oiseaux, c'était l'image de la perfection qu'il me faisait admirer.

Les grands oiseaux ont l'air de se prélasser dans la lumière, et ils nous donnent l'impression que pour eux les problèmes n'existent pas. Si on pouvait leur donner notre monde à gouverner, semble-t-il, il n'y aurait jamais de problèmes...

C'est du moins ce que je ressentais quand je m'allongeais sur le dos, dans l'herbe, et que je me laissais pénétrer par la chaleur du soleil, pendant que la fraîcheur de la terre s'infiltrait en moi par tous les pores de ma peau. J'ouvrais les yeux, attirée par une présence, invisible mais d'une puissance extraordinaire, et c'était pour voir un grand oiseau de proie qui dessinait une longue spirale dans le ciel, comme pour m'inviter à monter, moi aussi, vers la vérité... vers ce qui est clair...

Ainsi, lentement, germait en moi une idée dont je n'avais pas la moindre notion à l'époque : l'idée de la divinité... Je l'appris plus tard, devenue adolescente.

Mais il m'est très difficile, même encore aujourd'hui, de décrire le phénomène par lequel le divin, le sacré ou tout ce qui est mythique, se faisait connaître à mon inconscient en friche. Dans un premier temps, je crois bien qu'il se produisait chez moi un déplacement de tout mon système de perception. Je sortais de moi-même, pour ainsi dire, et je me voyais merveilleusement assaillie par le grouillement de la nature. Ici, le mot grouillement signifie tout ce qui est produit par l'univers et la planète : germination, rythme, transformations chimiques, morts, naissances, etc. Le soleil m'aspirait, me faisait monter vers lui, me donnait l'impression de devenir transparente...

Dans un deuxième temps s'installait en moi l'idée que tout ce qui était visible, pour les humains, pouvait être perçu de manière différente, c'est-à-dire comme étant immensément plus grand. Autrement dit, nos yeux de chair ramenaient tout à des proportions lilliputiennes.

Or le sacré, le divin, se trouvait dans cette autre dimension, élargie, de tout ce qui existait. Par exemple, dans la dimension sacrée, une rivière pouvait très bien devenir serpent, sortir de son lit pour exécuter un travail « humain », redevenir rivière et continuer à couler dans son lit.

Quel moment de bonheur ce fut, pour moi, à l'âge de dix ans, quand je compris que je pouvais « sanctifier » tout ce que je touchais, par la seule force de mon âme !

Plus tard, j'appris qu'il s'agissait d'un travail qui originait de l'inconscient, mais à l'époque, je ne connaissais même pas ce mot. Il n'y avait, en moi, que la perception intuitive de ce que mes sens et mon âme fabriquaient.

Comme tous les enfants de la région, un jour on m'emmena à l'école dans un gros autobus jaune, et là j'appris à lire, écrire et compter. Mais bientôt je sentis la banalité de l'enseignement que l'on nous donnait. Car les instituteurs étaient des hommes et des femmes qui transmettaient des connaissances selon une méthode décrétée par le gouvernement. Ils ne jouaient pas. Or la notion de jeu est inhérente à la transposition de la réalité (vraisemblance) en vérité. Plus tard, j'ai compris que tout ce qui a été divinisé dans le monde, l'a été par jeu, car la divinité est la plus grande aspiration de l'homme. Et elle n'existe que par invention, donc par jeu...

Mon chien Minou avait pris l'habitude de coucher au pied de mon lit, dans ma petite chambre. C'était une protection nécessaire pour moi, car toutes les fois où mon père ou ma mère, en état d'ivresse, voulaient me cogner dessus, si j'étais au lit, mon chien les empêchait d'approcher, grognant, les menaçant de ses crocs. Pour cette raison, mon père accumula une bonne dose de rancœur à l'égard de la « maudite bête ». Il y avait quand même des situations où Minou ne pouvait pas me protéger, et je recevais les coups que je « méritais »...

Mon père cultivait une petite terre qui nous eût peut-être fait vivre, ou à peu près, mais comme il passait beaucoup de temps à cuver son gin, les récoltes étaient si maigres que nous étions franchement pauvres, comparés aux autres cultivateurs de Saint-Marcellin. Mais, sur une ferme, on peut apprendre des tas de choses que la ville ne donne pas : dès la première enfance, le contact permanent avec toutes les composantes primitives de la vie, c'est-à-dire la germination, la sexualité des animaux (la mère de la nôtre), la mort de toutes sortes d'êtres vivants, les cycles de la nature, etc. Chez moi, cet apprentissage fut rapide et profond, si on se réfère à ce que j'ai dit plus haut. À tel point que mon chien était vite devenu presque mon *alter ego*. Comme mon père et mes ancêtres, je savais prédire les averses et les tempêtes de neige, le beau temps, le brouillard et les orages, seulement en regardant le ciel et en vérifiant la direction du vent. Je mastiquais la gomme d'épinette, je pouvais passer la nuit à la belle étoile et je me réveillais à l'aube, pour voir le soleil monter en laissant couler sur moi l'intelligence des siècles qui nous ont précédés. Parfois, il m'arrivait de me coucher dans l'herbe et de m'enivrer, littéralement, rien qu'à respirer les odeurs de luzerne, au moment de la fenaison. Une petite voix intérieure me disait : « Tu es une belle petite chienne... » Et cela me faisait plaisir.

Quand j'atteignis l'âge de douze ans, j'étais plus qu'une fillette. On me regardait avec une curiosité amusante, parce que craintive. Je me savais déjà « choisie », destinée à une vie différente des autres. Je vivais dans un trou, au flanc des Appalaches, dans le « cul du monde », comme on disait chez nous, et pourtant j'avais la certitude que je deviendrais un oiseau...

À cette époque, je fis un rêve qui me troubla profondément. Dans ma chambre, je me trouvai soudain près d'une espèce de statue, un tronc humain sans tête, dont le cou était creux, semblable à un tuyau de poêle. Je sortais des chiffons blancs de ce trou, mais tout à coup j'en sortis un beau petit serpent que je pris dans mes bras. Il s'enroula doucement autour de mon corps, avec chaleur, comme pour me protéger. Je n'en éprouvai aucune frayeur, au contraire. Je me sentais comme dans les bras d'une mère.

Quelques jours plus tard je fis un autre rêve, beaucoup plus troublant encore, si possible. Je venais de traire une vache et je marchais de l'étable à la maison, mon seau à la main, accompagnée de Minou qui trottinait à mes côtés. Je me suis arrêtée, sans raison, figée sur place, incapable de bouger. Lentement, je me suis sentie devenir quelque chose d'autre. Mon seau de lait n'était plus au bout de mon bras. Je me suis rétrécie, mes bras ont disparu lentement, et je suis devenue un serpent dressé sur sa queue. Mon chien Minou s'écroula, foudroyé. Puis je me suis réveillée, non pas malheureuse mais pleine d'une vigueur nouvelle. Je me sentais prête à affronter le monde entier.

Justement, une nouvelle vie allait commencer pour moi. Quelques jours plus tard un orage éclata, au milieu de la soirée. Bleutés, vifs, les éclairs se succédaient à un rythme infernal, illuminaient ma chambre, donnant l'impression que les murs allaient prendre feu. Puis les coups de tonnerre suivaient immédiatement, terribles. La foudre était là, sur ma tête. Pourtant, je n'avais pas peur. Je me laissais pénétrer par cette lumière vive qui tombait du ciel, comme pour me nourrir l'esprit. Mais mon chien Minou, lui, se dressa tout à coup et demanda à sortir. Je lui ouvris la porte de ma chambre. Dans la cuisine, il se précipita vers la sortie en aboyant. J'allai lui ouvrir. Dès qu'il fut dehors, il se mit à hurler. De longs hurlements qui me faisaient mal, car ils exprimaient une peur chargée de mal, d'un mal indescriptible.

Soûls, mes parents cessèrent de s'engueuler pour se mettre à déblatérer contre mon ami Minou. Je leur dis :

— Il a peur de quelque chose... Moi aussi...

— Y a ben raison d'avoir peur, parce que si y s'arrête pas d'hurler, y va y goûter...

— Laisse-le tranquille...

— Toé, va te coucher...

Titubant, il se leva pour venir me gifler, mais je montai l'escalier en vitesse et m'enfermai dans ma chambre. Au moment où je refermais la porte, un éclair me cloua sur place, immédiatement suivi d'un coup de tonnerre qui me creva les tympans. J'eus la certitude que la foudre venait de nous anéantir. Puis la pluie se mit à tomber en trombe, pendant que les hurlements de mon chien continuaient à monter vers le ciel, longue lamentation qui me déchirait le ventre. Je voulus aller me réfugier sous mes couvertures, mais je fus incapable de bouger. Une force invisible me retenait. Une peur indicible me saisit aux tripes. J'avais la certitude instinctive que j'allais être renversée d'un moment à l'autre, détrônée, dévoyée, jetée hors du chemin que je suivais depuis ma naissance. Pourtant, je ne bougeais pas, sachant que mon devoir était d'attendre ce moment de terreur. Tout à coup, je vis, en image hypnagogique, un enfant sortir du ventre de sa mère, grimaçant, hurlant de frayeur et de désir. Dans l'instant qui suivit, j'entendis un bruit qui n'était pas celui de la foudre. C'était un coup de fusil. Mon chien cessa de hurler immédiatement.

Il m'est encore très difficile, même aujourd'hui, de dire ce que j'ai ressenti à ce moment-là. En réalité, je me trouvais dans l'impossibilité de ressentir quoi que ce fût. J'étais comme morte. Je savais ce qui s'était passé.

Minou était mort d'une balle dans la tête. Je voulais aller voir son corps, mais j'étais incapable de bouger. Je ne sais pas combien de temps je restai là, debout, immobile, pleine de cette réalité qui ouvrait une blessure atroce au cœur de mon âme, une blessure mortelle.

Je revins à moi en me rendant compte que l'orage était passé, de même que la pluie. Alors je descendis dans la cuisine, où mes parents buvaient encore et je sortis pour trouver le corps de Minou devant la porte du hangar. Je me couchai près de lui et passai une partie de la nuit à lui caresser la tête. Au petit matin, je le mis dans un sac de jute pour aller l'enterrer dans le jardin. Mes parents dormaient, ronflaient, poussaient des gémissements dus aux excès d'alcool. Je regardai la cuisine pendant un long moment et, sans verser une larme, je sortis de la maison.

La route, entre Saint-Marcellin et Saint-Anaclet, n'était pas encore pavée. J'aimais bien ce gravier que des pas d'hommes et d'animaux avaient tassé pendant des années. Je le connaissais par cœur, de même que toutes les courbes du chemin qui se faufilait entre les «rangs», délimitant les terres. Mais il y avait plus de forêts que de fermes, et quand le soleil se leva, je ne vis que trois ou quatre cultivateurs faire entrer leurs vaches à l'étable pour la traite du matin.

Je marchais lentement, mais régulièrement, sans angoisse, sans fatigue, sans haine pour mon père, lui qui m'avait «assassinée» en tuant un être qui était devenu l'autre face de moi-même. À mesure que j'avançais, le soleil se levait et la lumière entrait en moi : l'heure était venue d'accomplir mon destin. Je devais sortir de ce monde végétal-animal pour monter le plus haut possible... Jusqu'où? Je n'osais pas prononcer le nom de Dieu, mais c'était pourtant le seul but que je devais me fixer, pensais-je.

J'aimais les clôtures de pieux, les montagnes garnies d'épinettes et de bouleaux. Avides, mes yeux les faisaient entrer en moi pour la dernière fois. Car je savais bien que je ne reviendrais jamais à la maison. Maintenant, ma maison, c'était mon corps.

SAWINNE

Après trois heures de marche environ, parvenue au bout d'une courbe lente, je découvris le fleuve, loin vers le bas. Le niveau de la mer, notion qui n'avait jamais fait partie de ma vie, se révéla à moi comme une réalité pleine de sens. Être au niveau de la mer, c'était être au niveau normal de la vie sur terre. En tout cas, c'était de là qu'il fallait prendre appui pour s'élancer. Comment monter si on ne fait pas ses provisions dans la mer ?

Les poètes de cette région ont chanté la beauté de ce fleuve immense. Je ne vais donc pas tenter d'ajouter mon grain de sel à leur littérature de grandes personnes. Pourtant, il faut que je vous dise une chose importante : ce jour-là, le fleuve-mer s'est révélé à moi. Je me suis assise au bord de la route et, pendant près d'une heure, je l'ai laissé me nourrir de son immensité, de ses boules d'écume, de son bleu tacheté de reflets blancs, et de tout ce qu'il contient. Une source de vie infinie, divine. En m'asseyant au bord du chemin, je me plaçais à côté de moi-même, pour ainsi dire, et je devenais apte à m'aboucher à la divinité.

Je descendis les côtes qui menaient au village de Saint-Anaclet, sans cesser de regarder le fleuve apparemment immobile, consciente du fait qu'il amorçait en moi la guérison. Plusieurs années allaient être nécessaires pour me guérir, mais le fleuve était mon premier remède. Quand je me trouvai sur la petite route qui relie le P'tit Troisième de Saint-Anaclet au village, je sentis une faible douleur au creux de mon ventre, puis quelque chose de gluant et chaud qui coulait le long de mes cuisses. Du sang ! J'étais menstruée pour la première fois !

Je ne sais pas pourquoi, mais ce phénomène pourtant naturel m'apparut alors comme une catastrophe. Les larmes me montèrent aux yeux, puis graduellement je me mis à sangloter. Je m'écrasai par terre le long du chemin pour m'abandonner à mon malheur. Il est bien possible que cette crise de larmes, due au dénuement dans lequel je me trouvais, ait été alimentée aussi par le fait que je n'avais pas pleuré la mort de mon chien. D'un seul coup, je me vidais du malheur qui m'avait assaillie la veille.

Soudain, une voix de femme me fit dresser la tête. Tout entière à mes pleurs, je ne l'avais pas entendue venir. Elle était debout près de moi, tenant un jeune garçon par la main.

— Qu'est-ce que tu as, ma petite ?

Elle avait les cheveux noirs, les yeux brillants, et son corps mûr gardait encore le souvenir d'une jeunesse choyée par la beauté. Je la regardais sans pouvoir répondre, assommée que j'étais par mon sort. Mais, lentement, la force de cette femme étrange me réconforta.

— D'où tu viens ?

— De Saint-Marcellin...

— À pied ?

— Oui...

Puis elle vit le sang qui maculait mes vêtements.

— C'est la première fois ?

— Oui...

— Viens, ma belle...

Elle me tendit la main, me souleva, puis me regarda longuement.

— Tu es très belle. Comment tu t'appelles ?

— Henriette Fournier. Vous ?

— Sawinne.

— C'est un drôle de nom !

— Je descends d'une Amérindienne et d'un cultivateur de Saint-Anaclet... Je te raconterai ça plus tard. Lui, c'est mon fils Michou. Le jeune garçon me regarda sans dire un mot, avec inquiétude. Il était évident que pour lui, j'étais une intruse, mais je n'en éprouvai aucun ressentiment, captivée que j'étais par la chaleur de sa mère.

Tout en parlant, Sawinne avait sorti un kleenex de son sac à main et elle m'essuyait les cuisses. Elle bouchonna deux ou trois autres mouchoirs de papier et les plaça dans ma culotte, en guise de tampon. Sa main, peu ridée malgré ses quarante ans, était douce, encore vive, chaude, pleine d'une assurance qui me réconfortait au moindre contact.

Ce «pansement» étant appliqué, elle me regarda de nouveau, les yeux pleins de magnétisme, puis elle m'ouvrit les bras. Sans hésiter, je me collai à son ventre, m'abandonnant tout entière. Pour la première fois de ma vie, une femme me traitait comme une mère.

Je parvins à ne pas éclater en sanglots.

— Tu veux venir chez moi? C'est la dernière maison au bout du P'tit Troisième. T'es partie avec ta robe sur le dos pour tout bagage?

— Oui...

En cours de route je lui expliquai ce qui m'était arrivé : mes parents qui me battaient, la mort de Minou, tué par mon père, l'orage, toute mon enfance, ce qui se résumait à peu de chose. (À part ma relation particulière avec l'aspect sacré de la nature, bien entendu.)

Après seulement quinze minutes de marche, nous montions une petite côte en haut de laquelle trônait une grande maison rouge.

— C'est ici que je vis, seule avec Michou...

— Es-tu propriétaire de la terre?

— Oui. Mon père, qui s'appelait Josué, a tout acheté les terres du rang. Quand il a été au sommet de sa carrière, si on peut employer un mot pareil pour parler d'un paysan, mon père était le roi de la paroisse. Le plus riche, le plus puissant, parce que le plus productif.

Quand elle me parla de son père, il me sembla que la voix de Sawinne trahissait une certaine émotion. Elle se tut et continua à préparer le repas en silence. Je regardais sa taille encore svelte, ses hanches généreuses, son buste en harmonie avec tout le reste de son corps, et je sentais en elle quelque chose que je n'avais jamais senti chez les autres femmes que j'avais connues. Mais, à ce moment-là, j'étais absolument incapable de dire ce que c'était. Ce quelque chose était ce qui me reliait à elle et aux dieux : le sens du sacré. Plus exactement, nous avions en commun la possibilité de communiquer avec l'invisible qui marche à côté de nous.

À peine sortie de table, le besoin de dormir me fit retomber sur une chaise. Je voulais aider Sawinne à faire la vaisselle, mais elle ne voulut rien entendre.

— Pas ce soir, ma belle. Après les misères que tu viens de vivre, il te faut une fête, un sommeil de fête... Viens.

Elle ouvrit la porte d'une chambre contiguë à la cuisine, dans laquelle il y avait un vieux lit de bois datant de quatre-vingts ans au moins.

— On voit plus ça nulle part, des lits pareils, dis-je à Sawinne.

— Ma pauvre Henriette, ça, c'est un lit unique au monde. C'est sur ce matelas que j'ai conçu mon fils... avec un de mes oncles... Il était venu voir Josué, mon père... Ils avaient décidé de se suicider tous les deux, avec des couteaux à boucherie... Ce qu'ils ont fait... Mais la veille, j'ai senti que j'étais complètement guérie de ma blessure, et j'ai voulu faire un cadeau à mon oncle, qui était sans enfant. Je l'ai séduit... d'une certaine manière... Je me sentais comme une chienne en rut, comme une putain qui aime vraiment son métier... Tu comprendras ça plus tard, tu vas voir... Nous avons pris le matelas du lit, puis nous l'avons traîné sur la côte, en face de la grange. Là, au clair de lune et accompagnés des hurlements des chiens du village qui m'entendaient crier, nous avons fait l'amour... J'avais pas baisé depuis une quinzaine d'années... Avant, j'étais la maîtresse de mon oncle Norbert, un autre frère de Josué, mon père, mais beaucoup plus jeune que le père de Michou...

Ce dernier entra dans la chambre sous un prétexte quelconque, uniquement pour imposer sa présence, mais elle le fit sortir aussitôt.

Cette histoire me faisait écarquiller les yeux, malgré le sommeil qui me gelait les membres.

— As-tu déjà couché avec d'autres hommes que tes oncles, Sawinne ?

— Non, seulement ces deux-là...

Puis elle éclata d'un grand rire qui me fit oublier toutes les larmes que j'avais versées depuis ma naissance. Avant de me laisser tomber sur ce matelas qui avait un passé peu ordinaire, je m'abandonnai aux bras de Sawinne qui me pressaient contre sa poitrine, là où je sentais une chaleur qui me faisait fondre.

— Dors, maintenant... Je te raconterai le reste de ma vie demain. Bonne nuit.

— Bonne nuit, Sawinne. Merci...

Je m'arrêtai, la gorge nouée par l'émotion. En une seule journée, c'était trop, trop de bien-être, d'amour... Elle me borda comme on borde un enfant bien-aimé, dans les maisons de riches ou dans les contes de fées. Puis je m'endormis d'un seul coup, tombant au fond de la mer noire, anéantie par la fatigue et l'émotion.

Au lever du soleil, je fus éveillée par le chant d'un merle. On était à la fin de juin et la terre éclatait sous la pression de la sève qui poussait vers le haut, faisait gonfler tout ce qui avait un germe dans le corps. Pour la première fois de ma vie, je me sentais vraiment libre de participer à cette fête de la terre.

Dans la cuisine, je trouvai Sawinne qui sirotait un café, la chevelure ébouriffée, mais l'œil clair, plein du soleil qui entrait à pleines fenêtres.

— Comment as-tu trouvé le matelas ?

— Excellent... J'ai dormi comme une bûche...

— T'as pas rêvé à mes expériences incestueuses ?

— Non...

Sawinne souriait, pleine d'assurance, d'un bonheur de vivre qui me transformait. Où avait-elle appris à se nourrir de la terre avec un tel plaisir, sans retenue ? Pour moi, elle était un phénomène.

Elle me servit du café, des toasts, des œufs, tout ce gros petit déjeuner qui est si bon, quand on a faim le matin, et qu'on a la possibilité d'être heureux. Soudain, Sawinne s'arrêta au milieu d'une phrase et tendit l'oreille vers la fenêtre. Le merle était dans un pommier, près de la maison, et il chantait. Elle dit :

— Les merles sont mêlés à ma vie sentimentale... Quand j'ai été la maîtresse de Norbert, il m'a raconté un de ses souvenirs d'enfance qui m'émeut encore. Il était tout jeune, quatre ou cinq ans, et un matin, alors qu'il venait de se réveiller, il a entendu le merle chanter. Il m'a dit : « C'était tellement beau, tellement pur, que j'ai eu la certitude d'être à l'abri de toutes les laideurs du monde, pour le reste de mes jours... » Norbert était pur, transparent, j'ai pas pu m'empêcher de l'aimer... comme une folle... Et il en est mort... J'ai jamais aimé un autre homme.

Sawinne avait besoin de parler. Après avoir mangé, elle abandonna Michou à sa petite bicyclette, et elle m'emmena sur le haut de la côte, en face de la grange, où le paysage est grandiose. C'est là qu'elle avait fait l'amour avec son autre oncle, sur le matelas, et c'est là qu'elle était tombée amoureuse de Norbert, à l'âge de quinze ans, quand elle l'avait vu sauter par-dessus le cercueil de son père...

— Quand je l'ai vu voler, dans le soleil, au-dessus de la mort, j'ai senti que personne d'autre au monde ne pouvait l'aimer mieux que moi.

— Il a sauté par-dessus le cercueil de son père, ici, sur la côte !

— Oui... Personne, dans la famille, a compris pourquoi il faisait ça... Moi, je le savais... C'était pour me prouver qu'il était capable de me transporter, de me faire monter au ciel... Comme dans cette vieille histoire qu'il m'a racontée, à propos d'un taureau qui fait monter une femme sur son dos et qui s'envole avec elle jusqu'au ciel.

À ce moment-là, j'étais tellement inculte que j'éclatai de rire. Un taureau qui vole au paradis avec une femme sur son dos ! Vraiment ! Alors Sawinne me prit par la main, doucement, et elle me dit :

— C'est de la mythologie, ma belle Henriette. Un jour, tu le comprendras. C'est invraisemblable, mais c'est vrai...

— Invraisemblable et vrai, c'est possible ?

— Absolument... À l'intérieur... En général, d'ailleurs, il s'agit de gestes que l'on fait sans savoir exactement pourquoi... Comme si quelqu'un d'autre, en nous, le faisait à notre place... Comme Norbert, quand il a fait le saut périlleux par-dessus son taureau, à Cnossos, et aussi quand il a sauté par-dessus le cercueil de son père. Il ne savait pas pourquoi il le faisait, mais il savait qu'il devait le faire.

On entendit un bruit de tracteur. Au nord de la maison, un cultivateur commençait à faucher la luzerne qui était en fleurs. Sawinne m'expliqua qu'elle vivait en louant ses terres à deux ou trois cultivateurs. Puis elle m'emmena près du champ de luzerne dans lequel la faucheuse commençait à tailler. Elle avait besoin, tout comme moi, de respirer cette odeur que l'on ne peut pas oublier, quand on a vécu sur une ferme.

— Tu vas passer un bout de temps avec moi, hein ?

— Tu veux me garder?

— Oui... J'ai besoin de toi, et toi tu as besoin de grandir un peu, de prendre des forces avant de te remettre en marche.

— Je pense que oui... Mais toi, pourquoi tu dis que tu as besoin de moi?

— Parce que c'est la vérité... J'ai besoin de te transmettre ce que je sais, de te donner... donner... Je suis une femme pleine, si je peux dire... Élever mon fils, c'est pas suffisant pour épuiser mon sang, mon énergie, tout ce que j'ai dans le ventre...

Jamais je n'avais ressenti une telle chaleur humaine me pénétrer. Soudain, je revivais l'état de grâce que j'avais connu, chez moi, quand je me couchais à même le sol et que je laissais le soleil entrer en moi. Le soleil par le haut, la terre par en dessous. Divine fornication!

Dans les jours qui suivirent, Sawinne prit l'habitude de me faire un traitement maternel complet. Après avoir pris ma douche, je me couchais sur le matelas (le matelas qui avait une histoire!), puis elle me faisait un masssage qui durait plus d'une heure, commençant aux pieds et finissant à la racine des cheveux. C'était un massage profond, qui n'oubliait aucun des muscles, mais aussi un massage enveloppant, chaud, quelque chose qui me faisait retourner à la petite enfance, à cette époque où me manquaient les bras de ma mère. Après ce que je lui avais raconté, Sawinne savait que j'avais besoin de cela pour devenir une femme «normale». Et elle me le donnait avec l'enthousiasme qui lui était coutumier. Quand le massage était terminé, elle s'allongeait près de moi, m'entourait de ses bras et me gardait longtemps dans son giron, dans sa chaleur. Alors je sentais la force entrer en moi. Mais pas seulement la force. La force plus une sensation de bien-être qui venait vers mon ventre comme une marée qui monte, lentement, implacable. Et c'est dans ce côté inéluctable du mouvement intérieur que se cachait le bonheur. J'avais l'impression de me trouver entre les bras d'une prêtresse, de participer à un rituel qui allait me rapprocher de Dieu.

Sawinne était une femme entière, absolue. Je le compris à mesure qu'elle me racontait son aventure avec son oncle Norbert. Une histoire comme on en lit dans les livres. Après avoir fait l'amour une première fois, sur la tasserie de foin, dans la grange, elle le supplia de partir avec elle, sachant très bien que leur amour ne pouvait pas s'épanouir sous les yeux de Josué et de sa belle-mère Josette. Mais Norbert, le pur, l'idéaliste, était aussi un homme tiraillé par le sens du devoir. Il ne pouvait se résigner à abandonner son frère, avec lequel il s'était lié d'amitié, tout en s'engageant à exploiter la ferme avec lui.

— En réalité, me dit Sawinne, je crois qu'il s'agissait là de prétextes. La vérité, c'est que Norbert était marqué par le destin : il était rendu au bout de son chemin, une espèce d'Ulysse revenu à la maison paternelle après avoir bu à la source des mystères crétois, et il ne pouvait plus que se laisser abattre. Cela, je le sentais dans ses yeux, au moment où il me regardait, juste avant de me pénétrer de son membre. Je voyais bien, alors, que son âme était un puits sans fond dans lequel s'emmêlaient le bonheur, la grandeur et le désespoir...

À cette époque, je ne pouvais pas comprendre ce que Sawinne venait de me dire : il me semblait que dans l'amour, il ne peut y avoir que du plaisir. Pourquoi du désespoir dans les yeux de son amant, au moment où il allait entrer en elle ?

— Oh ! C'est un peu compliqué, dit Sawinne avec son beau sourire. Mais je vais essayer de t'expliquer un peu... Dans les gestes de l'amour, même chez des partenaires ordinaires, il y a un élément de peur, parce que l'union sexuelle est rattachée à la mort... Elle en est une espèce de répétition, comme pour s'y préparer. Entrer dans le ventre de la femme est une aventure aussi troublante que de pénétrer dans une caverne insondable, ou dans une forêt immense. Les hommes le désirent, mais en même temps ils en ont peur. Comme ils veulent se battre, tout en ayant peur de l'adversaire. Pour Norbert, il y avait en plus la certitude, au fond de sa conscience, que chacune de nos unions, au lieu de le rapprocher d'une vie heureuse, le rapprochait de sa fin, de sa chute. Alors quand il me regardait, au moment où je tirais sur ses hanches pour qu'il défonce ma croûte terrestre, il y avait cette lueur sombre dans ses yeux : le soleil tombait dans la mer. Magnifique, mais il se noyait...

Pour moi, ce n'était pas encore très clair, mais j'allais apprendre plus tard que, de toute façon, dans les relations sexuelles, il n'y a rien de clair. Et c'est très bien comme ça. Aimerions-nous autant la mer si nous savions exactement ce qu'elle renferme ?

Une quinzaine de jours après mon arrivée chez Sawinne, mon père se présenta, harassé, défait, agressif et honteux à la fois. Il avait fait le tour de Saint-Marcellin et de Saint-Anaclet, se gardant bien d'alerter la police, car il se savait coupable. Il voulait que je retourne à la maison avec lui. Il pleura sur sa déchéance pour essayer de m'attendrir : une bonne fille ne doit-elle pas sauver son père, celui à qui elle doit la vie ? Peut-être... Mais il y a des circonstances atténuantes, monsieur le Juge ! Je n'ai pas le droit de me détruire pour sauver un homme fini...

Notre conversation devint vite une discussion orageuse et bête. Alors Sawinne se plaça entre lui et moi.

— Allez-vous-en, monsieur. Henriette est maintenant ma fille. Sortez de chez moi.

Un vrai mélodrame des années trente. Sawinne avait du talent pour lancer les répliques de mauvais théâtre. Mon père sortit, puis elle éclata de rire.

— Maintenant, tu es vraiment libre, me dit-elle. Puis elle m'enveloppa de ses bras chaleureux. Ce fut l'un des plus beaux jours de ma vie.

J'étais tellement heureuse que je ne voyais pas le temps passer. L'été avait déjà commencé à décliner, à s'incliner, devrais-je dire, vers les nuits froides. La récolte des céréales avait déjà pris la place de la coupe du foin. Ce mouvement circulaire de la nature, je le sentais plus que jamais, à cause de Sawinne, mais il ne me rendait plus triste, comme autrefois. J'étais en accord avec ce rythme implacable.

— Il va falloir que tu marches, Henriette, m'avait dit Sawinne. Il faut que tu apprennes à marcher...

— Je sais marcher, il me semble !

— C'est pas sûr... Quand tu vas partir d'ici, il faudra que tu marches... au moins jusqu'à Québec...

— Pourquoi faire trois cents kilomètres à pied quand je pourrais voyager en autobus ?

— Parce que le rythme de la marche va mettre ton corps en harmonie avec la terre. La marche va te faire découvrir la poésie de l'herbe, des arbres, des animaux, de tout ce qui est vivant.

Elle m'apprit alors qu'elle avait marché deux mille kilomètres, quand elle avait quitté son père, vingt ans plus tôt. Elle était allée jusque dans le Grand Nord, où se trouvait sa mère. Au lieu de l'épuiser, cette longue marche lui avait apporté le bien-être et même le bonheur.

Je fis donc chaque jour de longues promenades, comme un pianiste fait ses gammes quotidiennement.

— Il faut que tu te regardes marcher, pour trouver ton rythme. Et pour trouver ton rythme, tu dois trouver celui de la terre... Comment t'expliquer? Ça peut te paraître idiot, mais j'exprimerais ça de la façon suivante : il faut que tu sois à côté de toi-même...

Dans le même ordre d'idées, un jour, après m'avoir fait un long massage, elle me prit dans ses bras et me coucha sur le plancher, à côté du lit.

— Pour donner accès à la divinité, il faut se déplacer, se mettre dans la position de celui qui regarde... Dans la position de l'œil.

Cela, je le savais instinctivement, mais c'était formidable de voir quelqu'un d'autre me le confirmer. Puis elle ajouta :

— C'est l'œil qui est dieu, parce qu'il sait lire à l'intérieur des choses et des êtres...

Et puisque j'en suis au sujet de l'œil, je vais raconter tout de suite la conversation que nous eûmes au cours de l'hiver qui suivit. Il y eut une tempête qui dura deux jours, comme cela arrive encore parfois dans le Bas-du-Fleuve. Pendant tout ce temps, Sawinne resta silencieuse, enfermée dans une espèce de rêve. Elle allait mettre du bois dans la «fournaise» qui se trouvait à la cave, puis elle remontait à la cuisine, regardait par la fenêtre pendant de longues minutes, après quoi elle reprenait sa place dans la «berceuse» qui avait été la chaise préférée de Josué, son père. N'en pouvant plus de ce mystère, je voulus lui parler, mais elle me demanda de lui laisser «son» silence.

À cause de l'amitié qui nous unissait depuis des mois, amitié qui se traduisait, entre autres choses, par des conversations chaleureuses, cette attitude me fit mal. Peut-être à cause de la peur qu'elle engendrait chez moi : j'étais si bien, depuis mon arrivée dans sa maison, que je ne voulais rien perdre de ce bonheur. Mais au matin du troisième jour, le soleil se leva pour s'étendre sur la neige qui recouvrait tout. Rien que du blanc, partout ! La pureté absolue. Sawinne eut un beau sourire de femme qui a souffert sans devenir amère.

— C'est exactement comme le jour où je suis partie, dit-elle. C'était comme ça, tous les chemins étaient bloqués.

Elle me fit avancer vers elle, me prit par la taille et me dit de fermer les yeux. Je m'exécutai. Alors je sentis son souffle sur mon visage, puis ses lèvres chaudes se posèrent sur chacune de mes paupières, longuement. J'ouvris les yeux au bout d'un moment.

— Il faut que je te dise une chose... J'avais dix-huit ans quand j'ai crevé les yeux de mon père...

— Quoi !

— Oui, j'ai crevé les yeux de mon père... avec une fourchette, par un beau matin d'hiver, comme celui d'aujourd'hui, et je suis partie, seule sur la neige, sans trop savoir où j'allais... Je savais seulement que je devais m'en aller...

J'étais horrifiée. Comment une femme aussi douce et généreuse que Sawinne pouvait-elle faire une chose pareille ! Plus tard, j'allais apprendre que si on peut caresser avec raffinement, on peut aussi torturer de la même manière.

— Mais pourquoi tu lui as crevé les yeux ?

— Il y a d'abord l'aspect banal de l'histoire, le premier degré, comme on dit dans le jargon des intellectuels... La veille, en forêt, Josué avait tué son frère Norbert, mon amant, comme tu le sais maintenant. Le soir, il était rentré à la maison avec le corps gelé de son frère sur l'épaule, et il l'avait déposé sur le plancher, là... Il se lamentait, regrettant d'avoir « vu » que son frère couchait avec sa fille. Alors je lui ai crevé les yeux.

— Comment as-tu pu faire ça, froidement ?

Je croyais qu'elle allait évoquer la colère, mais non. Sa réponse me déconcerta.

— À Rimouski, où j'ai fréquenté des écrivains, au cours des dernières années, j'en ai rencontré un qui m'a parlé de l'inspiration. Il m'a dit que souvent, quand il écrit, il a l'impression que quelqu'un d'autre parle par sa bouche. « L'inspiration, c'est ça », m'a-t-il dit. Eh bien ! pour crever les yeux de mon père, ç'a été le même phénomène : c'est la main de quelqu'un d'autre qui a frappé. Et c'est ce qui m'amène à la deuxième raison pour laquelle je l'ai fait, la vraie, la seule importante : pour atteindre la grandeur, Josué avait besoin de souffrir, d'être sacrifié... sacrifier, ça veut dire «être fait sacré»... Josué était rendu à l'apogée de sa courbe. Il avait tout eu ce qu'il désirait. Il était puissant, mais il n'était pas encore «grand»... Plusieurs années plus tard, avant de mourir, il l'a reconnu... Il m'a même remerciée de l'avoir rendu aveugle... Ce qui nous a bien fait rire, d'ailleurs... Sur ce, Michou entra à la maison, les joues rouges, les pieds gelés, et elle changea de sujet.

Mais retournons à l'automne précédent. Sawinne me fit passer des nuits à la belle étoile, pour m'habituer à la vie en plein air. Je l'avais déjà fait, étant plus petite, mais elle voulut s'assurer que j'en étais vraiment capable. Bien sûr, nous avions choisi des nuits de lune. Or dans cette région elles sont éclatantes, transparentes, insondables. Sawinne vint m'embrasser avant d'aller se mettre au lit, et j'eus l'impression de flotter dans l'espace, protégée par des forces inconnues. Je fis le tour de mon enfance malheureuse avant de sombrer dans le sommeil, car si j'avais souvent couché à la belle étoile quand j'étais enfant, c'était beaucoup pour fuir mes parents qui se soûlaient et s'engueulaient à la maison. Or j'étais au cœur de la nature en pleine nuit, et une femme qui était la meilleure des mères venait de m'embrasser tendrement, avant de me laisser à la terre, à ses odeurs de récoltes, au chant des grillons, et à la douce clarté de la lune qui était comme un chant surnaturel. Vraiment, je ne pouvais être plus heureuse.

Sawinne regardait mes seins prendre forme et souriait d'aise tout en les massant, caressant mes petits mamelons et s'amusant à les voir se durcir. Mon pubis, avec sa toison blonde qui commençait à s'épaissir, était aussi, pour elle, une raison de se réjouir. Je devenais femme. Une belle femme ! Quand j'étais nue, elle me plaçait devant une glace et me disait de me regarder attentivement.

— Il faut que tu sois fière de ton corps... Et tu as toutes les raisons d'en être fière...

— Tu me trouves belle ?

— Oui, tu vas être une femme superbe, une « beauté rare », comme disait Josaphat, le père de Josué. Et cette beauté, il faut que tu la cultives, que tu puisses t'en détacher, pour qu'elle devienne comme un symbole.

Je ne comprenais pas ce qu'elle voulait dire, mais sur ce point je ne demandai pas d'explications. À ce moment-là, il y avait une chose qui me comblait d'aise : une femme comme Sawinne me disait, à peu près ouvertement, que j'allais devenir quelqu'un. Pour moi, c'était suffisant, car je ne demandais qu'à la croire. Ce en quoi j'avais raison, comme l'avenir le prouvera...

Dans le Bas-du-Fleuve, l'hiver vient habituellement sans surprise. Lentement, les nuits commencent par déposer du frimas sur les toits de tôle, puis l'eau gèle dans les mares, les pluies s'éternisent, se confondant avec la noirceur des nuits longues, et un beau matin la neige nous donne l'illusion que tout est pour le mieux : elle recouvre la tristesse du paysage brisé par l'absence de feuilles, de fleurs et de merles.

Cette année-là, Sawinne vendit la dizaine de vaches qui lui restaient, et qui étaient plus un problème qu'autre chose, étant donné qu'elle devait faire faire le travail par d'autres bras. Elle déposa un joli montant d'argent à la Caisse populaire du village et nous nous enfermâmes dans la grande cuisine, avec des livres et des provisions.

Mais elle me fit faire l'expérience de passer quelques nuits dehors, dans un sac de couchage qu'elle m'avait acheté.

— Il faut que tu puisses vivre comme une bête, ou presque...

Alors je lui dis ce que me disait la petite voix intérieure, quand j'étais fillette : « Tu es une belle petite chienne... » Sawinne fut prise d'une grande émotion, et elle me serra dans ses bras avec effusion. Avant de m'abandonner à la nuit froide, elle me dit :

— Moi, j'ai marché sur la neige, pendant des jours et des jours, vêtue seulement de mon petit manteau noir, ma petite valise à la main, et je n'avais que ma douleur pour guide. Toi, il faut que tu marches avec tout l'amour du monde au creux de ton ventre...

Elle disparut dans la maison et je fermai les yeux, pour mieux me voir, pour me mettre à côté de moi-même, de sorte que l'aspect divin de la nuit me coupa du froid envahissant. Je ne savais pas encore ce que j'allais devoir faire, mais je me sentais prête à me lancer dans à peu près n'importe quelle aventure.

Michou voulut aussi passer une nuit dans un sac de couchage, sur la neige, mais sa mère lui refusa ce caprice.

— Toi, t'es un homme. T'as pas besoin de ça...

Il était jaloux de ce que Sawinne faisait pour moi, mais je n'arrivais pas à le plaindre : j'avais droit à toutes les attentions de Sawinne, comme si j'avais été sa fille. Tant pis pour le petit frustré...

Quand le printemps nous ouvrit ses bras chargés de corneilles et de vent doux, j'éprouvai une grande peine, mais en même temps une grande force qui se confondait au bonheur de m'élancer, comme un oiseau... L'un n'allait pas sans l'autre : le jour de mon départ allait bientôt venir. Ce serait la beauté de l'élan se confondant avec la brisure... Comment allions-nous pouvoir vivre cela, Sawinne et moi ?

Assez curieusement, dans cet événement inéluctable, il y avait quelque chose qui, pour moi, ressemblait à la mort. La mort qui contient le germe de la vie, m'apprendra plus tard mon maître.

Sawinne m'acheta un sac à dos, des chaussures propres à la marche, des jeans neufs, un gros pull, des T-shirts, puis elle me donna quelques centaines de dollars. À ce moment-là, juin déferla sur nous, précédé d'un merle qui fendit l'air vers cinq heures du matin. J'eus envie de pleurer, en pensant à ce que Norbert avait dit à Sawinne : « C'était tellement beau que je me sentais à l'abri de tout le mal et de toute la laideur qui pourraient venir plus tard... »

— Il faut célébrer ton départ, dit Sawinne. Elle alla acheter du champagne, un gigot d'agneau, des flageolets... La journée se passa en rires, en étreintes furtives, en sourires tristes.

— Je suis en train de faire comme la veille du jour où mon père et mon oncle se sont suicidés. Exactement le même menu..., me dit Sawinne...

— Ce soir-là, tu avais couché avec ton oncle, non ?

— Oui...

— Mais t'as pas envie de te suicider ?

— Absolument pas...

Longtemps, longtemps, nous sommes restées suspendues à cette onde invisible qui transporte le désir et l'incertitude. Je crois que, dans une vie, les moments de cette qualité sont extrêmement rares. Ces moments sont comme les piliers sur lesquels repose la charpente de la conscience.

Quand je repense à cette dernière nuit avec Sawinne, c'est le mot fleur qui me vient à l'esprit. Oui, entre ses mains, j'ai fleuri. J'ai éclaté. Jusqu'à ce jour, elle m'avait « traitée » en me massant, mais cette nuit-là, elle m'aima de ses mains, de sa bouche, de sa langue, de tout son corps qui se maria au mien. Et pour la première fois de ma vie, je connus la jouissance totale autrement que par la masturbation. Puis je m'endormis dans la chaleur de son giron, baignant dans son odeur de femme bientôt rassise, mais encore riche et pleine de sang chaud.

Les oiseaux nous réveillèrent, et c'est en silence que nous prîmes le petit déjeuner, conscientes toutes les deux que les puissances invisibles nous regardaient. Puis, mon sac bien accroché aux épaules, je fus sur le haut de la côte, près de la maison, face au nord qui chantait sous le soleil. C'était l'heure du départ.

— Il ne faut pas que tu pleures, ma petite...

— Je sais...

— Il ne faut pas que tu te retournes, non plus...

Elle m'étreignit, me prit ensuite par les épaules pour me regarder une dernière fois le fond des yeux, puis :

— En te voyant partir, j'ai l'impression de renaître, tu comprends ? Je suis contente comme si je voyais le jour pour la première fois !

— C'est drôle... moi, j'ai l'impression que tu m'as mise au monde... Merci, Sawinne...

Je m'approchai de Michou pour l'embrasser, mais il s'éloigna en courant et en criant :

— Va-t'en !

Sawinne me regarda avec des yeux pleins de compassion pour son fils, me sourit une dernière fois, et je tournai les talons subitement, incapable de contenir mon émotion plus longtemps...

Le fleuve

Pendant les premières minutes, ce fut un véritable supplice que de marcher sans me retourner pour voir Sawinne une dernière fois. Mais j'avais promis. Et Sawinne m'avait enseigné le sens de la cassure. Le geste définitif. La coupure. Chez elle, cela s'était illustré de façon magistrale par son coup de fourchette dans les yeux de son père. Pour arriver à mon but, seule, je devais avoir la même détermination.

Il y eut une dernière cassure quand je fus parvenue au bout du P'tit Troisième. Là, je quittais les terres qui appartenaient à Sawinne, pour tomber sur la route menant au village, propriété de l'État. Subitement, j'étais sortie du nid qui m'avait abritée pendant un an. Maintenant, il y avait moi et... le monde. Rien entre le monde et moi. Moi, c'étaient mon âme, mon corps, et tout ce que Sawinne m'avait donné : j'étais pleine d'elle.

Ainsi, le long de cette route, il y avait un endroit où Norbert avait marché avec son petit taureau, une cinquantaine d'années plus tôt, bien avant ma naissance. Sawinne m'avait tout raconté, toute la vie extraordinaire de cette famille. Pour elle, Josué et son frère Norbert étaient de vrais personnages de romans, tellement elle les trouvait grands. Sous le soleil de juin, je pensais donc à Norbert qui avait fait l'amour sur le dos de son taureau, là dans le champ de foin... Une véritable initiation ! Moi, j'avais été initiée la veille, par Sawinne... Ainsi, malgré la souffrance causée par la séparation, je pouvais marcher d'un pas ferme, car en moi il y avait quelque chose de dur, une espèce de noyau chargé de toute la force du monde qui m'alimentait. (Une espèce d'eucaryote géant...)

Sawinne m'avait dit :

— Va vers l'ouest. C'est un mouvement naturel, c'est le mouvement du progrès, depuis le commencement du monde... Il faut que tu remontes le fleuve, le plus loin possible, jusqu'à sa source si tu en as le temps...

Il me vint à l'esprit que le soleil se déplaçait aussi dans le même sens... Il était bien tentant de sacraliser ce mouvement relié à l'astre le plus important de notre univers. Mais je me dis que cette sacralisation se ferait lentement, à mon insu, pendant que j'avancerais.

Au lieu de me rendre à Rimouski par la route qui traverse les terres en diagonale, je décidai de passer par Pointe-au-Père, où j'avais quelques souvenirs de Sawinne à méditer. Ainsi, je me trouvai, au cœur de Saint-Anaclet, à passer à côté de l'église. Elle était figée dans sa brique rouge, petite, ratatinée, me disais-je, comme une vieille femme qui ne veut pas mourir. Là, dans cette cour, Josué s'était rendu célèbre, un demi-siècle plus tôt, en abattant son troupeau de vaches, dans un geste de protestation désespéré contre les gouvernements qui avaient toujours négligé le Bas-du-Fleuve. C'était au sortir d'un enterrement (un cultivateur suicidé), et le père de Sawinne avait donné à tout le monde une bonne raison de pleurer. Aujourd'hui, la place était déserte, silencieuse, car à l'heure où je me trouvais là, les enfants étaient encore à l'école.

Je voulus entrer à l'église pour aller respirer l'odeur de ce temps que je n'avais pas connu, quand l'encens et le latin s'unissaient pour charmer le peuple et le guérir de ses angoisses, mais la porte était fermée. Il n'y avait plus de curé pour la paroisse, car les prêtres commençaient à manquer sérieusement. Cela me fit beaucoup de peine, parce qu'il y avait, là aussi, des souvenirs de Josué et de

Norbert que Sawinne m'avait précieusement versés dans l'oreille, et j'aurais aimé les revivre une dernière fois. De plus, entrer dans une église, c'est faire pénétrer son corps à l'intérieur d'un corps sacré, imprégné de tout ce qu'il y a de sanctifié, depuis des siècles.

J'allais m'engager dans la route qui mène à Pointe-au-Père lorsque je fus frappée par une réalité qui me figea sur place : j'étais la dernière d'une « grande famille » à quitter cet espace pour toujours. Même si je n'avais aucun lien de parenté avec Sawinne, je me sentais maintenant partie intégrante de son monde, comme si elle m'avait épousée. J'étais sa « bien-aimée » (voir les Soufis), de sorte que tout ce qui remplissait son âme m'était cher. Or je quittais son monde pour toujours !

Mais je ne versai pas une larme. L'aspect unique de cette situation me combla de bonheur. J'avais un destin !

En sens inverse, je refaisais le chemin parcouru par Norbert quand il était revenu de Crète, vingt ans après son départ. Quand il était adolescent, Norbert faisait un pèlerinage à « la bonne Sainte-Anne », à pied, une fois par année. C'était donc cette route qu'il « marchait » avec son père Josaphat, le matin, en juillet. Ils s'étaient levés à l'aube, ils avaient fait la traite des vaches, à jeun, puis ils s'étaient lavés et, toujours à jeun, ils marchaient pendant près d'une heure pour aller communier (avaler une hostie !) dans cette église dédiée à la mère de la Sainte Vierge, la pure...

Ensuite il fallait revenir à la maison, avaler un petit déjeuner solide, puis redescendre au village de Saint-Anaclet pour la grand-messe... Quand elle me racontait tout cela, Sawinne ne riait pas. Elle disait :

— Dans ce temps-là, on croyait à quelque chose... Croire, c'est un peu créer... On se fabriquait du sacré, et c'était bon pour l'âme. Aujourd'hui, Dieu, c'est le gouvernement. Mais le gouvernement ne s'adresse jamais à l'âme des hommes. Il se contente de leur soutirer de l'argent sous forme d'impôts. Il n'y a plus d'équilibre entre l'âme et le corps.

Pour moi, à l'époque, ce discours n'avait rien de suranné. Il m'ouvrait les yeux sur une vieille réalité que je commençais à peine à percevoir.

Je descendais donc cette route qui relie Saint-Anaclet à Pointe-au-Père, route qui traverse une savane plate en décrivant trois courbes accentuées que les anciens appelaient des «équerres», et je m'emplissais les yeux de ce paysage sans intérêt, car les broussailles me cachaient le fleuve vers lequel j'avançais. Mais si je m'appliquais à boire ce que je voyais, c'était pour tâcher de retrouver un peu de l'émotion que le père et l'oncle de Sawinne avaient laissée sur cette route qu'ils avaient parcourue pendant des années avec ferveur, y laissant un peu de leur vie à chacun de leurs pas.

Car en marchant nous créons une émotion qui donne vie au paysage, nous lui donnons une partie de nous-mêmes qui l'imprègne pour toujours.

Or, effectivement, en écoutant les oiseaux, en aspirant les odeurs des bleuets en fleurs et des foins que l'on fauchait un peu plus au sud, je sentais monter en moi cette force morale qui avait donné à nos ancêtres la possibilité de survivre dans cette région ignorée du reste du monde.

Enfin, ce fut la dernière «équerre» et le fleuve m'apparut, surmonté de la flèche qui orne le clocher de la petite église. Puis je vis le phare, avec son «gland» rouge. Ce phare qui avait rythmé les nuits de Norbert, m'avait raconté Sawinne, car il frappait aux fenêtres de la maison qui donnent sur le nord. Aujourd'hui, le jet de lumière est dirigé vers le fleuve.

Je traversai la route pour aller tout de suite sur le quai, lequel était désert, car il ne se passe plus rien entre Pointe-au-Père et la Côte-Nord. Rien... La mort lente a suivi les soubresauts provoqués par Josué et sa longue marche de cocus... Rien que le vent frais venant du large, de l'ouest, ce qui m'assurait du soleil encore pour une journée au moins. J'étais au bord du fleuve-mer pour la première fois de ma vie. Je m'assis sur une vieille bite d'amarrage, le visage tourné vers le golfe, vers l'orient, d'où le mouvement part...

Assez curieusement, je ne me sentais pas écrasée par l'émotion, comme on pourrait le croire. C'était peut-être à cause des premiers rudiments de connaissance que Sawinne m'avait communiqués. Par exemple, si j'étais là, sur ce quai, c'était parce que toute l'histoire mouvementée de la famille Josué-Sawinne-Norbert avait commencé là... par un rêve que Josaphat le père avait fait. Oui, le matin où était né le veau qui allait devenir le taurillon marchant vers Cnossos avec Norbert, le père de ce dernier avait rêvé qu'il était ici, sur le quai, en compagnie du curé, et qu'il voyait son gros taureau glisser sur l'eau, comme s'il avait fait du surf, la queue à l'horizontale, de sorte qu'on lui voyait l'anus. Et le curé avait dit à Josaphat : «On a vu l'oméga de son trou du cul...» Mais au moment où Josaphat allait demander ce que ça voulait dire «l'oméga du trou du cul», il s'était réveillé, trouvant qu'il avait fait un «maudit rêve de fou», puis il était allé à l'étable pour aider la grosse vache à mettre bas. (Je me demande encore aujourd'hui ce que veut dire «l'oméga du trou du cul», mis à part l'évidence que l'anus est à la fin du taureau, animal qui vit à l'horizontale et que l'oméga est la dernière lettre de l'alphabet grec. Il est quand même mystérieux qu'un paysan inculte ait pu concevoir une chose pareille en rêve, le jour même où un veau allait naître dans son étable pour partir ensuite en direction de Cnossos !)

Donc, si je n'étais pas émue outre mesure, j'étais quand même assez troublée par le fait que le commencement de cette merveilleuse histoire avait pris naissance dans le subconscient de Josaphat, une soixantaine d'années plus tôt, par la vision d'un taureau voguant sur l'eau, en direction de l'orient. Et moi, j'étais à la même place, en ce jour de départ, m'apprêtant à prendre la direction opposée... Or, au fond de moi, j'avais la certitude qu'il n'y avait pas de contradiction entre le mouvement de Norbert-taureau et le mien. À cinquante ans de distance, nous partions vers la même source : le fond de l'âme. Plus tard, j'apprendrais qu'il y avait un mot pour le dire, l'inconscient, là où la vérité est plus pure que le fond du ciel bleu... quand il est bleu.

Heureuse, je me levai et repartis vers la route, accompagnée du long hurlement des goélands, ces charognards qui pleurent sans cesse, comme si on leur déchirait le ventre. Pour moi, c'était nouveau, car à Saint-Marcellin il n'y avait pas d'oiseaux aquatiques. C'était l'intérieur des terres, un ventre de roches et de forêts.

Au loin, à l'ouest, il y avait les petites montagnes du Bic, champignons verts, à cause des épinettes, baignant dans le bleu indécis généré par l'espace. Sawinne m'avait appris à les aimer quand on les regardait de loin, du haut de la fameuse côte sur laquelle il s'était passé tant de choses à Saint-Anaclet. Je marchais donc vers ces montagnes où je voulais m'arrêter pour passer la nuit, et j'avais la certitude, au fond de moi, qu'il m'arriverait quelque chose d'intéressant, quand j'y serais parvenue. Je ne savais pas pourquoi, mais c'était là, au fond de mon cœur.

Rimouski-Est, avec son quai un peu plus gros que celui de Pointe-au-Père, me parut sinistre. Puis je longeai la ville de Rimouski proprement dite en empruntant un boulevard qui court le long du fleuve, le surplombant, de sorte que je pouvais regarder à loisir les vagues qui venaient mourir sur les rochers de la berge plus ou moins sale. Ainsi, je ne traversai pas la ville de Rimouski, que je n'avais jamais vue. Elle ne m'attirait pas, comme si j'avais eu la certitude que je méritais mieux... Une vraie ville, comme Québec, ou Montréal... Je savais que Paris et New York existaient, mais je ne désirais même pas y aller plus tard. Je savais que j'atteindrais le but de ma course sans le secours de ces mégapoles.

Voilà comment se dévidait la quenouille de mes rêveries, au rythme lent de la marche que je poursuivais sans fatigue. Et ce rythme régulier de mes pas ajoutait à la beauté du paysage, le faisait danser, onduler, chanter, si bien qu'au bout d'un certain temps il devenait rite, apparenté à la divinité qui m'habitait. Ainsi, l'île Saint-Barnabé, inhabitée, allongée sur ma droite à seulement deux kilomètres de la rive, prenait l'air d'un nid dans lequel dormaient les esprits de nos ancêtres, emmêlés à des animaux mystérieux que les époques préglaciaires avaient oubliés sur cette plage.

Je n'étais pas seule ! C'était là ma plus grande certitude.

Mais comme je marchais seule sur la route, et que déjà mon corps était capable de réveiller certains appétits, quelques automobilistes s'arrêtèrent pour m'offrir la place vide sur la banquette avant, à leur droite. Mais je les remerciai poliment, avec un beau sourire. Sourire qu'ils ne surent pas interpréter, j'en suis certaine : il ne contredisait pas mon ton poli, mais il signifiait que le jour où j'en aurais besoin, ou envie, je pourrais m'offrir tout le nécessaire, et même davantage, grâce à la chair abritée par mes vêtements. En souriant à ces hommes, c'est à mon avenir que je souriais, et quand leur belle voiture s'éloignait, je reprenais ma marche d'un pas plus léger.

Mon corps était accordé au temps et à l'espace.

J'entrai dans le village du Bic pour m'acheter quelques provisions. Rien à signaler, si ce n'est que déjà, dans ce village aussi petit que Saint-Anaclet, il y avait quelque chose de plus. Un peu moins de désolation : traversé depuis des années par les voyageurs venant de l'ouest pour se rendre en Gaspésie, ce village avait l'air d'avoir une écorce, une peau, quelque chose de basané qui le protégeait. Outre cela, c'était l'insignifiance même. J'en sortis pour emprunter la petite route conduisant au terrain de golf, qui me mena au bord du fleuve, au cœur même des pitons qui sortent de l'eau. Le soleil s'inclinait, allait sonner bientôt l'heure de la paix. C'était magnifique. Je m'assis sur le sable, face au nord, et je me laissai bercer par le chant douloureux des goélands boulimiques. Lentement, j'eus l'impression de rouler dans un monde irréel, tellement je me sentais loin de ma condition de jeune pèlerine, marchant seule, apparemment sans but précis. Une situation que toutes les jeunes filles de mon âge eussent trouvée lamentable. Ce qui se passait, en réalité, c'était l'accomplissement, pour de vrai, du geste que faisait Sawinne quand elle me plaçait « à côté » de moi-même après m'avoir fait un massage. Le sacré venait se coller à moi.

Bercée par le chant de la mer, je n'entendis pas venir celui qui s'approchait derrière moi. Soudain, il fut à mes côtés. C'était un jeune homme d'une quinzaine d'années qui tenait un beau chien au bout d'une laisse. Un chien qui ressemblait à mon défunt Minou. Malgré moi, je laissai échapper un cri de terreur en me levant d'un bond.

— Excuse-moi, dit le jeune homme. N'aie pas peur... Mon chien est très doux...

Il ne pouvait pas comprendre, le pauvre, que ce n'était pas la peur qui m'avait fait crier, mais la douleur avivée par la vue du chien. Il me fallut un bon moment pour retrouver mes esprits, car le choc avait été terrible. Alors je vis que le jeune homme était beau et qu'il avait toutes les apparences de la douceur. Il me regardait avec le calme propre aux êtres habités par une grande force intérieure.

— Comment t'appelles-tu ?

— Henriette. Toi ?
— Fluvius.
— Drôle de nom...
— Ça veut dire « fleuve »... Je coule, vers la mer...
Il souriait, et j'étais heureuse de le voir devant moi. Comme tout était simple ! Sawinne avait bien eu raison de me lancer sur les routes, à la recherche de... de quoi au juste ? De ce qui n'est pas devant nos yeux...

Nous avons mangé ensemble, et comme il faisait beau, nous nous sommes couchés sur la plage, avec son chien entre nous pour nous préserver contre l'humidité de la nuit. Le fleuve-mer nous imposa le rythme de ses vagues mourantes, et le sommeil se glissa doucement en nous, comme un lent sourire se dessine parfois sur le visage d'un enfant sans angoisse.

Vers cinq heures, le soleil s'éleva au-dessus de la queue des Appalaches et nous frappa dans le dos. Apparemment, le sommeil avait coulé en nous comme une rivière paresseuse. Après le petit déjeuner, ce fut le moment du départ. Fluvius me dit :
— Je voudrais faire quelque chose pour toi.
— Ça me fait plaisir.
Sans hésiter, toujours de la même voix douce, il dit :
— Déshabille-toi.
Ce qu'il commença à faire lui-même, sans aucune espèce de fausse pudeur. Je m'exécutai de la même manière, sans hésitation, sachant instinctivement que je vivais un moment très important de mon voyage. Quand il fut nu, je ne pus m'empêcher de regarder son sexe encore fragile. C'était beau. Lui, il posa les yeux sur mon pubis, sur mes jeunes seins. Et nous échangeâmes un beau sourire complice : nous aimions tous les deux la beauté de nos corps.
Il fit venir son chien près de nous puis il me dit :
— Monte sur son dos.

Ce que je fis, une fois de plus sans hésiter. L'échine poilue me pénétra légèrement, chaude. C'était bon. Alors Fluvius prit son chien par le collier et le conduisit dans l'eau, pendant que je le chevauchais en me supportant le plus possible de la pointe des pieds, afin de ne pas l'écraser. L'eau froide me fit bleuir les cuisses, mais je ne disais rien, et je me laissais guider par Fluvius et son animal, consciente de former, avec le chien, un équipage qui ouvrait la voie à mon grand voyage. Tout en marchant à mes côtés, le jeune homme me regardait en souriant, et ce sourire était un don qui semblait couronner notre geste irrationnel.

Pendant que nous avancions dans l'eau, nus tous les deux, moi chevauchant un chien, je pensai à Norbert qui avait fait l'amour sur le dos de son taureau dans les champs, entre Saint-Anaclet et Rimouski, avec une jeune fille qu'il désirait depuis des années. Une espèce d'initiation, un rite sacré, pour ainsi dire, qui lui avait donné la force d'entreprendre son long voyage. Je ne faisais pas l'amour avec Fluvius, mais il me faisait vivre quelque chose d'aussi beau. Ce bain dans l'eau du fleuve, cette eau qui nous relie au reste du monde, c'était aussi un rite de passage.

Revenus sur la berge, je sortis ma serviette de mon sac. Il m'essuya en me frictionnant avec force, excepté pour les parties plus délicates de mon anatomie, qu'il regardait avec attendrissement. Je fis de même sur lui, heureuse de palper pour la première fois un corps juvénile de l'autre sexe. Assez curieusement, je n'étais pas troublée. Je ne désirais pas ce corps qui se fût probablement abandonné à moi, qui aurait pu vouloir me prendre. Non, je le trouvais beau. Je l'admirais. Je me sentais devant Dieu.

Le pénis de Fluvius se dressa tout à coup, et le jeune homme se mit à rire avec innocence. Je ris moi aussi, tout en collant ma joue contre cet arbrisseau plein de sang chaud. Je me relevai en ouvrant les bras. Nos poitrines se joignirent pour une étreinte qui ne voulait plus finir, une étreinte fébrile, secouée de spasmes qui nous donnaient l'impression de nous pénétrer l'un l'autre. Ce fut comme un ersatz d'accouplement. Fluvius dit :

— Tu vas partir, seule sur la route, mais mon âme sera toujours avec toi. Quand tu souffriras, pense à moi, à ton voyage dans le fleuve sur le dos de mon chien, et tu auras toujours le courage de continuer ton chemin. Tu es belle. Le monde a besoin de ton regard pur, de ton corps, de la liberté de ton esprit, et de ta générosité. Tu ne sais pas encore où tu vas te rendre, pour finir tes jours sur la terre, mais ça n'a aucune importance pour le moment. Ce qui compte pour l'instant, c'est de remplir tes yeux, de boire le monde par tes yeux, sans penser à faire quelque chose d'utile. Marche, c'est tout ce qui compte. Marche, et tu finiras peut-être par découvrir le pouls du monde. Adieu.

— Adieu. Merci, Fluvius.

Il disparut derrière les collines du terrain de golf, en quelques minutes, mais je ne sentais pas le poids de la solitude. J'étais pleine de mon avenir.

Je restai longtemps assise sur un rocher, à regarder ces petites îles qui sortaient de l'eau en souriant, pour ainsi dire. Au nord, le soleil frappait sur le mur de Forestville, rocher qui s'élevait comme une protestation contre le mouvement vers le pôle. Nos lacs et nos forêts avaient-ils besoin d'être protégés ? De qui ? De quoi ? Ce « grand nord », dont on m'avait parlé à l'école, dont j'avais vu des images à la télévision, montrant les « harnachements » de rivières, me sembla tout à coup important... On n'en parlait jamais. On n'y pensait jamais. C'était là, comme une pauvre roche au bout d'un champ, dont on fait le tour avec la faucheuse, par habitude.

Pourtant, notre « nord » était immense ! Je fermais les yeux et j'essayais de l'imaginer. Tant de millions de kilomètres carrés de forêts, de lacs, de rivières, de minerais...

Des caribous et des orignaux par milliers... J'en rêvais, assise sur mon petit rocher, engourdie par la marche de la veille.

Mais je me mis en route, le sac au dos, comme le jour précédent.

Justement, la veille, à peu près à la même heure, j'étais blottie contre la poitrine de Sawinne, et j'allais me séparer d'elle à jamais. Or cette séparation n'avait pas été une blessure, malgré la nuit d'amour que j'avais vécue entre ses bras. Non, tout se passait comme si j'avais voyagé sur une rivière en terrain plat. Il me vint alors à l'esprit que depuis le moment où mon père avait tué mon chien Minou, mon cœur et mon esprit s'accordaient aux choses et aux êtres que je rencontrais. J'étais entrée dans une période d'harmonie ! Malgré la blessure ! Ce qui est paradoxal, mais vrai quand même...

Après le Bic, la route monte légèrement, puis elle fait une jolie courbe à droite en redescendant, ensuite elle reprend son élan vers le haut, pour nous amener à Saint-Fabien. On perd le fleuve de vue, car à droite il y a cette montagne étrange qui s'appelle le cap à l'Orignal. On lui a donné ce nom parce que le profil de la montagne s'apparente vaguement à la bosse qui orne l'échine de l'orignal (élan d'Amérique), gibier dont le panache majestueux fait rêver les chasseurs. Rêverie inconsciente qui les ramène probablement au temps des taureaux préhistoriques.

Je ne sais pas pourquoi mais cette montagne me fascinait. Était-ce dû au fait que, dans la région, elle était la plus haute de toutes ? Peut-être. Toujours est-il que je ne pouvais marcher sans m'en détacher les yeux, et quand je vis un panneau indiquant le sentier par lequel on pouvait y accéder, je ne pus m'empêcher de bifurquer. Il me fallut d'abord traverser quatre ou cinq arpents de terres basses où les cultivateurs étaient en train de faucher leur foin. Assis sur son andainneuse, l'un d'eux arrêta sa machine et me regarda marcher sans se soucier de refréner l'excitation qui faisait briller ses yeux. Il était assez jeune, relativement propre, solide comme tous les gars qui font ce travail. Quand je fus à quelques pas de lui, il me demanda :

— Où est-ce que tu vas comme ça ?

Alors un beau souvenir remonta à ma mémoire : Sawinne m'avait raconté que Norbert, à qui on avait posé exactement la même question quand il marchait avec son taureau, avait répondu : « Je le sais pas. Mon p'tit beu pis moé, on cherche la racine du monde... » Ce qui était une réplique « inspirée », comme j'allais l'apprendre plus tard. Mais je ne pouvais pas répondre la même chose, d'abord parce qu'au fond de ma conscience, à ce moment-là, il n'était pas question de « racine du monde », et ensuite parce que je ne marchais pas en compagnie d'un taurillon. Alors je lui dis :

— Je monte sur la montagne, pour m'approcher du ciel.

— T'es trop petite pour aller là toute seule !

— J'aime mieux y aller toute seule qu'avec un méchant garçon...

Mais dans mon allure, dans mon intonation et dans mon sourire, il y avait tellement de coquetterie qu'il ne put que laisser tomber :

— Tabarnac ! J'ai mon voyage...

Puis il remit sa machine en marche en secouant la tête. Au fait, je me demande encore pourquoi il me laissa filer sans courir après moi pour me renverser dans le foin qui sentait si bon. Mais je n'étais pas destinée aux aventures sans but, pour le seul plaisir...

Mon ascension fut un vrai calvaire, car en fait de malfaiteurs, je rencontrai surtout des moustiques. Le chemin de gravier était rocailleux, délavé par l'eau de pluie, et il serpentait, avec quelques plateaux, au milieu d'érables, de bouleaux et d'épinettes, espèces communes à la région. Vers le premier tiers de la hauteur, je vis une

« cabane à sucre » abandonnée depuis longtemps, refermée sur ses souvenirs de fêtes et de labeurs vécus par nos anciennes familles, à l'époque où on se fabriquait soi-même une once de plaisir par année, en chatouillant l'émotion au fond de son cœur, soit au moyen d'une vieille chanson, soit en évoquant les naissances, les mariages, ou un moment d'ivresse nourri de bons gros rires. Maintenant, rien ne bougeait sous le feuillage épais, riche d'humidité. Et le silence n'était cassé que par le croassement d'une corneille qui de temps en temps s'élançait d'une tête d'épinette pour faire un petit tour apparemment inutile. Je ne sais trop pourquoi, mais je fus émue par cette construction primitive qui était en train de pourrir, lentement engloutie par la flore laurentienne.

Il y avait quand même quelque chose de moi, dans cette cabane abandonnée, inerte, pendant que le monde avançait, poussé par tous ses moteurs à réaction. N'est-il pas amusant de penser que, au moment où je dépensais beaucoup d'énergie à faire cette ascension vers la lumière, je me sentais attirée par les racines qui me retenaient à la terre ? J'avais besoin de monter, mais je m'agrippais à l'humus qui m'avait donné naissance...

Il était environ une heure, heure avancée de l'est, quand j'arrivai au sommet de la montagne. Six à sept cents mètres, à vue de nez. Au soleil, il était donc midi. En plein été ! C'était le solstice, le point culminant dans la marche du « chariot » qui transporte la lumière... Du zénith, le feu tombait sur moi, m'inondait, me transperçait, et au lieu de me sentir accablée par la chaleur, il me semblait qu'un rythme nouveau marquait les divers mouvements de mon organisme. Un rythme qui m'allégeait ! Un peu plus et j'allais m'envoler ! J'eus alors la certitude que la lévitation était une chose possible, que ce n'était pas une invention de nonnes malades, prisonnières de leur amour fou et impossible pour leur Dieu à barbe blanche. Oui, la lévitation était possible ! Il suffisait de s'accorder au rythme de la terre et des astres au milieu desquels elle tourne.

Ce que j'éprouvais était magnifique ! Une espèce de bonheur physique, comme cela se trouve quand on fait l'amour en étant amoureux.

J'étais seule sur un pauvre rocher perdu dans les restes d'une vieille chaîne de montagnes, et pourtant je me sentais comme une reine applaudie par une foule d'admirateurs, faisant son entrée dans une salle aux dorures étincelantes. Je ne sais pas combien de temps je passai dans cet état de semi-transe, immobile, le visage tourné vers le nord, mais sans me rendre compte vraiment de ce que j'avais devant les yeux.

Je finis par sortir de cet état « surnaturel », pour voir que je me trouvais sur un plateau dégagé de ses arbres, où on avait construit un hangar quelconque, lequel était raccordé à une antenne de télévision qui reliait Rimouski à la région de Québec. Je retombais soudain dans le monde banal. Mais je vis ensuite le fleuve apparemment immobile, puis une fois de plus la rive nord qui m'appelait avec son sourire mystérieux. Alors il se passa quelque chose de bizarre. Ce fut d'abord une espèce de sensation. L'impression qu'une pointe aiguë, mais douce, entrait en moi, au centre de mon corps. Pourtant ce n'était rien de physique. C'était le commencement d'une certitude : ce nord m'appelait, et j'allais finir par le rejoindre, comme on va vers un amant qui nous appelle en silence ; c'est-à-dire, simplement par le fait qu'il existe.

Je passai le reste de la journée à rêvasser, à somnoler, à écouter les corneilles, et à regarder le soleil descendre lentement, royal dans sa chute impeccable. Puis je dressai ma tente pour la nuit.

Dans mon sommeil heureux, je vis le chien de Fluvius en rêve. Il courait au-devant de moi, s'arrêtait puis se tournait vers moi en jappant joyeusement. J'allais le caresser, puis il repartait en courant, passait ainsi de Saint-Fabien à Trois-Pistoles, puis à Rivière-du-Loup en quelques secondes. Je le rejoignais en riant aux éclats comme une enfant tout à fait innocente, malgré les blessures que je me faisais aux pieds. Il me léchait les orteils, et je me sentais devenir femme. Une jambe d'homme sortit de mon bas-ventre, ornée d'un bouton de rose.

Quand je m'éveillai, il y avait de la folliculine à mes lèvres vaginales.

La descente de la montagne fut facile, joyeuse malgré les moustiques affamés. Là où, la veille, j'avais vu un jeune paysan sur son andainneuse, il n'y avait personne. Le foin coupé séchait en dégageant une bonne odeur de luzerne et de trèfle, ce beau mélange que dégustent les vaches en fermant les yeux. Je me souriais à moi-même, heureuse de cette chose toute simple mais si bonne : une odeur enivrante et un mélange de foins qui fait donner du bon lait. Alors je pensai, comme une poétesse dénommée Sonia, que j'allais connaître plus tard :

« Maintenant je suis libre et plus apte au bonheur. »

Ce n'est pas de la grande versification, mais ça chante et ça vous invite à vous ouvrir le ventre à la vie. À ce propos, je regrettais un peu l'absence du jeune cultivateur. Je crois que s'il avait été là je l'aurais laissé me renverser sur un andain. Malgré mon jeune âge ? Eh, oui ! Sawinne m'avait préparée à tout, la divine femme aux mains de feu. Souvent, j'avais tenu sa main droite dans les miennes, longuement, en pensant que cette main de jeune fille avait planté une fourchette dans les yeux de son père, et je remerciais le ciel d'être sous le même toit qu'elle, une femme capable d'un geste aussi horrible. La caresse de cette main, quand elle vous « tenait », était aussi brûlante que le métal dans la prunelle de Josué... Je lui consacrai quelques minutes de rêverie nostalgique, revoyant le moment de nos adieux, la veille. Oui, elle m'avait fait entrer dans son monde, quand elle m'avait dit : « Il ne faut pas que tu pleures. » Le monde des femmes qui sont capables de tout, quand elles sont sûres d'avoir raison, ou quand elles ont la certitude de participer à la création du monde.

Entre Saint-Fabien et Saint-Simon, il n'y a qu'une route filant sans accident, au milieu de champs que les montagnes coupent tout de suite à gauche. À droite, le même plateau tombe subitement dans le fleuve au bout de quelques arpents. Les maisons sont rares et sans grand intérêt, si ce n'est qu'elles recèlent, entre leurs murs de bois, les souvenirs de familles qui se sont tuées à travailler la terre pendant des générations, sans beaucoup de consolations. En ce temps-là, il y avait la beauté des couchers de soleil, la joie des premières neiges et la poésie du chant grégorien à la messe du dimanche, mais à part cela, mon Dieu ? Est-ce que les femmes étaient vraiment si heureuses de faire autant d'enfants ? Mystère...

Voilà ce que je me disais en pensant comme les jeunes d'aujourd'hui, mais je me relevai bientôt de cette minuscule déprime pour me dire qu'à part cela, il y avait toute la chaleur de la vie, qui n'a rien à voir avec le luxe, et qui procure le bonheur.

C'est à Trois-Pistoles que je passai la nuit, après une belle journée de marche. Il m'arrivait de marcher de façon nonchalante, irrégulière, un peu comme on se laisse aller à la rêverie, ce qui n'est pas désagréable. Mais je me reprenais, pensant aux recommandations de Sawinne, et je redonnais du rythme à mon pas. Alors la poésie du monde entrait en moi, scandée, et mes pieds s'amusaient à toucher le sol.

Comme la veille, plusieurs m'avaient offert de monter dans leurs voitures.

— Merci. Il faut que je marche, si je veux devenir une vraie femme qui saura bien faire l'amour, disais-je... D'un seul coup leur sourire invitant devenait incrédule, puis lubrique, pour se changer ensuite en une grimace où la niaiserie alternait avec la bêtise. Alors ma jolie petite main, déjà capable de caresses, leur faisait un joyeux petit signe d'adieu, et je continuais ma route, heureuse du rythme qui réchauffait mon sang.

C'est sur la rive du fleuve que je dressai ma tente, au moment où le soleil s'inclinait, donnant plus de reliefs aux îlets qui ponctuent les eaux à cet endroit. Il y avait quelques personnes qui osaient se baigner, mais à les voir émerger des vagues, bleues, je n'avais pas envie de les imiter. Froid, notre fleuve n'est pas pour la baignade. Depuis les commencements du monde, il a d'autres fonctions. Immense utérus enfoncé dans le continent, il déverse la vie dans l'océan Atlantique, et il nous relie à l'Europe, la vieille, puis à l'Afrique, d'où nous venons tous, paraît-il.

Le vent tourna vers six heures du soir, et je sus que la pluie allait venir. En effet, au cours de la nuit, j'entendis les gouttes qui tintaient sur ma tente, et je sortis pour me promener sous l'eau tiède que le ciel m'envoyait. Nue, je marchais sur la plage rocailleuse, rude comme les mains des paysans qui labouraient autrefois avec les chevaux. C'était la première fois que je me promenais sous la pluie depuis la nuit où mon père avait tué mon chien. Ce souvenir raviva ma blessure, mais j'avais maintenant la force de la maîtriser, de laisser aller ma douleur comme on laisse le sang circuler dans ses veines, même en sachant que sa course est parallèle au flux de notre vie... en route vers la mort.

Entrer dans l'eau douce

Entre Trois-Pistoles et Saint-Roch-des-Aulnaies, il ne se passa rien de particulier. J'avançais lentement, dégustant le paysage, notant les changements subtils de la végétation qui devenait plus luxuriante à mesure que je remontais le fleuve. Lentement, je voyais s'éloigner, derrière moi, la rudesse du Bas-Saint-Laurent, l'aspect un peu rabougri des épinettes, la vertu du fond de l'air solidement nourri du froid Labrador. Je montais vers la douceur, vers la richesse. Je sentais la terre devenir chocolat...

Je passai quelques jours à Notre-Dame-du-Portage, enchantée par la côte ombragée de grands arbres, et par ces rochers rugueux sur lesquels je sautais pendant des heures, inlassable, sachant très bien que je développais mes mollets et mes cuisses, afin de mieux emprisonner les tailles d'hommes, quand le temps serait venu. Il y avait là de belles vieilles maisons qui faisaient penser à des églises protestantes, car autrefois c'était un endroit de villégiature prisé par les anglophones. Maintenant, tout semblait dormir, comme dans un cimetière abandonné par les âmes des morts.

Puis je repris ma route en pensant à Norbert, l'oncle de Sawinne, qui avait parcouru le même chemin plusieurs années avant moi, en compagnie de son taurillon. Il y avait certainement un lien entre mon voyage et le sien, mais quel était-il, au juste ? Norbert était guidé par son taureau qui l'amenait vers le passé, vers la conscience primitive des Crétois. Mais moi, j'avais l'impression d'être guidée seulement par mon appétit de voir. Parfois il me semblait que la marche était une fin en soi.

Puis je voyais la rive nord se rapprocher de la rive sud, et cela me troublait. Les deux jambes du fleuve se refermaient comme une paire de cuisses. Je m'avançais vers le sexe et le cœur du pays, vers cette fournaise où les germes tourbillonnaient et s'agglutinaient pour donner la vie !

Un peu avant Saint-Roch-des-Aulnaies, il se passe quelque chose de particulier. La rive s'affaisse. Il n'y a plus de côte ! On a l'impression que le fleuve va déborder et s'étaler sur la route. Cela dure pendant plusieurs kilomètres. Et c'est plat, et c'est mystérieux en même temps parce qu'on se sent tout près de cette eau qui nous attire.

Or c'est là que l'eau du fleuve devient salée. En aval. Moi je montais, donc j'arrivais à l'eau douce. À première vue, il s'agit d'un détail. Pourtant, ce phénomène naturel me bouleversa. Sans trop savoir pourquoi, je décidai que je devais m'arrêter là pendant quelques jours.

Ma petite tente bleue se dressa donc lentement, car mon rythme était depuis longtemps celui du fleuve, qui n'a jamais l'air de s'énerver. Le fleuve a la possession tranquille de la vérité : il sort du ventre d'un continent, lourd de semences, de nourritures, de vie sous des millions de formes, et personne ne peut lui dire d'accélérer son processus d'allaitement atlantique. Personne. Pas même Dieu ! À force de le côtoyer, j'avais acquis une parcelle de son impassibilité.

Autour de moi, je ne voyais personne. Dans les champs, où j'avais remarqué qu'il y avait de moins en moins de roches, à mesure que je remontais le courant, on récoltait les céréales. Car on était déjà à la fin d'août. Les tracteurs grondaient, éparpillés, mais il n'y avait pas d'hommes, la machine ayant remplacé les bras depuis longtemps. Je ne savais pas ce que je faisais là. Qu'est-ce que j'attendais, le long de ce rivage affaissé qui m'amenait les pieds jusqu'à l'eau, sans effort ? Je n'en savais rien. Mais je ne démontais pas ma petite tente. Je rôdais, comme une Amérindienne déguisée en chienne errante, à la recherche de nourriture. Et je pensais à Sawinne, forcément...

Puis un jour un jeune homme arriva. Il venait de Saint-Jean-Port-Joli et il vendait des sculptures de la famille Bourgault. Je ne connaissais rien à cette famille célèbre du Bas-du-Fleuve, mais je ne fus pas tellement excitée par ce genre d'artisanat. J'en achetai une quand même (cinquante dollars), car il était beau garçon et son commerce ne marchait pas très fort, de toute évidence.

Puis il voulut m'embrasser. Je lui demandai :

— Tu veux faire l'amour avec moi ?

— Oui. Je te trouve belle...

Effectivement, sa braguette menaçait d'éclater. Alors je lui dis :

— C'est cinquante dollars.

Il me redonna mon argent et me déshabilla.

Attendez... Ce ne fut pas si rapide. Ni aussi simple. D'abord, en jeune homme bien élevé qu'il était, quand il m'entendit demander de l'argent pour faire l'amour, il y eut sur son visage une espèce de grimace qui se changea graduellement en sourire incrédule. À me regarder, comme ça, je n'avais rien d'une pute. J'étais une brave jeune fille qui aime la nature, un peu sauvageonne, rien de plus. La réalité, c'est autre chose...

Ensuite il y avait le fait que, comme presque tous les hommes de son époque, il estimait avoir un besoin sérieux, mâle, patriarcal, de l'argent qu'il faisait en vendant sa camelote. Donc il souffrait réellement à l'idée de perdre ce qu'il venait de gagner, uniquement pour satisfaire un appétit bassement animal. Au cœur de son petit cœur de jeune homme bien, le débat était donc très douloureux. J'étais en shorts, et il me regardait le bas des cuisses en se mordillant les lèvres. Alors je tendis la main pour faire glisser la fermeture de sa braguette en disant :

— L'argent, en soi, est quelque chose de vulgaire... On peut l'ennoblir un peu en s'en servant pour se procurer du plaisir.

Je ne sais pas si ce discours spécieux eut autant d'effet que ma main entourant son membre déjà mouillé, mais il me donna l'argent et commença à me déshabiller. Or je n'aimais pas sa fébrilité, car cette dernière est toujours cause de maladresse. Il ne faut tout de même pas oublier que pour moi, c'était la défloration... masculine, si je puis dire. La main de Sawinne était experte, mais ce n'était qu'une main... Je le repoussai donc gentiment, mis l'argent dans mon sac, puis je me déshabillai moi-même, lentement, en le regardant dans les yeux, pendant qu'il se débarrassait de son jean et de sa chemise.

Dans ma petite tente, il faisait une chaleur atroce, car nous étions sous le beau soleil de l'après-midi. Sans hésiter, nous apportâmes mon matelas sur la grève et c'est là, en pleine lumière, que je fus pénétrée pour la première fois de ma vie. Bien sûr, il n'y a rien de plus banal que la copulation, et je ne vais pas m'arrêter à décrire ces merveilleuses sensations de «brûlure», de «douceur huileuse», de membre «rigide labourant les chairs les plus intimes», etc. Non. J'aimai sa chair juvénile, la force de ses reins, la fermeté de ses fesses. Mais ce qui me parut le plus important, pour cette première expérience, ce fut de me laisser faire, d'être passive à l'extrême; autrement dit, d'être la chose que ce jeune homme avait achetée, et de goûter au maximum le plaisir qu'il me donnait en prenant le sien. Voilà. Sous le beau soleil de Dieu, je me vendais en souriant à la divinité et, croyez-le ou non, je sentais le sacré de mon geste. J'étais «à côté» de mon petit matelas, comme au temps où Sawinne me faisait descendre à côté du lit, pour me faire son massage... À côté, on peut se voir agir et sentir la divinité nous pénétrer, elle aussi...

Ce fut un grand événement pour moi, aussi important que la mort de mon chien, cause de la blessure qui allait me mettre en marche vers ma résurrection. Oui, je pouvais être heureuse en vendant mon corps ! Pour la première fois de ma vie, je me sentais apte à assumer mes fonctions de femme-terre, source de plaisir et de germination, de floraison, de fructification. La chaude épée de cette satisfaction me pénétrait lentement, sous le soleil qui commençait à s'incliner, au moment où le jeune garçon se rhabillait et me disait au revoir.

— Veux-tu que je revienne demain ? demanda-t-il.

Un vieux fond de paysannerie, ou mon instinct grégaire d'animal humain, faillit me faire acquiescer. Mais après une courte hésitation, je répondis fermement :

— Non. Je te remercie beaucoup, mais demain je continue mon chemin. C'est toi que j'ai attendu ici, maintenant je peux m'en aller.

— Tu veux pas vivre avec moi, à Saint-Jean-Port-Joli ?

Je lui adressai mon plus beau sourire, l'embrassai sur la joue et je lui indiquai la route en disant :

— Je suis en route pour le bout du monde.

Il partit en me jetant un dernier regard dans lequel je pouvais lire une certaine tristesse, qui n'était pas seulement un hommage rendu à mon corps d'adolescente, mais que je voyais plutôt comme l'inévitable et nécessaire apprentissage de ce qu'on appelle la vie. Cette notion de « vie », d'ailleurs, me paraîtra de plus en plus élastique, à mesure que les années s'accumuleront sur ma chair de femme.

Mais en le regardant s'éloigner, je vis un homme qui, à quelques centaines de pas, essayait en vain de se cacher derrière un arbre. Il me parut évident que cet individu nous avait épiés au moment de nos ébats, en plein soleil. La peur me figea sur place, effaça mon sourire de « jeune fille en fleur »... Qu'allait-il faire ? Me dénoncer, peut-être... Mais après réflexion, cela me parut impossible, pour la simple raison qu'il n'y avait pas de police municipale dans le coin... Non, la menace était plus banale, plus humaine... Le bon sens me commandait de partir, puisque je venais de franchir une étape importante de mon voyage. Pourtant, quelque chose de plus important, de plus profond que la logique me fit rester sur les lieux, patauger dans l'eau, m'étendre sur la grève et regarder le soleil tomber derrière le fleuve.

Puis ce fut la nuit. Noire, sans lune et sans étoiles. Une nuit comme on en connaît au centre de la terre. Une nuit d'entrailles, chaude, au cours de laquelle, quand on est enfant, on a peur des démons qui se promènent sous nos paupières. J'essayais de dormir mais en vain.

Puis j'entendis un bruit de pas. Une main rapide souleva le panneau qui fermait ma tente. Bien sûr, comme dans les histoires d'horreur, mon sang se glaça... (Je sais bien qu'il y a quelque chose de ridicule dans cette expression, mais je l'emploie quand même, car depuis le temps je me sens tout à fait détachée de cette expérience douloureuse. Il y a même des jours où je me dis : « Vive la douleur ! »). La présence de l'homme avait quelque chose de terriblement lourd. Soudain, il me semblait que j'étais à la merci du taureau mythique, de la totalité du mâle humain. Une voix terrible me commanda :

— Ferme ta gueule, poupounne, pis ouvre les cuisses !

Je criai :

— NON !

Sa main me ferma la bouche.

— Ta gueule !

Il se mit à l'œuvre, baissant sa culotte, sortant son membre déjà dressé. Je me débattais, cherchant à le repousser, ou du moins à lui rendre la tâche difficile. Mais sa force eut bientôt raison de mes jambes qui gigotaient de façon désordonnée. Et vint le moment où je sentis son pénis qui cognait aux abords de mon « intimité »...

L'un des grands moments de ma vie approchait. Ce n'était plus qu'une question de secondes.

Quand son membre fut enfin en place, entre mes deux lèvres vaginales, à la seconde où le pauvre homme basculait dans la vacuité intellectuelle à cause de la certitude que son désir allait être assouvi, car au prochain coup de reins il allait s'enfoncer en moi, sa respiration cascadée s'arrêta et il laissa échapper un cri de douleur terrible. Je venais de lui planter mon couteau dans le dos, ce petit couteau que je gardais toujours sous mon matelas. C'était d'ailleurs le couteau que Sawinne avait emporté en voyage, et avec lequel elle avait repoussé un camionneur trop entreprenant, lors de son retour. « Tu en auras certainement besoin, prends-le... » Je l'avais toujours à portée de la main. Chère Sawinne...

En une fraction de seconde, le pauvre pénis de l'homme devint une limace, baveuse épave aux bords des rives convoitées. Son corps s'affaissa sur moi, flasque, subitement lourd de toute sa musculature en dérive. Puis il retrouva la force de se débattre avec désespoir, mais je replantai ma lame à plusieurs reprises dans sa chair qui sentait encore l'homme en santé. Je ne sais pas combien de temps dura cette lutte entre lui et la mort qui régnait au bout de ma main, mais pendant toutes ces minutes, je vécus à une telle intensité que je faillis en perdre la raison.

Je pleurais cette vie humaine qui s'éteignait sur mon corps, mais en même temps j'éprouvais une joie indicible à l'idée de tuer en toute impunité, dans une situation de légitime défense. Qui donc a le droit d'enlever la vie, sinon Dieu ?

C'est le sang du moribond qui me ramena à la réalité. Il s'épanchait sur mon sein droit. Je le goûtai en le cueillant au bout de mes doigts. Il était fade, comme l'eau douce du fleuve, en cet endroit...

Je traînai le corps jusqu'à l'eau, encore, encore, puis il se mit à flotter, et je marchai longtemps vers le nord, le poussant devant moi comme une vieille brouette déglinguée, jusqu'au moment où mes pieds ne touchaient plus le fond. Alors je l'abandonnai au courant qui allait l'emporter vers l'eau salée, vers le fleuve-mer d'où je venais.

Ainsi, ce corps de mâle était le pont qui me faisait passer de l'eau salée à l'eau douce, dans ma longue marche vers la pureté. Cet homme était donc sacrifié, fait « sacré », en guise de viatique, afin que je pusse accomplir ma destinée. Je devais beaucoup à cet être banal qui avait obéi à ses instincts, comme un animal sauvage qui se balade en forêt, innocemment, et qui reçoit une balle dans la tête à cause de sa fourrure ou de sa viande.

Assise à la porte de ma tente, comme un vieux paysan sur son perron après une journée de labour, je passai une bonne heure à me vider de l'émotion que je venais de vivre avec une intensité presque insupportable. Alors il me vint à l'esprit que j'avais vécu une expérience pareille à celle de Norbert, l'amant de Sawinne. Elle m'avait raconté qu'il avait passé un hiver chez un cultivateur, au cours de son voyage, quelque part entre Québec et Montréal, et qu'il avait tué un homme jaloux qui le menaçait avec une carabine. Cela s'était passé en forêt. Norbert s'était libéré en lui lançant sa hache à la tête. Puis il avait enfoui le corps dans la neige et il était reparti pour la ville, puis vers la Crète...

Ainsi, le sacrifice humain pourrait servir d'initiation à ceux qui entreprennent des tâches de héros ? J'étais encore bien jeune pour répondre à cette question.

D'abord, étais-je une héroïne ? Je savais bien que je n'étais pas comme tout le monde, mais de là à me prendre pour une Médée ou une Hélène, il y avait un grand pas que je n'osais pas franchir.

J'en étais là de mes rêveries lorsque l'aube fit pâlir le bas du ciel et découpa les montagnes qui galopaient vers l'est, irrégulières, déhanchées, pareilles à de vieilles juments que la nuit a rendu folles. Alors une vague de satisfaction extraordinaire m'envahit, et pendant quelques minutes je pleurai de bonheur en me masturbant.

Plus tard, j'allais apprendre que le fait d'être obligé d'enlever la vie à un être humain est une épreuve terrible, mais en même temps, comme toutes les épreuves, c'est quelque chose dont on tire une satisfaction profonde, innommable... Innommable parce qu'inavouable... Car il faut être vrai comme le diamant pour ne pas en avoir honte !

Puis je regardai vers le large, où l'eau jouait déjà à faire danser ses petites « plaques d'argent ». Je vis que le corps de l'homme avait disparu. Il était au large, loin déjà, et il allait sombrer comme un petit navire que le sort a condamné. Je lavai mon couteau et tout ce qui avait été maculé de sang, puis mes épaules heureuses reçurent le poids de mon sac. La route était devant moi, pour une autre étape.

Vers mon maître

À pied, j'étais encore loin de Québec. Mais je n'étais pas pressée. À mesure que le soleil montait dans le ciel, plus ou moins sur ma gauche, je laissais derrière moi ces terres plates... Plus j'avançais, plus il y avait quelque chose d'heureux dans la végétation, plus les arbres et le foin avaient une apparence moelleuse. La dureté rocailleuse de mon Bas-Saint-Laurent s'effaçait graduellement, et la germination me semblait se faire dans une folliculine plus abondante. La douceur du temps, comme la douceur d'une cuisse juvénile...

Le plus beau, c'est que j'avais l'impression de ne rien laisser derrière moi. Pourtant, il y avait ce cadavre qui roulait maintenant dans l'eau salée, vers le golfe. Non, ce cadavre n'avait rien de pénible pour moi. En le poussant à l'eau, je m'étais libérée, d'un seul coup, de toute une vie de labeur : ce par quoi on se rapproche du cercle, la forme parfaite que doit avoir notre conscience au moment de la mort... C'est aujourd'hui seulement que je m'étonne du privilège dont le destin me faisait cadeau à ce moment-là. Mais était-ce vraiment un cadeau ?

En plongeant mon petit couteau dans cette chair vigoureuse, je m'étais octroyé une force de surhomme. Et à cette étape de ma longue marche, il ne me venait pas à l'esprit que j'aurais peut-être à payer, un jour, pour ce pouvoir que je m'étais approprié, grâce au « doigt capricieux du destin »...

À Saint-Jean-Port-Joli, septembre était blond, doux et blond comme un grand garçon qui dit au revoir à sa mère en partant pour sa première visite au bordel. À Saint-Marcellin, septembre était beau, frais, mais on sentait déjà dans ses matins la contraction de l'automne qui allait foncer sur nous. Ici, au contraire, il se prélassait encore sur une chaise longue, une goutte de rosée à la main en guise de vin frais. J'eus envie de m'arrêter là, au bord du fleuve. Mais avant de dresser ma tente, j'allai faire mes courses dans le gros village, et je me cognai le nez sur la seule personne que je connaissais en haut de Rimouski : le jeune homme qui m'avait payée pour faire l'amour au bord de l'eau, quelques jours plus tôt. Je sortais du magasin avec mes sacs de provisions, insouciante, détendue, et tout à coup il fut devant moi, souriant timidement, ne sachant trop s'il devait me laisser filer ou m'accrocher.

Or c'est à cet instant précis qu'il se passa quelque chose de fou : je tombai amoureuse. J'étais là, devant lui, immobile, pareille à la petite bête que le serpent fascine. Stupide ! Moi, me laisser emprisonner ! Mais lui aussi, il avait l'air d'attendre quelque chose. Alors je me suis approchée de lui en demandant :

— Tu veux venir avec moi, dans ma tente ?

— Oui, mais j'ai pas d'argent.

Je notai que son sourire n'avait rien de méprisant. Il avait tout de même bon cœur, de ne pas dédaigner une pute...

— Ça fait rien. C'est toi que je veux...

Il me regardait, incrédule, et je voyais sa lèvre supérieure trembler légèrement, à cause de la lutte que le désir et la peur se livraient en lui.

— Moi ? Qu'est-ce que tu veux dire ?

— Ce que j'ai dit, tout simplement. Toi, t'as pas envie d'être avec moi ?

— Oui.

Au bord du fleuve, il y eut nos rires, nos courses folles, nos cris d'enfants qui apprennent à jouer de leur corps pour exécuter la grande symphonie du plaisir. Celle qui restera inachevée jusqu'à la fin des temps. Puis les feuilles des arbres commencèrent à frissonner, à rougir, à jaunir, à serrer les dents parce que les nuits s'allongeaient en refermant les pinces du froid.

Soudain, notre insouciance d'adolescents fut secouée par la réalité du temps. Le temps nous avait rapprochés, mais il fuyait ! Fatalement, l'idée de nous unir pour voyager tous les deux sur le même chariot prit naissance dans le cœur et l'esprit du jeune homme.

— Plus tard, on va se marier, dit-il.

À ce moment-là, une feuille morte tomba à mes pieds, et un coup de vent d'est fit gémir la tête du grand tilleul auquel nous étions appuyés. Emportée par la même vague de peur face à l'avenir, je dis :

— Oui, on va se marier... Un jour...

Puis il nous vint à l'esprit que nous étions tellement jeunes... J'allais me trouver dans l'obligation d'attendre plusieurs années pour que mon amant devienne un homme « responsable », salarié ou homme d'affaires pouvant élever une famille.

— On va faire un pacte... le pacte du sang, en mariant nos poignets... Je vais faire une petite incision avec la lame de ton couteau, on va boire notre sang puis on va coller nos poignets ensemble en se jurant fidélité pour la vie... D'accord ?

J'ouvris la bouche pour acquiescer, mais rien ne vint.

Subitement, je revoyais le chien de Fluvius... J'étais sur son dos, dans l'eau, et il me sacrait voyageuse... pour toujours. Ce pacte était là, dans mes cuisses, dans ma vulve que l'échine de l'animal avait touchée. Je n'avais pas le droit de le rompre. Puis le chien sortait de l'eau douce, à Saint-Roch-des-Aulnaies, et il courait vers l'ouest, là où les collines mettent fin à la platitude du paysage. Alors il s'arrêtait, se tournait vers moi en hurlant. Nul doute qu'il m'appelait, qu'il m'exhortait à mettre fin au repos que je m'étais accordé.

Je dis à mon jeune amant :

— Laisse-moi réfléchir encore un peu...

— D'accord...

Il était toujours d'accord... Ce qui me frappa à l'instant même et qui me parut mauvais pour la vraie vie à deux. Quand on est toujours d'accord avec l'autre, on l'insulte, car on ne lui fait même pas l'honneur de se mesurer à lui.

Le soir du même jour, il se prépara à me faire l'amour, comme tous les soirs. Alors je lui dis :

— C'est cinquante dollars.

Il sursauta, si bien qu'il faillit arracher les piquets de ma tente.

— Qu'est-ce qui te prend ?

— Rien... Je suis comme le premier jour où on s'est connus.

Il ne comprenait pas. Alors il prit le parti de rire, et il sortit l'argent que je mis soigneusement dans mon sac, après quoi je le caressai d'une main agile, puis j'ouvris les cuisses pour laisser couler de moi tout l'amour que j'avais pour lui. Je lui en donnai pour plus de cent dollars, mais il était un brave garçon, et avec lui je n'avais pas le droit de me conduire comme une vraie pute.

Le lendemain matin, à l'aube, je me mis en train de démonter ma tente alors qu'il dormait encore.

— Qu'est-ce que tu fais ?

Dans son demi-sommeil, il était aussi beau que brave garçon, candide, cheval domestique, vache laitière, bœuf à charrue, père de famille ordinaire... Comme il était exaltant de vivre cette expérience alors que je n'étais qu'une adolescente ! ! !

— Je m'en vais.

Il fut sur ses jambes d'un seul mouvement, criant, gesticulant, son slip à la main, le pénis ballottant au milieu de ses beaux poils frisés.

— Tu peux pas me faire ça ! Tu peux pas ! Tu peux pas !

— Pourquoi ?

— Je t'aime ! Tu m'aimes !

Il me prenait par les épaules et me secouait comme un pommier. Mais les pommes refusaient de tomber.

— Laisse-moi.

Aucune tendresse dans ma voix. J'étais devenue sèche, dure, nœud de vieil érable.

— Tu m'aimes plus ?

Il y avait tellement de désarroi dans sa voix encore juvénile que je faillis craquer. Mais non. L'échine du chien de Fluvius était encore entre mes cuisses. Je la sentais mieux que son membre qui m'avait pénétrée la veille.

— Je t'aime encore, mais je dois partir... Je suis redevenue la pute que j'étais, quand tu m'as vue la première fois... C'est ça que je suis, une pute, une pute qui marche... (Je ne savais pas encore que le mot prostituée a un synonyme, péripatéticienne, qui veut dire « celle qui marche »...).

Il se mit à pleurer. En le quittant, je l'assassinais. C'était trop. Il s'effondra. Derrière moi qui marchais enfin d'un pas résolu, il n'y avait qu'un petit tas de chair flasque sur le sable rocailleux, un tas de chair secoué de spasmes, parce que la peine du cœur fait mal à la chair, la fait trembler, se contracter, se relâcher, sursauter, comme une poule dont on coupe le cou...

La peine d'amour est vraiment quelque chose de surprenant. En tout cas, c'était saisissant pour moi, à ce moment-là, car je n'en avais jamais vu les effets sur un être humain. Il me fallait donc puiser dans mes réserves de forces les plus profondes pour ne pas revenir sur mes pas, relever ce corps et le laver en le faisant plonger en moi. Alors je pensais à Sawinne, qui avait eu la force de planter une fourchette dans les yeux de son père, parce que son destin le commandait...

Iphigénie continuait à se faire couper le cou, d'âge en âge, et que danse la divinité !

J'étais une jeune fille nouvelle, parce que j'avais connu l'amour. J'étais encore plus forte qu'avant, parce que j'avais avalé cet amour pour m'en nourrir en l'anéantissant. Plus je me chargeais d'expérience, plus mon pas s'allégeait, si bien que j'avalais l'espace et les paysages d'un mollet et d'un œil plus avides.

Après Saint-Jean-Port-Joli, il y eut l'Islet-sur-Mer, où je m'assis sur les rochers pour regarder le soleil disparaître derrière la côte Nord, elle qui se rapprochait de plus en plus de moi, belle, désirable avec ses montagnes harmonieuses, colorées par l'automne. Elles chantaient, rouges, vertes, violentes. Je les aimais, car je savais qu'elles recélaient le trésor vers lequel j'allais marcher un jour.

C'est là que je passai ma dernière nuit sous la tente. Puisque je pouvais gagner de l'argent, pourquoi me priver d'un bon lit ? Le lendemain, j'abandonnai donc cet impedimentum inutile, et vers midi, un peu avant Saint-Ignace, je levai le pouce à l'approche d'une voiture dont le conducteur était un homme d'un certain âge qui avait l'air assez prospère. Il me fit monter.

— Tu vas loin ?

— Non. J'aime mieux marcher... Il faut que je marche...

Dans ses yeux, je vis l'imcompréhension et l'ironie : j'étais une autre petite idiote, perdue, décrocheuse, droguée probablement. Alors je lui dis :

— J'ai besoin d'argent...

Et ma main pure de jeune fille se posa sur sa cuisse.

— Combien ?

— Cent dollars.

Ma voix était assurée, ferme, aussi ferme que mes jeunes seins, mes fesses, et toute ma chair. Pendant quelques secondes, il y eut en lui cette belle lutte que doivent souvent se livrer la peur-bonne-conscience et le désir.

— Quel âge as-tu ?

— Seize ans, dis-je sans sourciller, sachant très bien que je devais mentir pour le rassurer. Pendant que les torturantes délibérations se poursuivaient au fond de son âme, je l'examinais attentivement. Il était ni beau ni laid. C'était un homme, un mâle, c'est-à-dire un être de sexe masculin, ce qui signifie un pénis entre les jambes, une chose qui s'allonge et qui durcit selon les circonstances... J'avais besoin de me dire tout cela, dès le départ, parce qu'il était mon premier vrai client. Car même si je l'avais fait payer deux fois, le jeune garçon de Saint-Jean-Port-Joli était attirant et je le désirais. Tandis que cet homme était un numéro, comme il y en aurait plusieurs autres dans le futur. Je devais donc habituer tout de suite mon corps à pratiquer cette gymnastique sans répugnance, quelle que fût la charpente à laquelle était amarrée la bite...

L'homme s'engagea dans une petite route. Bientôt il y eut des arbres, des vaches, puis une vieille grange. Il me donna les cent dollars et je m'allongeai dans la paille. Ce fut un feu de paille, justement, car il avait peur de se faire surprendre. Dévêtu à demi, il vint sur moi, impersonnel et dur, animal, fort, et je me laissai travailler par son organe puissant, gémissant presque pour de vrai, ce qui me fournissait une bonne preuve que j'étais une candidate sérieuse à la profession que j'envisageais...

Il se rhabilla en vitesse, encore gluant, tout en regardant ma jeunesse avec émerveillement : il n'en revenait pas d'avoir « possédé » une fillette, un symbole de pureté, surtout cette chose qui le fuyait chaque jour davantage : la fraîcheur du jeune âge. Moi je souriais en remontant mon jean sur lequel je laissais volontairement traîner quelques brins de paille dorée, traces de ma première passe.

Il se précipita vers sa voiture et je dus trottiner derrière lui pour me faire ramener jusqu'à la grand-route. L'homme ne m'avait rien dit depuis le moment où nous avions négocié notre affaire. Au moins, il ne m'emmerdait pas avec des propos de bonhomme qui se veut paternaliste. Visiblement, il fut très soulagé quand il put me déposer sur la route.

— Au revoir, monsieur. Bonne chance...

— Tu es très belle. Bonne chance à toi aussi.

La grosse voiture démarra d'une seule poussée, et je sentis la dernière vague de la bonne chaleur que son membre avait allumée au fond de mon ventre. Il y avait quand même du bon dans cet homme sans âge qui s'était laissé aller à faire quelque chose que la morale officielle défendait.

Le soir, aux abords de Cap-Saint-Ignace, je trouvai un bon motel pour une trentaine de dollars. J'eus un repas convenable (pour moi à l'époque). Cela voulait dire qu'à ce rythme je pouvais vivre convenablement avec un client aux deux jours. Une fois de plus ma vie prenait une allure nouvelle. J'avais à peine quatorze ans et je vivais déjà comme une adulte ! Il ne m'en fallait pas plus pour accepter, au fond de moi, l'idée que j'étais une femme destinée à un avenir peu commun.

Le lendemain, je traversai la région de Montmagny, mais sans entrer dans la ville, toujours en longeant le fleuve, un œil sur la route, l'autre sur la rive nord de plus en plus proche, montagneuse, verte, sombre, pleine de mystère. Elle ondulait, cette rive, se tortillait, riait, m'appelait de plus en plus fort. Puis je vis la pointe est de l'île d'Orléans dont on m'avait tellement parlé, et le soir, tout près de Saint-Vallier, je vis le mont Sainte-Anne, strié de pistes que les skieurs dévalent en hiver... Ce soir-là, je mangeai d'un appétit féroce. Puis le sommeil s'empara de tout mon corps d'un seul coup. En rêve je vis une fois de plus le chien de Fluvius qui m'appelait vers l'ouest, toujours vers l'ouest, et non pas vers le nord. Je vis aussi ma mère qui pleurait parce qu'elle avait appris que je vendais des poupées qui avaient exactement mon visage, mes seins et mes fesses... Mais à mon réveil, cela me fit rire.

En avant !

Depuis une cinquantaine de kilomètres, les villages avaient un air de plus en plus sage, mûri, réfléchi. C'est qu'ils étaient de plus en plus vieux à mesure que j'approchais de Québec, de plus en plus marqués par ce temps où l'Église avait autant de pouvoir que l'État. J'aimais bien ces vieilles églises en pierres, bâties à une époque où la beauté semblait aller de soi, comme si le goût avait été inné, chez ces gens qui ouvraient le pays... Un peu comme on ouvre la terre pour l'ensemencer. À Saint-Vallier, à Beaumont et à Saint-Michel, je passai plusieurs heures assise sur les marches du parvis, me laissant pénétrer par la quiétude, mais aussi par cette chose difficile à nommer qui est faite du respect silencieux commandé par la présence de la divinité. Tranquille, car maintenant les églises sont désertées, je m'abandonnais à de longues rêveries que l'on pourrait qualifier de méditations, même si elles prenaient souvent un tour bizarre. Par exemple, devant des colonnes qui s'élevaient, solennelles, pour soutenir une arcade finement sculptée, ornée d'un angelot dodu et frisé, je pensais à mes jeunes cuisses qui supportent mon bassin et se terminent par le rebondissement de mes fesses... Ainsi, le bas de mon corps devenait le point de rencontre d'ogives charnelles... Pour moi, colonnes et cuisses montaient également vers Dieu qui, étant partout, se trouvait fatalement dans mon cul. Tout cela était bon ! Beau ! Grand ! Et quand je tendais la main pour prendre les cent dollars payant le plaisir que je donnais à un homme, c'était comme si j'ouvrais la porte d'un vestibule donnant sur une longue nef gothique, protégée par les fines colonnes qui se rejoignent pieusement au faîte de l'édifice. Puis, au moment où l'homme atteignait l'orgasme, tout cela se confondait dans ma tête : ma joie, son plaisir et les aspirations les plus nobles de l'âme. Quand mes clients n'étaient pas trop laids, il m'arrivait même de jouir moi aussi...

À mesure que j'avançais, les voitures devenaient de plus en plus nombreuses. La ville ! C'était la ville qui approchait de moi ! Oui, je confondais mon mouvement vers la vieille capitale à celui de la ville vers moi. Dans l'espace où se meut la divinité, ces différences n'existent pas, apparemment... Plus nombreux aussi étaient les conducteurs de voitures qui ralentissaient, s'arrêtaient et m'offraient de monter avec eux. Mais je refusais toujours, excepté quand il était l'heure de gagner ma soupe. Je refusais parce que pour moi il était obligatoire de marcher, afin que cette terre entre en moi, d'abord par mes yeux, lentement, mais aussi par l'espace mesuré à chacun de mes pas. De cette façon, je m'identifiais à elle, je devenais cette chose dans laquelle on peut faire germer la vie.

Puis ce fut la pointe ouest de l'île d'Orléans, et les chutes Montmorency, l'une des merveilles de notre province. Jamais je n'avais vu un mouvement aussi gracieux, comme si l'eau avait pris plaisir à se jeter dans le vide en prenant la couleur du lait. Ce joyeux mouvement vers le bas, incesssant, m'apparut comme un défi lancé aux petits malheurs de notre pauvre monde.

Il me revint alors en mémoire ce que Sawinne m'avait raconté à propos de Norbert. Quand il avait vu les chutes Montmorency, Norbert, lui aussi, avait passé beaucoup de temps à les regarder, probablement du même endroit où je me trouvais. Le jeune adolescent, tenant son taurillon par une corne, inculte, n'ayant jamais vu de chutes semblables, avait compris le symbole de cette eau blanche qui tombe sans cesse depuis des siècles, s'étalant ensuite en une nappe limpide qui s'en va doucement vers le fleuve, puis vers l'océan. En tout cas, il avait été assez impressionné pour en parler à Sawinne, vingt ans plus tard, mêlant ainsi le grand mouvement de l'univers à leurs ébats amoureux. Moi, je savais que je ne suivrais pas le cours de cette eau qui s'en allait vers l'océan, vers l'eau salée, mais je n'en étais pas chagrinée pour autant. À chacun son voyage...

Un peu plus loin, c'était la ville de Québec. La première vraie ville que je voyais... de loin. C'est peut-être idiot, mais ce fut pour moi un moment d'émotion. Que peuvent donc signifier ces rassemblements d'humains, et pourquoi frappent-ils nos imaginations de paysans comme des lieux où les merveilles se retrouvent à chaque pas sur les trottoirs ? Je ne trouvais pas de réponses à ces questions. Tout bêtement, comme n'importe qui, je subissais l'attrait de la ville.

Comme je suivais la petite route qui longe le fleuve, j'arrivai donc à Lévis, village sombre et sans attrait. C'est alors que j'appris une chose étonnante : la ville de Québec était située sur la rive nord du fleuve ! J'allais donc y aller, sur cette côte Nord qui m'appelait depuis toujours, et pour trouver la ville, en plus !

Tout naturellement, j'arrivai à l'embarcadère du traversier qui fait la navette entre Lévis et Québec, mais je ne voyais pas le bateau. Fatiguée, je m'étais assise sur une bite d'amarrage, et je regardais cette « merveille » qui surmontait le cap Diamant : le Château Frontenac ! Jamais je n'avais vu une construction aussi belle, aussi grandiose. Jamais je n'aurais pu en imaginer une semblable, d'ailleurs, même dans mes rêves d'enfant, étant donné que je ne connaissais pas les œuvres de Walt Disney... Je ne savais pas encore que les vrais châteaux existent seulement en Europe, et que celui qui trône sur le cap Diamant, même s'il est en vraies pierres et en vraies briques, est quand même une espèce de décor pour les touristes qui jouent la «pièce» de la civilisation...

Un bruit de corne me sortit de ma rêverie : le traversier s'apprêtait à lever l'ancre. Vite, je m'élançai vers la passerelle, mais à peine avais-je mis les pieds sur ce minuscule bâtiment que je fus prise d'une nouvelle émotion : c'était la première fois que je «naviguais»! Je ne m'étais jamais embarquée! Soudain, je perdais la stabilité de ma chère terre, celle qui avait toujours été pour moi un point d'appui sans failles, solide comme un roc éternel. Tout à coup, je glissais sur un ventre mou, berceur, mais en même temps, d'une profondeur effarante. Je longeais le fleuve depuis des mois, et pourtant c'est seulement en le chevauchant (comme le chien de Fluvius) que j'appréhendais tout l'aspect mystérieux de ses profondeurs. Là, entre Lévis et Québec, où le lit du fleuve ne doit pas être à plus d'une dizaine de mètres, et encore!, j'avais le sentiment de rouler au-dessus des abysses océaniques. Le rêve de l'eau s'infiltrait en moi... Dieu que l'univers était riche!!!

Debout à la proue, appuyée au bastingage, selon une image d'Épinal profondément ancrée dans le tiroir à clichés, je regardais le cap Diamant s'avancer vers moi, masse de pierre où reposaient les souvenirs du commencement de notre pays. Et tout à coup, un souvenir des conversations que j'avais eues avec Sawinne me revint en mémoire. Josué, son père, avait traversé le fleuve sur l'un de ces traversiers, un demi-siècle plus tôt, pour aller rencontrer le Premier ministre sur les Plaines d'Abraham, où avait eu lieu une tuerie sans précédent. Tous ces cultivateurs du Bas-du-Fleuve qui étaient morts, un peu à cause de Josué, me nourrissaient de leur sang, à cinquante ans de distance. Et si je n'avais pas été «baptisée», au moment de mon départ, par la force de

Sawinne, je crois bien que j'aurais versé une larme, tant l'émotion qui m'étreignait était grande.

Au moment de débarquer, je regardai mon pied qui se posait sur le sol : je touchais la rive nord du fleuve, j'entrais dans la ville ! Alors je lui dis : « Mon petit pied, ce n'est pas la fin de ton voyage. Tu ne fais qu'amorcer une nouvelle étape. Mais à partir de maintenant, il est bien possible que tu commences à me faire monter... » Je levai les yeux vers le soleil d'automne. Il n'était pas très haut, même à midi, mais il m'appelait quand même à faire mon ascension vers la connaissance. Instinctivement, je savais que la ville contenait en ses murs des tas de choses que les champs et les forêts n'auraient jamais pu me donner.

Et mon ascension commença par quelque chose de très terre à terre : monter à la haute-ville de Québec en empruntant cette rue tortueuse qu'ils ont appelée Côte-de-la-Montagne. Pente raide, bordée de vieilles maisons ornées d'enseignes. La pierre ! La vieille pierre et le vieux mortier. Tout cela était vieux de plusieurs siècles ! Enfin, de quelques siècles... Mais pour moi, dont la paroisse avait à peine cent ans, c'était l'Antiquité.

J'arrivai tout naturellement à la basilique, énorme chose qui devait être belle, puis je vis des remparts de pierre, des canons, des voitures qui roulaient vite, des policiers municipaux, ce que je n'avais jamais vu. Et enfin, je me trouvai devant le fameux Château Frontenac, à côté duquel une énorme statue de Champlain me rappela que cette ville avait été fondée en 1608, ce qui me ramenait au petit livre dans lequel j'avais appris l'histoire de mon pays à Saint-Marcellin. J'avais l'impression que ma tête allait éclater : j'étais une enfant de ces hommes et ces femmes qui avaient bâti un nouveau monde ! Et c'était là, sur ce rocher, que tout avait commencé...

Il me restait encore assez d'argent pour manger et passer la nuit sans recourir à mes charmes, mais je me sentais tellement énervée que sur la Terrasse Dufferin je ne pus m'empêcher de commencer à me faire une petite réserve, voyant un flâneur bien habillé qui me souriait avec désir. Dans un recoin sombre, je le soulageai de la somme habituelle et... d'une main agile...

Puis je me retournai et découvris l'île d'Orléans, calme, pareille à une grosse chatte somnolente allongée au milieu du fleuve. Immobile, elle se laissait caresser par l'eau qui passait le long de ses flancs depuis des siècles, cette eau qui accomplissait le grand voyage vers l'est, inlassablement, comme si elle avait un besoin irrépressible de se retrouver à l'endroit où le soleil levant prend son élan. J'étais émue, sans trop savoir pourquoi. Une chose est certaine : les sentiments qui m'envahissaient étaient assez simples. J'étais jeune et je faisais mes premiers pas dans la ville, c'est-à-dire une assemblée d'humains qui allaient me nourrir l'esprit.

Tout naturellement, je marchai vers l'ouest, découvris les murs, la porte Saint-Louis, qui me parut un monument d'une incroyable beauté. J'étais écrasée par toutes ces pierres si harmonieusement assemblées ! ! ! Je remontai la Grande-Allée, passai devant une église bizarre, puis je me laissai attirer par une petite rue transversale qui aboutissait aux Plaines d'Abraham. Là, à quelques pas, je butai sur un bloc de granit qui portait l'inscription suivante :

MONTCALM BLESSÉ À MORT ICI
LE 13 SEPTEMBRE 1759.

Dans ma tête, ce fut le premier choc historique de ma vie. À Saint-Marcellin, j'avais eu entre les mains un petit livre d'histoire qui racontait la fameuse bataille des Plaines d'Abraham, celle qui changea le cours de l'histoire pour les habitants de la Nouvelle-France. Mais c'était vague, loin, irréel. À cette époque, mon chien prenait toute la place dans mon univers intérieur. Mais là, tout à coup, je me trouvais exactement à l'endroit où nos ancêtres étaient morts en vain. Soudain, ce qu'on a appelé le régime anglais prenait un sens à mes yeux. Cette tragédie devenait palpable, même si elle avait eu lieu deux siècles plus tôt, même si pour moi la politique n'avait aucune importance. Mais je sentais le courant passer dans ma chair. L'air n'était plus simplement de l'air, c'est-à-dire un composé de gaz qui nous permet de respirer, mais une espèce de liquide invisible dans lequel tournoyaient les cris des mourants, les coups de canons et de mousquets, les cris de victoires, les odeurs de sang et de poudre.

L'air était chargé de traces, comme on dit des « traces de CO_2 » en chimie... Tout cela me ramenait à mon chien et à Saint-Marcellin. Alors je m'allongeai dans l'herbe propre de ce grand parc, en pensant à Sawinne qui me faisait coucher à côté du lit, quand elle me faisait un massage. Quand on est « à côté de », la divinité peut entrer en nous...

Je naviguais sur ce fleuve de souvenirs depuis un bon moment, lorsque j'entendis une voix :

— Mademoiselle, êtes-vous malade ?

C'était une voix d'homme qui avait quelque chose de doux, de profondément humain. Je me rends compte que cette expression est quelconque, tellement elle a été galvaudée, et qu'elle ne peut pas rendre la totalité de ce que je veux dire. La voix de cet homme m'atteignait en plein cœur, comme si elle avait été celle de tous les « bons mâles » de la terre. Voilà un peu comme je voudrais le dire aujourd'hui. Et à cause de cela, je ne bougeai pas d'un poil.

— Mademoiselle ?... Mademoiselle ?

C'était la première fois qu'on s'adressait à moi en disant mademoiselle. Quelle douceur ! Alors je souris, tournai mon visage vers l'homme qui se tenait près de moi. Il s'était penché, et son inquiétude de « monsieur » coulait sur moi, tombant de son visage que la bonté, l'intelligence et l'amour avaient informé avec une harmonie saisissante.

— Ça va ?

Je tendis la main. Il la prit dans la sienne et m'aida à me relever, ce que je fis lentement, sans le quitter des yeux. Mais je restais toujours silencieuse, comme si j'avais eu besoin de faire baigner notre rencontre dans le mystère. Puis je dis simplement :

— Merci.

Il éclata de rire.

— Au moins, tu n'es pas muette ! Qu'est-ce que tu faisais là ?

— J'ai été terrassée par la mort de Montcalm...

Il jeta un coup d'œil rapide sur le bloc de granit. De toute évidence, pour lui, ce rappel historique n'avait plus de force.

— Quand même... Ça fait un moment...

— Oui, mais moi, je vis tout ce que j'apprends avec intensité... Là, couchée dans l'herbe, je revivais la bataille des Plaines d'Abraham, et je prenais connaissance de cette terre sur laquelle je marche pour la première fois.

Après une dizaine de minutes de dialogue pratico-historico-socio-cultivé, le monsieur savait d'où je venais et comment j'avais réagi à la blessure causée par la mort de mon chien.

— Et comment trouves-tu ta subsistance ? Tu mendies ?

— Non, je demande un peu d'argent pour coucher avec les hommes, c'est tout simple. Je trouve qu'il est humiliant de quêter...

J'avais répliqué sans hésitation aucune, de ma voix la plus limpide, la plus pure. Ma voix de jeune fille. Maintenant, il était là, bouche bée, immobile, se demandant à quel phénomène il avait affaire.

— Mais quel âge as-tu ? finit-il par demander.

— Quatorze ans, dis-je en bombant le torse, de sorte que mes jeunes seins montrèrent un peu de fierté.

— Quatorze ans ! Mais c'est extraordinaire ! Phénoménal !

Plus tard, il m'apprit que par ces mots, il voulait dire que j'étais un monstre ou un être exceptionnel...

— Écoute... j'habite là, juste en face... et je m'appelle Claude...

— Moi, Henriette...

Il me prit la main et la garda longtemps dans la sienne, tout en m'entraînant vers sa maison. Je le suivais d'un pas léger, ayant la certitude que mon destin, au moment où j'allais franchir le seuil de cette maison, « allait prendre une face nouvelle »...

— Écoute, Henriette, je te trouve merveilleuse, et je veux t'aider. Je peux te garder chez moi et te faire poursuivre tes études. Il faut que tu ailles à l'université... Moi, je suis professeur à l'Université Laval...

— Qu'est-ce que vous enseignez ?

— Je suis anthropologue... C'est un mot un peu compliqué pour toi, mais je t'expliquerai...

Claude était loin d'être un imbécile. C'était un savant. Mais il avait la conscience façonnée selon les mœurs de notre temps, dans lesquelles on trouve encore bien des tabous... Je dis cela en pensant à sa réaction à propos de la façon dont je gagnais mon pain. S'il n'a pas crié à la honte et au déshonneur, comme l'eût fait n'importe quelle vieille soutane, il a quand même montré quelques signes d'agacement. Plus tard, seulement quelques jours plus tard, j'allais me poser la vraie question : était-ce de la jalousie ? « Comment se fait-il que je n'aie pas été le premier à mettre la main sur une si jeune vierge ? » Les hommes sont tous des salauds, évidemment, dans le sens le plus large du terme, ce qui au fond est assez amusant, car il vaut mieux en rire, non ? En tout cas, moi ça ne me fait pas pleurer...

Donc la maison de Claude donnait sur les Plaines d'Abraham, ce grand parc magnifiquement entretenu par la Commission des sites militaires du gouvernement canadien. Je ne savais pas qu'une telle chose pouvait exister dans un pays qui n'a jamais connu la guerre. Je comptais sans le mimétisme invétéré des petits en face des grands...

La femme de Claude me regarda comme une femme à qui on présente une rivale possible. Dans son sourire, il y avait la condescendance de la bourgeoise, de la mère, de la femelle parvenue à la maturité, et aussi quelques autres sentiments difficiles à décrire, car à ce moment-là, les questions affluaient à sa cervelle.

— Nadine, je te présente Henriette... que j'ai trouvée dans le parc, en face de la maison. C'est une espèce d'« itinérante », mais elle est fascinante... et je voudrais qu'on l'héberge au moins pour la nuit.

Elle me serra la main en me regardant, les yeux pleins de questions et d'appréhension. Son sourire se figea sur ma jeunesse, sur ma « pureté » de jeune fille...

— Enchantée de vous connaître, madame...

Je me souviens que ma voix chantait, car je me savais embarquée sur un autre grand fleuve.

Avant le repas du soir, Claude me fit visiter la maison. À côté du salon, il y avait une grande pièce pleine de livres. Là, je me laissai tomber sur le parquet, émerveillée, pendant que le nouvel homme de ma vie me regardait avec une espèce de fierté dans les yeux. Mais pas une fierté agaçante, puisqu'il était bon... LA CONNAISSANCE ! Je me trouvais en présence de la connaissance !

— Tu veux étudier ?

— Oui, je veux m'enfermer ici...

— D'accord.

— Mais j'ai pas d'argent, et vous savez comment je paye...

— Oublie ça, je n'ai pas besoin d'argent...

— On verra bien...

Nous nous serrâmes la main, comme deux amis qui scellent une entente, et Claude éclata d'un beau rire d'homme heureux. Puis nous allâmes à la salle à manger où il prenait ses repas avec sa femme, même quand ils étaient seuls tous les deux.

Tout en remplissant mon bol de potage, Nadine me jetait des regards dans lesquels je pouvais lire une bonne dose de méfiance. Je n'étais qu'une gamine, bien sûr, mais elle, la femme, elle savait lire dans mes yeux et voir l'assurance qui s'y trouvait. L'assurance, pour ne pas dire l'arrogance, de celle qui a vaincu l'homme. La bûcheronne qui a abattu l'arbre de vie...

— Henriette voudrait rester avec nous pendant un certain temps, pour profiter de notre bibliothèque, j'espère que tu vas être d'accord, dit Claude.

— Tu veux pas aller à l'école ? me demanda Nadine, sur un ton presque maternel.

— Non. Je suis trop vieille pour aller à l'école.

Alors elle rit de bon cœur. Mais Claude, qui savait un peu ce que j'avais vécu, se garda bien de rire.

— Même si elle est encore jeune, Henriette a eu la vie assez difficile jusqu'à maintenant... Je pense qu'elle ne peut plus se retrouver au milieu du troupeau, comme les filles de son âge, dit le mari en me glissant un regard qui se voulait complice.

— C'est vrai... Aucune fille de mon âge a marché autant que moi, dis-je en regardant Nadine avec un sourire qui devait être assez coquin, car elle éclata de rire une fois de plus.

— Tu m'amuses, Henriette, tu m'amuses... Oui, je pense qu'on peut tenter l'expérience...

Alors je me levai pour aller l'embrasser en la tenant par les épaules, et dans mes mains, je sentais la fermeté de la bonne chair, la chair de qualité, pomponnée, massée, poudrée. Nadine était une belle « poudrée », blonde intelligente qui dirigeait une petite entreprise plus ou moins en rapport avec le journalisme. Elle allait bientôt avoir quarante ans, mais comme toutes les femmes d'aujourd'hui, elle avait réussi à ralentir le travail du temps contre son corps. Sur l'instant, je compris que j'allais avoir à jouer une partie difficile avec elle, mais dans son œil, il y avait un petit quelque chose qui me rappelait Sawinne, et je repris ma place avec la confiance des jeunes qui ont les moyens de l'intrépidité...

Le lendemain, je m'enfermai dans la bibliothèque. Avant de partir, Claude avait placé trois ou quatre piles de romans sur la grande table. Les œuvres (presque complètes) de Balzac, Zola, Flaubert, Diderot, Voltaire, etc.

— Fais ce que tu voudras, mais je te conseille de commencer par Balzac... *Les Illusions perdues...*

Puis il était sorti pour aller à l'université, après avoir hésité pendant une fraction de seconde : la main dirigée vers mon épaule, amorce de mouvement, stop, mouvement de recul, et :

— À ce soir...

Je m'étais contentée de le regarder en souriant, amène, heureuse, car je me disais que pour le payer avec mon corps, je n'aurais pas plus de difficulté que pour avaler le repas le plus succulent du monde.

Et je me coulai dans l'histoire de Rastignac. C'était une source d'émotion extraordinaire, car le voyage de ce provincial français montant à l'assaut de Paris, je le faisais mien : moi aussi, je venais du bout du monde, et j'étais arrivée dans la capitale !

Pour la première fois de ma vie je lisais un vrai livre ! Un grand roman ! Le monde inventé par Balzac devenait une mer dans laquelle je nageais avec délice. L'âme humaine m'était présentée comme un fruit que l'on ouvre au couteau, découpe, pèle, expurge, déguste en claquant de la langue ! J'étais au paradis.

Vers la fin de l'après-midi, je sortis pour aller faire un tour dans le parc. Il faisait froid, le temps était sombre comme le veut novembre, et j'étais à peu près seule. Mais en revenant vers la maison, je croisai un homme qui avait l'air de s'ennuyer, un homme «d'un certain âge» qui me dévisagea longuement. Je lui fis le sourire invitant de la femme vénale. Il s'approcha et dit :

— Combien ?

— Cinquante dollars pour une pipe.

Son visage tomba. Soudain, je fus consciente de sa pauvreté, de la misère évidente que dégageaient ses vêtements, la triste couleur de sa peau, mais surtout, les hésitations dans ses mouvements, un certain tremblement de ses mains, l'amertume au coin de ses lèvres.

— Pas aujourd'hui, finit-il par dire... Je reviendrai...

— Comme tu voudras...

Et je le laissai s'éloigner sans flancher, me disant que les plombiers demandent le même prix à tout le monde... J'avais au moins appris une chose : dans ce parc entretenu par le gouvernement canadien à la mémoire d'un événement historique très important, la victoire des Anglais sur les Français en Nouvelle-France, j'allais pouvoir me faire de l'argent de poche assez facilement... On se venge comme on peut...

Le soir, Claude travaillait dans son bureau, Nadine lisait dans le grand lit conjugal, et j'habitais la grande bibliothèque avec tous les personnages de romans que la lecture me faisait connaître. Au milieu de décembre, j'avais lu les principales œuvres de Balzac, du moins selon l'avis de Claude, qui me mit à la poésie des symbolistes.

J'étais donc là depuis quelques semaines et notre train de vie avait pris sa vitesse de croisière. J'entends par là que je me sentais maintenant en sécurité entre les deux composantes de ce couple assez exceptionnel. Plus précisément, pour contrebalancer l'attirance sexuelle que j'exerçais sur Claude sans le vouloir, Nadine était devenue pour moi une amie, une espèce de grande sœur, que je devinais capable d'accommodement. Ses sourires me le disaient, de même que ses brèves accolades, gestes spontanés qui ne peuvent mentir.

Cependant, je me sentais toujours débitrice vis-à-vis de Claude. De combien ? Impossible de quantifier la valeur marchande de ce qu'il me donnait depuis plusieurs semaines. Combien vaut un cours secondaire aujourd'hui ? Au moins vingt-cinq mille dollars. À cent dollars la nuit, j'étais vachement en retard ! Et je le lui dis :

— Claude, il va falloir que je vous paie...

— Tu n'as pas d'argent, et je te donne toute la culture que je possède...

— C'est pas normal, dans une économie de marché, on doit payer tout ce que l'on consomme...

Il se mit à rire, d'un bon rire qui était une acceptation. Et la nuit suivante, il descendit à la cuisine... Je couchais dans une petite chambre contiguë à cette pièce. Voilà. Tout simplement, il se trouva bientôt sur moi, en moi, et son plaisir fut bon pour mes sens. Bon comme un fruit mûri à point. Bon comme un vin arrivé au point culminant de sa course. L'ivresse fut belle pour nous deux, courte mais joyeuse. Après l'apaisement, il remonta lentement l'escalier, emportant avec lui une partie du poids de ma dette... Le lendemain matin, je sentis que notre petit navire voguait sur une mer agitée. L'eau était sombre, habitée par de sales bêtes qui menaçaient de transpercer notre coque avec leurs pointes d'espadons géants. C'était dans les bruits de la vaisselle, dans les regards sombres de Nadine, dans les grognements qui se faisaient entendre en guise de réponses. Claude ne vint pas me saluer avant de partir pour l'université, comme il en avait pris l'habitude. Assez curieusement, je me sentais capable d'affronter cette mini-tempête.

J'étais en train de lire *Madame Bovary* quand Nadine ouvrit la porte de la bibliothèque.

— Excuse-moi de te déranger...

— Je suis à votre disposition, Nadine...

Ses lèvres se crispèrent, ses yeux émirent des jets de flamme, comme on le dirait dans certains livres classiques. Ce fut un long moment de tension que je laissai s'installer entre nous, sans en éprouver la moindre gêne. Et elle finit par laisser tomber, avec toute l'ironie dont elle était capable :

— Tu es à ma disposition comme tu l'étais à celle de mon mari la nuit dernière...

Cette réplique tombait tellement à point que j'éclatai de rire en secouant à bout de bras le roman de l'adultère difficile et malheureux. Puis je m'arrêtai tout à coup, me rendant compte que le visage de Nadine, à ce moment-là, était d'une beauté saisissante, riche de couleurs et de tonalités. Un vrai paysage d'automne, quand les feuillus commencent à se déshabiller pour se donner à l'hiver. Oui, elle avait la noblesse des grands personnages offensés que l'on voyait autrefois au théâtre, quand on avait du style, c'est-à-dire de l'emphase. Mais chez Nadine, cette attitude n'avait rien de ridicule. Elle était vraie. Elle avait mal et son maintien le disait avec justesse. Alors je restais là à la regarder en silence, un silence plein d'admiration qu'elle ne pouvait pas comprendre, bien entendu. Finalement elle dit :

— On t'héberge, on te nourrit, on t'instruit, et pour nous remercier, tu te conduis comme une salope !

Je faillis éclater de rire une fois de plus, mais je parvins à me maîtriser. Alors d'une voix douce, comme une mère qui parle à son poupon, je lui dis :

— Je ne veux pas seulement vous remercier. Je veux vous payer...

— Qu'est-ce que tu veux dire ?

— Ce que je dis, tout simplement... Je suis une pute, Nadine. Je paie ce que je dois avec mon corps...

Nadine n'était pas une sainte nitouche. Pourtant, entendre une jeune fille de mon âge affirmer une chose pareille avec une telle candeur, c'était un choc. Sur le coup, elle vacilla. Après avoir ouvert de grands yeux incrédules, elle laissa échapper mon nom dans une espèce de cri où se mélangeaient l'étonnement, le dégoût, la douleur, mais aussi, j'en suis sûre aujourd'hui quand je repense aux variations successives de ses traits, l'admiration. J'étais un cas !

— HENRIETTE ! Henriette, mais qu'est-ce que tu racontes ?

— La vérité toute nue...

Elle s'était assise à la grande table en laissant une chaise entre nous deux, sans doute pour bien montrer qu'un monde nous séparait. Ses yeux ne me quittaient pas, ce qui me ravissait, car j'avais la certitude qu'elle se remplissait de moi. Moi, « fillette », objet d'une curiosité que je dois qualifier d'utérine. Oui, c'est la femme, l'être porteur d'un utérus, caverne insondable, qui me regardait à ce moment-là, qui cherchait à sonder, chez moi, ce même organe... insondable. Voilà pourquoi sans doute elle avait l'air si perplexe. Mon sourire naïf finit par l'exaspérer. Soudain, elle se leva d'un bond en disant :

— Je pense que tu dois t'en aller. Si tu restes ici, ça va mal finir...

— Très bien...

Docile, je me levai promptement et partis en direction de ma chambre pour faire mon baluchon. Pendant que je ramassais mes guenilles, je l'entendais bousculer la vaisselle dans la cuisine. Et quelque chose me disait que sa douleur de « femme offensée » parce que trompée n'était pas pure... D'après ce que j'avais lu dans son regard plein de reproche, il y avait aussi, dans ses yeux, un appel à la connaissance... Comment se résigner à marcher lentement vers la mort sans savoir certaines choses ?

Au bout d'une vingtaine de minutes, je me trouvais devant elle, sac au dos, prête à reprendre la route. Les adieux ! Je me revoyais devant Sawinne, quelques mois plus tôt, avec son refus de me laisser pleurer... Non, la scène n'était pas du tout la même ! Je regardais Nadine qui avait l'air mal à son aise. Son silence devenait étrange. Non pas lourd, mais chargé d'inconnu qui me stimulaient... Finalement je lui dis :

— Je vous remercie, Nadine. Vous avez été très bonne pour moi... Dites merci à votre mari...

— Je suis désolée... Je te trouve très sympathique... Pourquoi ? Pourquoi ?

— C'est comme ça... Et c'est bien comme ça...

Je lui tendis la main en disant :

— Sans rancune...

Elle s'approcha de moi, prit ma main, et sur ses lèvres, je vis le frémissement incontrôlable du corps qui se débat sous l'effet du désir. Lentement, j'entourai ses épaules de mon autre bras, et nos bouches se rejoignirent dans un baiser interminable, scrutateur, explorateur, curieux de cette chair petite sœur de l'autre. Puis ce fut la chute lente et convulsive de nos deux corps sur le plancher, pendant que nous laissions échapper des grognements d'animaux satisfaits.

Quand il rentra, Claude vint me trouver dans la bibliothèque où j'étais en train de découvrir la poésie en lisant *La Ballade des pendus* de Villon. Il me trouva prostrée, à genoux au pied de la potence à laquelle nous sommes tous attachés par cet invisible cordon ombilical qui nous fait vivre et mourir en même temps. J'étais au zénith de l'émotion et de la beauté, mais en même temps, humble devant le génie de ce poète mort depuis des centaines d'années. J'étais tellement loin de ma vie actuelle que je mis plusieurs minutes à comprendre l'attitude de Claude, c'est-à-dire sa gêne et ses hésitations. Il me parlait par sous-entendus, faisant allusion à notre « première nuit », alors que je l'avais presque oubliée... Il finit par dire :

— Si on fait encore l'amour ensemble, la vie va devenir impossible avec ma femme, tu comprends ?

L'édition dans laquelle je lisais *Le Testament* de Villon comprenait un lexique grâce auquel je pouvais avoir la traduction des mots trop vieux français pour ma petite culture. Ainsi, au moment où il me faisait cette déclaration de mari empêtré dans ses obligations-devoirs-joug conjugaux, j'étais en train de lire la traduction du mot «piéça», dans le vers : «Quant de la chair que trop avons nourrie, elle est piéça dévorée et pourrie...» Ce petit mot veut dire «depuis longtemps»! Le temps... Je regardais Claude, celui que j'appelais déjà mon maître, et l'aiguillon de cette chose intangible, mais inéluctable, me transperçait lentement la peau. Si ce n'est pas la potence qui vous fait sécher les viscères, c'est le temps qui s'en charge. J'étais condamnée, moi aussi... Je le savais, mais la jeunesse nous ferme les yeux et les oreilles. J'adressai un beau sourire à Claude et lui dis :

— Merci de m'avoir fait découvrir la poésie...

Il eut de la difficulté à réprimer une grimace d'impatience.

— Henriette, je te parle de quelque chose d'important... Je veux que tu restes ici parce que... parce que ça me fait du bien de t'aider, comme si tu étais ma fille... Mais si nous faisons encore l'amour, ça va être invivable...

— Mais je te parle de la même chose, Claude... Grâce à la culture que tu me donnes, je serai capable de me comporter de façon à plaire à toute la famille...

Le soir, à table, il s'aperçut que je disais «tu» à Nadine. Il me regarda, l'œil interrogatif, et je me contentai de sourire à sa femme. Cette dernière, femme jusqu'au bout des cils, dit simplement :

— J'aime beaucoup Henriette, et je pense que, comme toi, j'ai le devoir de l'aider, de la protéger, pour qu'elle devienne une femme accomplie...

Elle avala une bouchée, lentement, puis elle regarda son mari dans les yeux, un regard appuyé comme un long baiser d'amoureux, puis elle demanda :

— Crois-tu que nous pouvons vivre cette belle expérience tous les trois ?

— Oui, je pense, dit-il, visiblement soulagé...

Ainsi, à partir de ce jour-là, la vie me fut un enchantement. Tous les jours, je me plongeais dans la grande littérature, française, russe, allemande, américaine, ce qui informait ma petite âme de paysanne, m'enrichissait, donnait des joues, des seins et des fesses à ma conscience. Je me gonflais de nourritures psychologiques, de sentiments, d'aspirations vers le soleil (lumière-connaissance), et au rythme de deux ou trois nuits par semaine, je passais du lit de Claude à celui de sa femme, dans la plus parfaite harmonie.

Pour me faire de l'argent de poche, je n'avais qu'à me promener de temps en temps dans le parc. On me donnait cinquante dollars pour une pipe sans marchander...

Quand l'autonne revint, après un bel hiver et un été lumineux à souhait, j'avais quinze ans et j'avais fait le tour des romanciers et des poètes les plus importants de la littérature occidentale. Un jour, j'ouvris un roman de Kundera, *La Plaisanterie*, et il me tomba des mains. Je n'avais plus de goût pour ces histoires inventées ou plus ou moins vécues. Surtout pas pour ce genre de machin qui veut prouver qu'un régime politique est plus pourri qu'un autre.

Je venais donc de franchir une autre étape dans ma « marche vers l'ouest »... Je passai un long moment à réfléchir à ce phénomène étrange : pour obtenir plus de connaissances, je devais aller au point où le soleil se couche, ou meurt... (occire, tuer). Au seizième siècle, pour faire avancer la civilisation, si on peut dire que la découverte du Nouveau Monde a eu cet effet, les Européens avaient dû faire la même chose. De même pour les Américains du dix-neuvième siècle, qui ont marché vers la côte ouest pour donner la Californie au monde... Et je revenais toujours à ce mur sur lequel je me cognais le nez : quand le soleil tombe, à l'ouest, il meurt...

Ainsi, le progrès signifiait peut-être la mort ?

Les poutres

Claude proposa une petite fête pour célébrer le premier anniversaire de mon séjour chez lui. Du bon vin et un repas plus soigné que d'habitude. Ils m'embrassèrent tous les deux en me regardant avec amour. C'était vraiment sympathique. Il y eut même un pousse-café, un alcool qui me tordit les tripes. Puis Claude me parla de la maison qu'il construisait avec mon esprit. La base était maintenant en place. C'était le moment d'élever une structure, avec des poutres solides : les idées.

— On parlera de ça demain, si tu veux. Je tombe de sommeil.

Ce soir-là, c'était le tour de Nadine, mais je demandai une nuit de congé. Le vin et l'alcool avaient eu raison de mes jeunes muscles.

Le lendemain matin, je crois que c'était un 22 octobre, je sortis dans le parc vers sept heures. Il y avait un reste de lune dans le bas du ciel, à l'ouest, une gelée blanche qui sentait l'hiver, et je me sentais belle, bonne, solide. Je me mis à courir et à sauter comme mon chien Minou le faisait quand j'étais jeune. Puis je m'arrêtai tout à coup. Le rêve que j'avais fait au cours de la nuit me revenait subitement à la mémoire.

En rêve j'avais vu mon chien Minou qui était au pied d'une colline. Moi, j'étais au sommet de cette colline. Malgré moi, je m'éloignais de lui et il poussait de petits hurlements qui étaient des plaintes. Cela me faisait mal, mais je m'éloignais sans cesse, et bientôt je fus sur le dos du chien de Fluvius qui me fit monter sur une autre colline. Mais en face de moi, il y avait une haute montagne, au-dessus de laquelle brillait le soleil.

— Vas-y, me dit le chien de Fluvius...

Il me lécha les fesses et je me mis en route vers le haut de la montagne. Mais mon corps était d'une lourdeur affreuse à traîner. Je me demandais si j'allais réussir, puis je me suis réveillée en pleurant d'impuissance...

À présent, seule dans le parc où tout était limpide et frais, où tout avait l'air si simple, je me trouvais subitement envahie par l'atmosphère écrasante de mon rêve. Depuis un an, je vivais comme dans une bulle, protégée par Claude et sa femme, aimée sans doute, dorlotée, nourrie spirituellement au prix d'une activité nocturne qui me procurait quand même du plaisir... Et voilà que ce rêve me frappait en plein front comme un mauvais présage... Mais je me dis qu'il y avait cette montagne en face de moi, et que rien ne m'empêcherait de l'escalader.

— Alors on laisse tomber la fiction, dit Claude en déposant une brassée de livres sur la grande table de la bibliothèque.

— Vous allez me garder encore longtemps, Nadine et toi ?

— Le temps qu'il te faudra pour absorber l'essentiel de certains auteurs qui me paraissent importants.

Il mit sa main sur mon épaule, dans un geste chaleureux qui était nouveau. D'habitude, avec moi, il prenait son plaisir et disparaissait, me faisant comprendre que je devais le quitter pour le laisser dormir. C'était le bordel à la maison. Mais là, tout à coup, il y avait de la chaleur, de la tendresse dans sa main qui me caressait l'épaule. Je levai les yeux vers lui, étonnée.

— Tu deviens sentimental ?

— Je suis un sentimental qui se retient... Je t'aime beaucoup, beaucoup... Et pour répondre à ta question de tout à l'heure, je crois que c'est toi qui vas décider de partir. Quand tu seras prête, tu vas le sentir, et nous ne pourrons rien pour te retenir entre nos bras...

— Tu crois ?

— J'en suis sûr... et c'est très bien comme ça.

Il me montra la pile de livres sur la table en disant :

— Vas-y, amuse-toi la matière grise...

Il sortit d'un pas rapide, poussé par l'émotion qui lui nouait la gorge. Cher Claude...

Quant à moi, je tiens à vous dire que ce chapitre de ma vie est le plus difficile à raconter. Sur la grande table, il y avait au moins une cinquantaine de volumes, dont les auteurs étaient des « bols » : philosophes, psys, historiens, anthropologues, etc. Incapable de choisir, je restais là, hébétée, me demandant pourquoi mon « maître » refusait d'agir en vrai maître avec moi, lui qui était professeur à l'université ! Lentement, les larmes me vinrent aux yeux, puis je pleurai de rage impuissante pendant un bon quart d'heure. Claude faisait exprès pour me rendre la tâche difficile, presque impossible, c'était couillon de sa part... Puis il me vint à l'esprit que s'il refusait de faire son métier avec moi, c'était peut-être parce qu'il le condamnait, ce métier de maître, qu'il n'en voulait pas pour moi, une espèce de sauvageonne... Je devais escalader la montagne par mes propres moyens... Faire de nombreux faux pas, mal interpréter les signes, prendre de mauvaises directions, me cogner le nez contre des rochers, tomber, rouler au fond de quelques précipices, comme ces notions de libre arbitre, ou de démocratie... Rien de plus simple, à première vue, que cette chose que l'on nomme démocratie, mais grattez un peu en remontant l'histoire, et vous plongerez dans un abîme de doutes...

En tout cas, moi, j'en vins à me poser une question fort troublante : pourquoi en sommes-nous encore là, alors qu'elle a été inventée au sixième siècle avant Jésus-Christ ? (Encore là, c'est-à-dire qu'on n'a rien trouvé de mieux pour gouverner, et qu'il y a encore de nombreux pays où elle n'existe pas. Pire encore : un pays comme le Canada est soi-disant super-démocratique, mais nos députés ne votent pas selon leur jugement ni leur conscience...) Avez-vous pensé aux progrès extraordinaires que les humains ont faits dans tous les autres domaines? Les ordinateurs et la bombe atomique! Mais en politique, rien. Du théâtre de mauvais goût... Ma petite conclusion de sauvageonne a été la suivante : les hommes ne veulent pas se bien gouverner. Point. Au printemps, quand on sort les veaux de l'étable et qu'on les envoie aux champs pour la première fois, ils partent à courir dans tous les sens, sautant et lançant des ruades incontrôlées. Voilà comment les hommes se gouvernent.

Au bout de quelques semaines, je tombai sur une petite phrase qui me fit mouiller littéralement :

«Ce qui est contraire est utile et c'est de ce qui est en lutte que naît la plus belle harmonie; tout se fait par discorde.»

Qui donc a pu écrire une chose aussi troublante? Un monsieur qui n'a jamais vu la moindre émission de télévision, qui n'a pas vu *Les Belles-Sœurs* de Tremblay, ni Mitsou, ni Gerry Boulet. Rien de tout cela puisqu'il est né au cinquième siècle avant J.-C. à Éphèse. Il s'appelait Héraclite. Cette pensée se trouve à la page 74 d'un petit livre intitulé *Penseurs grecs avant Socrate*. Je l'ai lu pendant la fameuse guerre du Golfe, alors que nous entendions chaque jour les «pacifistes» se déchaîner à la télévision et à la radio. (Nous venions tout juste de nous ridiculiser avec la crise d'Oka...). J'ai bien ri, en songeant que déjà au cinquième siècle avant J.-C., alors que la démocratie avait encore la couche aux fesses, on avait assez vécu pour déclarer avec raison que la guerre, si pénible soit-elle, est non seulement inévitable mais souhaitable. Ce qui se marie admirablement avec ce que je disais plus haut, à savoir que les hommes n'ont pas envie de se bien gouverner. Non, ils ont besoin de drames, d'atrocités, pour pleurer, afin de mieux rire ensuite.

Dans le même fichier, explosif entre tous, j'ai placé la réflexion suivante, à savoir que la grande civilisation grecque, dont tout l'Occident se réclame, est arrivée à son apogée à la suite d'une série de guerres aussi sanglantes les unes que les autres. Deux mille cinq cents ans plus tard, le poète écrira : « Ah ! Barbara, quelle connerie, la guerre... » et on aura la gorge serrée, même ici, au Canada, en pensant aux souffrances endurées par nos « cousins » français durant la dernière guerre. Ah ! Les beaux sentiments...

Ces bonnes lectures me firent durcir les chairs. Claude me prit avec plus de violence. Nadine devint plus lascive. J'avais l'impression que mon cul avait commencé à réfléchir, à « voir », à percevoir, ce qui, j'allais l'apprendre un peu plus tard, est vraiment l'activité la plus importante pour un humain. Je perdis presque la notion du temps. La neige était arrivée, fidèle, à la fin de novembre, qui fait durcir la terre. Tous les soirs, avant de m'endormir, je pensais à mon chien Minou qui, au temps de mon enfance, se roulait dans la neige avec moi, et qui semblait en tirer un plaisir extraordinaire. Malgré les philosophes qui me labouraient l'esprit, je restais encore accrochée aux choses banales, simples, qui donnent du plaisir sans avilir...

J'en étais là de mes réflexions lorsque je tombai sur un petit livre écrit par un monsieur que je ne connaissais pas. (D'ailleurs, avant de mettre les pieds chez Claude, je ne connaissais aucun « monsieur » qui avait écrit des livres !). Il s'agit de *La Sainte Face*, d'Élie Faure. Monsieur Faure, paraît-il, fut un grand humaniste, un grand connaisseur d'œuvres d'art et un fin lettré, pour employer un cliché comme je les aime parfois. Alors qu'il était jeune homme, Élie a dû aller à la guerre, celle de 14-18, où il a connu l'horreur des tranchées : boue, froid, bombes, crânes éclatés, membres déchiquetés, ventres transpercés de baïonnettes, par centaines de milliers, etc. La vraie horreur, celle qui nous fait presque désirer la bombe atomique, afin de mourir plus vite, pulvérisés en une fraction de seconde. De passage à Paris entre deux séjours au front, Élie, plus tard historien de l'art, rend visite à un marchand de tableaux qui lui dit : « Il est plus important pour la France de posséder un homme comme Renoir qu'une province de plus ou de moins. » Alors il lui répond : « C'est tout à fait mon avis, mais reste à savoir si ce n'est pas grâce à la qualité de l'effort que donne un pays pour garder ou conquérir une province qu'il peut produire un Renoir. »

Il m'est venu à l'esprit que les pacifistes enragés, intolérants, devraient lire ces quelques lignes et réfléchir un peu.

Ma petite personne avait connu la souffrance dès ses années d'enfance. La souffrance, la douleur, la blessure morale et physique à répétition. J'avais toutes les raisons au monde d'être révoltée. Pourtant, je ne l'avais jamais été vraiment. J'endurais, n'ayant d'autre issue envisageable. Maintenant j'apprenais le monde dans des livres, et j'arrivais à la conclusion que rien n'était simple, comme le prétendent les belles âmes qui sont contre la violence...

La violence est innée à l'être humain. La conception est un acte violent, tout comme la naissance. Et il n'y a pas un être humain qui n'a pas désiré, un jour, tuer son semblable.

Tout cela était bien joli mais si quelqu'un s'avisait de me demander pourquoi il en était ainsi, que pouvais-je répondre ? La nuit suivante, après avoir travaillé à payer ma dette envers Claude, je lui posai la question. Il répondit lentement :

— Parce que la vie est la chose la plus belle au monde. Il y a des moments où on éprouve le besoin d'en être le seul dépositaire. J'ajouterais que sans la folie, la folie qui est toujours à l'origine de la destruction, l'homme n'est pas humain...

Cette « vérité » me fit traverser un moment de légère déprime. Il faisait froid, on approchait du solstice d'hiver, et je pensais à ce « temps des fêtes du bon vieux temps » dont on m'avait parlé à Saint-Marcellin, mais que je n'avais pas connu. Noël, pour mes parents, c'était une raison de plus pour se soûler, et le P'tit Jésus n'entrait plus à la maison dans une crèche, comme par le passé.

Ainsi, je ne pouvais même pas avoir la nostalgie de moments émouvants provoqués par une croyance à quelque chose de merveilleux. Le plus beau souvenir qui me restait, à propos de Noël, c'était que j'avais dormi sur le ventre de mon chien Minou, une fois, pendant que mes parents buvaient. En quelque sorte, j'étais pure. Et ma curiosité l'emporta sur le reste : à propos de Noël et de l'Enfant-Dieu, je me jetai dans une recherche colossale, lisant tout ce que le cher Claude possédait sur la religion. Je fis presque une indigestion de Mircea Eliade, le très grand et admirable. Je lus toutes sortes de bouquins sur les mythologies et les croyances, l'islam, l'hindouisme, le soufisme et tutti quanti, mais je ne vous dirai rien de tout cela qui fut bon, délicieux pour l'esprit, autant qu'une belle nuit d'amour peut être bonne pour le corps.

Je vais m'arrêter à des œuvres moins connues, à commencer par *La Religion grecque*, de Louise Bruit Zaidman et Pauline Schmitt Pantel. À la page 117, les auteurs citent un passage des *Travaux et les Jours* d'Hésiode, consacré au mythe des races. J'ai failli tomber en bas de ma chaise en lisant ceci : « Et plût au ciel que je n'eusse pas à mon tour à vivre au milieu de ceux de la cinquième race, et que je fusse ou mort plus tôt ou né plus tard. Car c'est maintenant la race du fer. Ils ne cesseront ni le jour de souffrir fatigues et misères, ni la nuit d'être consumés par les dures angoisses que leur enverront les dieux. Du moins trouveront-ils encore quelques biens mêlés à leurs maux. Mais l'heure viendra où Zeus anéantira à son tour cette race d'hommes périssables : ce sera le moment où ils naîtront avec des tempes blanches. Le père alors ne ressemblera plus à ses fils ni les fils à leur père ; l'hôte ne sera plus cher à son hôte, l'ami à son ami, le frère à son frère, ainsi qu'aux jours passés. À leurs parents, sitôt qu'ils vieilliront, ils ne montreront que mépris ; pour se plaindre d'eux, ils s'exprimeront en paroles rudes, les méchants ! et ne connaîtront même pas la crainte du ciel. Aux vieillards qui les ont nourris, ils refuseront les aliments. Nul prix ne s'attachera plus au serment tenu, au juste, au bien : c'est à l'artisan de crimes, à l'homme tout démesure qu'iront leurs respects ; le seul droit sera la force, la conscience n'existera plus. Le lâche attaquera le brave avec des mots tortueux, qu'il appuiera d'un faux serment. »

Ainsi, au milieu du septième siècle avant Jésus-Christ, un homme avait vu, dans sa tête, le monde tel qu'il se révélait à mes yeux aujourd'hui ! Le soir, comme je faisais part de mon étonnement à Claude, il m'avoua que pour lui aussi, il s'agissait d'un phénomène à peine croyable.

— Je n'ai pas d'explications à cela, dit-il. Mais je me demande si à cette époque-là, la divinité n'était pas suffisamment présente dans la vie des hommes pour leur donner certains pouvoirs qui n'existent plus aujourd'hui. Il n'y a rien de rationnel dans ce que je dis là, mais, comme le disait le savant-bricoleur Jacques Bergier : « Ça ne répugne pas à l'esprit... »

Dans le même ouvrage, j'ai trouvé un passage particulièrement amusant pour moi, sur les sanctuaires grecs. Pour les Grecs, n'importe quel endroit pouvait devenir lieu sacré, pour des raisons d'ordre esthétique ou autres... « Le terrain est alors délimité : il porte le nom de “téménos”, qui signifie : coupé (sous-entendu : « de la terre qui n’est pas sacrée) ».

Ce qui me rappela Sawinne, elle qui me plaçait à côté du lit quand elle me faisait un massage, opération qu’elle voulait sacrée, jusqu’à un certain point. À ce moment-là, sa descente de lit devenait un sanctuaire, et entre ses mains, je m’abandonnais au divin qui est en nous. Elle avait une belle intuition, Sawinne... Elle était toujours en moi, car sa force morale m’avait pénétrée jusqu’à la moelle de la conscience.

Je fais un grand saut dans l’ordre de mes lectures sur les religions, pour arriver à l’événement capital de ce voyage au fond de mon âme. Dans un tout petit livre intitulé *La Divinité*, écrit par le psychologue Paul Diel, je lis tout à coup : « Dieu n’est pas une illusion. Dieu est un mythe. » Quoi ? Oui, oui, j’ai bien lu, et je résume la pensée du monsieur psy : le monde n’a pas été créé par Dieu, comme on nous le chante depuis toujours, mais c’est l’homme qui a créé Dieu.

— Même notre « Bon Dieu » à barbe blanche qui est partout et qui règne au ciel, qui punit les méchants et récompense les bons ?

— Oui !

Ce qui m’étonne, aujourd’hui, c’est que l’on ait mis tant de temps à nous apprendre une chose aussi importante. L’homme a peur. Pour s’aider à surmonter les difficultés de la vie et son difficile passage de chair ferme à pourriture immonde, il s’invente des dieux, c’est-à-dire des êtres doués de puissances fabuleuses. Ainsi naquirent tous les mythes de la terre, grâce auxquels nous pouvons apprendre des tas de choses sur l’âme des humains. Et voilà que certains mystères particulièrement irritants, comme la création du monde, le ciel et l’enfer, deviennent des réalités que je qualifierais de palpables... intellectuellement. Car s’il existe une telle chose que le doigt capricieux du hasard, il y a aussi la main ferme de l'intelligence...

Une nuit, au moment où Claude allait me prendre avec toute sa force d'arbre rugueux, je lui demandai s'il croyait en Dieu.

— Attends une minute, dit-il. Puis il me posséda, me fit jouir en même temps que lui, après quoi il laissa échapper le long soupir du bien-être qui nous permet de continuer à travailler le lendemain.

— Dieu, c'est la plus haute, la plus noble, la plus grande aspiration de l'homme. Rien de moins, rien de plus. Ça commence par le sexe, comme la naissance de Vénus dans une vulve-coquillage, et ça monte comme une immense pyramide qui s'élève dans les plus hautes sphères de l'univers, là où on peut s'imaginer qu'il y a un cerveau si perfectionné qu'il est invisible. De là sa puissance...

Il me donna un bon baiser sur la joue et retourna dans le lit conjugal. Ce qui fut le couronnement de mes recherches dans le monde de la divinité.

Pour les gens qui ont reçu une formation normale, la théorie de la relativité d'Einstein est une chose entendue, j'imagine. Depuis le temps qu'on en parle, apparemment... Mais pour moi, l'ignorante, ce fut un choc épouvantable. Je suis entrée en contact avec cette «folie» en lisant *Le Tao de la physique* de Fritjof Cappra. «La force de gravité, selon la théorie d'Einstein, a comme effet de «courber» l'espace et le temps. Cela signifie que la géométrie euclidienne courante n'est plus valable dans un tel espace courbe, de même que la géométrie bidimensionnelle d'un plan ne peut être appliquée à la surface d'une sphère.» Soudain, les lignes parallèles ne le sont plus!

Le soir du même jour, Claude me fit relire un long paragraphe du même bouquin, à la page 82 : «Les expérimentations de hautes énergies des décennies passées ont montré la nature dynamique et toujours changeante de l'univers particulaire. La matière est apparue dans ces expériences comme *totalement instable.* (C'est moi qui souligne). Toutes les particules peuvent se transformer en d'autres particules ; elles peuvent être produites à partir de l'énergie et retourner à l'énergie. Dans cet univers, les notions classiques comme celles de "particules élémentaires", "substance matérielle" ou "objet isolé" ont perdu leur signification, l'univers entier apparaît comme un réseau dynamique de structures énergétiques interdépendantes. Jusqu'ici nous n'avons pas encore trouvé une théorie complète pour décrire ce monde des particules subatomiques, mais nous avons plusieurs modèles théoriques qui en décrivent certains aspects. Aucun de ces modèles n'est exempt de difficultés mathématiques, et ils se contredisent tous d'une certaine manière, mais tous reflètent l'unité de base et le caractère intrinsèque de la matière. Ils montrent que ses propriétés ne peuvent être comprises qu'en fonction de ses activités, de ses interactions dans l'environnement, et que la particule, par conséquent, ne peut être considérée comme une entité isolée, mais doit être comprise comme partie intégrante de l'ensemble. » Ouf !

Si je prends la peine de vous imposer l'effort de lire ce passage qui n'a pas grand-chose d'érotique (ce qui ne l'empêche pas d'être fort émouvant !), c'est qu'il fut à l'origine d'un changement important dans ma relation avec Claude. En effet, à partir de ce que dit Cappra dans cette page (l'interrelation des particules), il avait déduit que, « vu de loin, tout paraît mou, ondulant... » et que l'univers, espèce de gros être vivant, avait un pouls.

— Rien ne le prouve, mais je le crois, car, je te le répète, tout se tient...

C'était son affirmation capitale : tout se tient... J'imagine que c'est vrai. Ça me plaît bien à moi aussi. Je me sens toujours rattachée à mon chien Minou... Mais le message clé du bouquin de Fritjof Cappra, c'est que tout ce que nous savons aujourd'hui, de façon empirique, sur la marche de l'univers, on le savait intuitivement il y a quelques milliers d'années, dans les civilisations asiatiques et indiennes. Or il me disait souvent : « Je le sais par intuition », ou « Je le savais, mais je n'en avais pas la preuve, et j'ai découvert que c'était vrai en lisant l'œuvre d'un savant. »

Conclusion, pour ma petite tête d'adolescente : il y avait, chez Claude, une certaine dose de suffisance... De quelle épaisseur exactement ? C'était sans importance pour moi. Il y avait, chez cet homme adorable, beau, bon, très instruit et très cultivé, un petit point noir, une minuscule verrue sur la fesse gauche de son âme. Or je l'avais toujours trouvé parfait. À partir de ce jour, je ne le trouvai pas moins plaisant, mais je sus que j'allais pouvoir me détacher de lui sans souffrir.

C'est en lisant *Le Sexe et la Mort* du docteur Jacques Ruffié que j'appris l'une des choses les plus troublantes, dans le monde de la biologie : nous, les vivants, nous mourons depuis que nous nous reproduisons par relations sexuelles ! Avant, les protozoaires se divisaient pour se reproduire indéfiniment, immortels. Claude me dit :

— Il y a deux avantages à cela. Un, les psys de tout poil peuvent écrire de belles théories sur la mort et l'érotisme. Deux, nous avons droit au plaisir.

— Mais nous mourons ! C'est pas juste !

— Il n'y a pas de justice dans la marche de l'univers. Il n'y a que des équilibres variables, semblables aux lents mouvements des océans. Les vivants trouvent le bien-être en se laissant aller au gré de ces mouvements, sans résistance.

Ce soir-là, je regardai longuement le sexe de Claude. Subitement, ce petit organe venait de prendre une valeur nouvelle. Il colla sa tête au creux de mon entrecuisse, longuement, puis nous avons travaillé à nous boire mutuellement, comme pour nous imprégner de ce mystère-merveille-bonheur-malheur. Après son départ, je fis une constatation troublante : maintenant que je trouvais Claude imparfait, j'étais menacée de tomber amoureuse de lui... Il fallait absolument éviter ce piège !

Un peu plus tard, je découvris les eucaryotes en lisant *L'Univers bactériel* de Lynn Margulis et Dorion Sagan. Qu'est-ce que c'est ? Une nouvelle façon, peut-être, de nommer les cellules, qui se diviseraient en deux catégories, apparemment : les procaryotes et les eucaryotes. Les premières sont les cellules sans noyau, qui se reproduisent par scission, les deuxièmes ont un noyau et sont des cellules à reproduction sexuelle. J'ai appris beaucoup de choses dans ce gros bouquin passionnant, mais je n'en ai peut-être retenu que deux.

D'abord j'ai ri comme une folle en lisant le mot « eucaryote ». Je ne sais pas pourquoi. Peut-être que si j'avais fait du grec, le rire eût cédé la place à l'émotion... En tout cas, ce mot m'a paru drôle. D'autant plus que l'eucaryote a un noyau... un « moton »... les gonades sont aussi des noyaux... et pour qu'il y ait conception, il faut broyer le noyau de l'ovule... Ainsi, la violence arrive au monde avec la sexualité !

Ensuite, je ne sais plus comment j'en suis arrivée là, mais c'est à propos de ces eucaryotes que j'ai compris une chose capitale : il n'y a pas de mort. Grâce aux bactéries, le cycle naissance-mort-naissance, sur la terre, est en marche depuis des millénaires, inlassable. D'où l'importance, évidente, du mythe de l'Éternel Retour... L'homme n'est pas poussière mais bactérie, et quand il redevient bactérie, il est apte à se regrouper avec d'autres bactéries semblables pour donner d'autres vivants. Merci.

Graduellement, je devenais femme « ordinaire » dans mes relations avec Claude. Petit à petit, je ne le payais plus de mon corps, mais je me donnais à lui.

— Reste encore un peu...

Ah ! la petite phrase des maîtresses ! Je me suis abaissée à la prononcer, moi, la pute heureuse de l'être ! Une vraie honte ! Comment sortir de là ? Lui, il le sentait bien, mais il faisait mine de ne rien voir. Le lui dire, et risquer de mettre fin subitement à notre pacte ? C'était ridicule. Peut-être avais-je besoin, sans le savoir, d'un orage dans nos relations à trois. Il y avait si longtemps que notre triangle était harmonieux, qu'il tendait à devenir cercle.

Même si le cercle est la perfection, ce n'est pas sain pour les relations sexo-conjugo-humano... « Pour dénouer l'impasse, provoquez la crise ! »

L'ordre vint de mon général en chef, mon inconscient.

Le lendemain soir, quand je fus dans les bras de Nadine encore soupirante, je lui « ouvris mon cœur » :

— Nadine, je crois que je suis en train de tomber amoureuse.

— De qui ?

— De Claude.

Ce fut à peine perceptible, mais il y eut un frémissement de sa peau, une réponse épidermique spontanée à une irritation. Puis le silence. Seulement notre respiration lente de femmes apaisées mutuellement. Au bout d'une longue minute elle demanda :

— Et moi, est-ce que tu m'aimes un peu ?

— Oui, bien sûr... Mais je continue à penser que je fais l'amour avec toi pour que tu ne sois pas jalouse de Claude, et aussi pour te payer... Mais avec Claude, il y a du nouveau. Tu dois savoir ce que c'est... le petit frémissement du cœur...

— Il faut dire que Claude est un homme plus que charmant...

— Ça n'a rien à voir... On peut tomber amoureuse d'un homme laid et bourru... Nadine, aide-moi. Être amoureuse, pour moi, c'est idiot.

— Parce que t'as peur de souffrir ? demanda-t-elle.

— J'en sais rien.

Alors elle dit avec assurance :

— Quand on aime vraiment, on ne souffre pas. C'est la passion qui fait souffrir.

— J'ai pas envie de faire la différence...

Un long silence, puis elle dit :

— Moi, j'ai pas tellement envie de me mêler de ça. Aime et souffre, c'est le lot de tout le monde. Moi je sais une chose : Claude m'aime, et si je lui demande de te mettre à la porte, tu vas partir. Pour le reste, la situation dans laquelle nous nous trouvons tous les trois est assez particulière, et je m'en accommode très bien.

Sur ce, un bon baiser sur le front, et elle disparut dans le noir de sa chambre. Nadine était un monstre de bon sens. Impossible de faire la guerre avec elle pour crever un abcès.

À peu près à la même époque, je tombai sur un petit livre qui faisait le point sur l'état actuel du monde. Un titre un peu pompeux : *Voici le temps du monde fini*, par Albert Jacquard, un scientifique français qui parle vert, comme d'autres parlent argent ou femmes. J'y ai lu ceci : « Le mystère central, ce n'est pas d'exister, c'est de le savoir. » Au cours de mes lectures chez Claude, j'ai rencontré cette idée à quelques reprises, exprimée à peu près de la même manière. Si je prends la peine de la noter ici, c'est parce qu'elle fait partie des cinq ou six « vérités » qui peuvent me faire rêver pendant des heures, de semaine en semaine, et dans lesquelles je vois autant d'ombre que de lumière. Savoir que je peux me regarder agir, que je peux juger mon raisonnement, cela me grise, mais me donne aussi des sueurs froides. La sale affaire, que la conscience !

Mais ce n'est pas pour cela exactement que je veux parler du livre de monsieur Jacquard, qui a l'air d'un brave type. Ce qui a changé ma vie, comme on dit vulgairement à propos d'une rencontre amoureuse, c'est cette autre vérité que cet auteur m'a apprise : notre terre est petite. Je la croyais incommensurable, mais non. Elle est si petite et l'homme est devenu si puissant, justement à cause des scientifiques, qu'il est en train de la presser comme un citron. Et quand on a pressé un citron, il ne vaut plus rien. Sur le même sujet, il y a ce fait épouvantable : dans certaines régions du monde, comme en Afrique et en Asie, il y a trop de monde. Chiffres à l'appui, monsieur Jacquard nous prouve que bientôt le couvercle de la marmite va sauter : étouffées par la surpopulation, des millions de personnes vont déferler sur l'Europe et l'Amérique, comme des troupeaux de bêtes affamées.

Alors je me suis senti frémir, subitement revenue en arrière dans ma vie encore si courte : sur le cap à l'Orignal, un an plus tôt, je regardais vers le nord et je me sentais attirée par cet espace immense. Oui, il y avait là quelque chose de grandiose à faire. Et ce quelque chose, je voulais le mettre en marche ! Comment ? Je n'en savais rien. Mais j'étais sûre que cela viendrait, que ma vie n'aurait pas de sens si je ne prenais pas cette direction. Maintenant, je commençais à sentir un peu mieux l'importance de cet espace vierge. Un jour, j'en étais sûre, un événement allait se produire et j'allais être au cœur d'un grand mouvement vers le nord. Après les multiples marches vers l'ouest ? Oui ! Oui ! Oui !

C'est avec Jean Houston, psychologue américaine, que j'ai fait le plus important voyage à l'intérieur de ma petite personne, en lisant sa *Psychologie sacrée*. Un livre envoûtant. Le dixième chapitre de ce livre s'intitule « La blessure sacrée ».

« Le développement de l'âme implique de mourir à une histoire et de renaître à une autre plus vaste. Pour renaître, il ne suffit pas de faire vivre en soi des symboles archétypaux, il faut encore que l'âme soit blessée. Cette blessure produit une ouverture de la psyché, de sorte que l'individu commence à se poser des questions sur sa nature profonde. » Et un peu plus loin : « Une blessure devient sacrée dès lors que nous sommes prêts à nous libérer d'anciennes histoires et à laisser la nouvelle histoire prendre naissance dans le temps. »

Ceux qui ont compris pourquoi le Christ devait mourir et ressusciter savaient cela. Mais moi, je ne le savais pas ! C'est ainsi que j'en vins presque à bénir mon père de m'avoir battue et d'avoir tué mon chien. Grâce à lui, j'étais en train de renaître, de me construire une grande histoire de femme. Ce qui n'avait rien à voir, je le dis tout de suite, avec les idées reçues véhiculées par certains mouvements à l'époque.

Malgré moi, j'aimais Claude, et, à ma grande surprise, un jour je m'aperçus que j'étais un peu jalouse de Nadine, qui « possédait » cet homme extraordinaire. Elle avait le foyer, le nid, l'amour, le bien-être matériel, tout. Assise sur son cul, comme on dit vulgairement, elle filait la belle vie tranquille dans le bon goût, la culture, la connaissance, etc. Autrement dit, ce qu'on appelle ordinairement le bonheur. Est-ce que c'était juste ? Pourquoi elle et pas moi ? Non seulement pas moi mais aussi des milliers d'autres femmes qui n'avaient même pas ce que j'avais moi, la « vagabonde », grâce à eux d'ailleurs... Je n'avais jamais pensé à ce problème social : la répartition des biens, ou de ce qu'on appelle les richesses. Existe-t-il ce que l'on pourrait appeler un droit de posséder ? Et la contrepartie : une obligation de vivre dans la nécessité ? Je passai plusieurs jours à jongler avec ces notions qui pesaient vraiment trop lourd pour mon petit cerveau encore à peu près vierge, puis une nuit, après avoir donné tout ce que j'avais de folliculine à Nadine, je lui demandai :

— Es-tu heureuse ?

Elle resta longtemps silencieuse, comme si j'avais posé une question indiscrète. Aujourd'hui, je crois que c'était en effet une question indiscrète, car le bonheur est aussi précieux que personnel. Elle me prit dans ses longs bras qu'elle croisa derrière mon dos, faisant de mon jeune corps une petite chose douce qui se lovait contre son sein, et soudain je redevins enfant, apte à recevoir la chaleur de la mère. Elle finit par dire :

— Je crois qu'on ne doit pas se poser une telle question... Ou plutôt, qu'on ne peut pas se la poser. On est apte au bonheur ou on ne l'est pas.

Le lendemain, elle vint me trouver avec un petit livre intitulé *La Révolution du silence*, écrit par un monsieur que je ne connaissais pas du tout, évidemment : Krishnamurti.

— Claude se proposait de te faire lire ce bouquin un peu plus tard, mais je pense que tu peux le faire tout de suite, même si tu n'es pas encore assez formée. C'est dans l'épreuve que l'intelligence prend des forces, comme les muscles.

Un beau rire fit briller ses dents, et je vis la muqueuse humide de sa bouche rose, petit ventre qui enveloppait mon doigt pour le dorloter à la manière d'un pénis, ou qui cherchait à se mélanger à la chair douce de ma vulve, pendant que le plaisir montait comme une mer. Elle ouvrit le bouquin à la page 183 et lut d'une voix posée, calme, sans effets oratoires :

« Méditer, c'est transcender le temps. Le temps est la distance que parcourt la pensée dans ses élaborations. Ce parcours s'effectue toujours le long d'un chemin ancien muni de nouveaux revêtements, de nouveaux sites, mais c'est toujours le même, qui ne mène nulle part, si ce n'est à la douleur et à l'adversité. »

« Ce n'est que lorsque l'esprit transcende le temps que la vérité cesse d'être une abstraction. Alors la félicité n'est pas une idée basée sur la notion de plaisir, mais un fait réel qui n'est pas verbal.»

«Vider l'esprit de tout ce qui se rapporte au temps c'est y introduire le silence de la vérité. Voir qu'il en est ainsi, c'est faire que cela soit. Il n'y a donc là aucune division entre voir et faire. C'est dans l'intervalle entre voir et faire que naissent les conflits, les misères et les confusions. Ce qui n'est pas dans le temps est l'éternité.»

Elle posa le petit livre sur la table, devant moi, et elle sortit, m'abandonnant au choc intellectuel que je venais de subir. Pour moi, une telle approche de la réalité avait quelque chose de fulgurant. Je passai un bon mois à lire et relire cette œuvre aussi difficile à «ouvrir» qu'un diamant. Depuis toujours on nous disait : «Servez-vous de votre tête ! Réfléchissez !» Et voilà qu'un grand homme me disait sur tous les tons qu'il fallait cesser de penser, faire taire le tintamarre de la pensée, d'où venait tout le mal, qu'il fallait se mettre à la disposition de ce qui est, tout simplement, pour le percevoir... Après quoi... la félicité, qui semble bien être quelque chose de plus doux que le bonheur.

En faisant semblant de ne pas voir que je l'aimais, Claude me faisait souffrir. Or, assez curieusement, chaque fois que je sentais mes «beaux sentiments» repoussés, je pensais au nord. Le nord et son espace vierge, pendant qu'on mourait de faim et de surpopulation ailleurs. Pendant des semaines, je me suis demandé pourquoi, jusqu'au jour où je suis tombée sur un passage qui m'a paru lumineux, dans *Cosmologie et alchimie babyloniennes* de Mircea Eliade, qui se lit comme suit : «C'est à travers la montagne que les âmes passent dans le monde des morts. L'expression assyrienne commune pour "mourir" est "s'accrocher aux montagnes". En égyptien aussi, le verbe *myny*, "s'accrocher", est un euphémisme pour "mourir". Le soleil se couche entre les montagnes et c'est par là également que doit passer le chemin du mort vers l'autre monde. Mais, à côté de ce symbolisme funéraire de la montagne, il y en a un autre, métaphysique, qui est beaucoup plus important. La montagne étant le centre du monde, comme nous l'avons vu, il est naturel qu'après la mort l'âme soit entraînée vers ce "centre". »

Voilà ! Au cas où ce ne serait pas clair pour vous, j'ajouterai que pour moi Claude était comme une montagne. De plus, l'érotisme rattaché à la copulation est une tentative désespérée de tuer la mort. Ça, tout le monde le sait. Chaque fois que Claude s'en allait après m'avoir prise et satisfaite, je pensais à ce mouvement implacable du soleil qui vient toujours tomber à l'ouest, derrière mes montagnes, car en été, il se couche presque au nord...

Lentement, le temps me travaillait, comme une tige que les sucs de la terre transforment. De plus en plus, je sentais la sève qui donnait du poids à ma chair. Maintenant, quand la montagne-Claude posait une main sur mon épaule, j'avais l'impression de faire partie d'une immense marée qui poussait sur la barque humaine. Quand je levais un bras, pour le simple plaisir de le sentir se mouvoir, je sentais en lui une puissance terrible : la femme était en moi...

Un jour, je marchai dans le parc jusqu'à la rive du Saint-Laurent. Soudain je me trouvai sur le bord d'une rive escarpée, haute de plusieurs mètres. Au bout d'un long moment, je m'aperçus que j'étais immobile, sans but, sans forces, un peu comme une bête qui, par un étrange dérangement de ses instincts, aurait perdu sa route. J'étais arrivée à la fin d'une étape. C'était tout simple !

Je devais repartir. Mais comment me séparer de mes hôtes, à qui je devais tant ? Allaient-ils être aussi forts que Sawinne ? Il me vint alors à l'esprit que cette femme de Saint-Anaclet, fille bâtarde d'une Amérindienne et d'un cultivateur blanc, qui n'avait pas le millième de la culture que Nadine et Claude pouvaient avoir, était quand même riche de quelque chose qui n'avait pas de prix : une connaissance intuitive du corps et de l'âme qui lui permettait d'entrevoir la divinité. Alors je crachai dans le fleuve pour que l'eau lui apporte ma salive, c'est-à-dire un peu de ma conscience.

Il n'y eut pas de larmes. Seulement une conversation d'une bonne heure avec Claude, qui me relança sur les routes avec une force magistrale. Je vais me contenter de résumer en donnant l'essentiel de son discours : depuis l'Antiquité, la femme est identifiée à la terre, la terre-mère. Par cette façon de concevoir la planète nourricière, il a été possible de considérer l'union avec la prostituée comme mystique. Dans l'Antiquité, vous l'avez peut-être oublié, la prostitution était sacrée. (Ici, Claude me cita un passage d'une lettre d'Héloïse à Abélard : «... bien que le nom d'épouse paraisse et plus sacré et plus fort, j'en ai toujours préféré un autre plus doux à mon cœur : celui de maîtresse ou, laisse-moi te le dire, celui de ta concubine ou de ta putain.») Pourtant, Héloïse était devenue supérieure d'un couvent...

Puis en repassant par Mircea Eliade, il me rappela que par la découverte de l'agriculture, l'homme s'était intégré à un cosmos vivant, identifiant la terre à la femme, à la pluie, à la fécondité et à la mort. Alors il me dit :

— La terre ne demande qu'à être labourée, peu importe la pointe de charrue qui lui ouvre le ventre. Si la femme est identifiée à la terre, il est concevable qu'elle se fasse engrosser par n'importe qui, ou du moins, qu'elle puisse copuler naturellement avec tous les hommes. Ce sont les lois et les mœurs qui ont fabriqué le corset qui lui pince les lèvres depuis des siècles. Mais je n'ai pas envie de faire le procès de nos civilisations. Si je te dis cela aujourd'hui, c'est pour t'expliquer que si je n'ai jamais pensé à te faire des reproches parce que tu gagnes ta vie avec ton sexe, c'est à cause de ces convictions.

— Mais je ne me suis jamais sentie coupable !

— J'en suis sûr. Tu es une femme... que j'oserais dire... choisie par le destin, ou la divinité, comme tu voudras... Moi, j'ai envie de t'appeler « la » femme. Alors je vais te rebaptiser, si tu permets. Désormais, je voudrais que tu t'appelles **Gaïagyne**, c'est-à-dire « femme-terre »... Tu veux bien ?

— Tu crois que je le mérite ?

— J'en suis sûr...

Il me regarda longuement, me transperçant le corps de ses yeux embués, et soudain je vis trembler ses lèvres. Une émotion montait en lui, tel un mouvement de tornade, et je fus emportée par cette même vague qui me souleva moi aussi. Il m'écrasa contre sa poitrine secouée de convulsions. Je voulais lui dire la petite phrase que toutes les femmes ont la maladie de lancer aux quatre coins du monde : je t'aime. Mais une voix intérieure me cria : « Non ! Ce n'est pas pour toi ! »

Ainsi, je fus de nouveau transportée deux ans en arrière, au moment où je quittais Sawinne, alors qu'elle m'avait appris une chose effarante : les larmes, ce n'est pas pour nous, pas pour des femmes comme elle et moi ! Puis je fus subitement projetée au ciel, car j'entendis :

— Je t'aime, Gaïagyne.

Mais je ne dis rien.

— Maintenant tu es prête. Il faut que tu continues ton voyage, vers l'ouest...

— Oui. Je vais partir demain matin.

Là s'arrêtèrent les effusions. Nous avons célébré mon départ en allant manger dans un bon restaurant, et par la même occasion je me rendis compte que je ne connaissais pas la ville de Québec, malgré les deux ans que j'y avais passés. Tout mon temps s'était écoulé à la maison de Claude, ou sur les Plaines d'Abraham où je prenais l'air en me faisant de l'argent de poche. Comme si cette ville, apparemment belle, n'avait été qu'un tremplin servant à me faire sauter plus haut et plus loin.

Le soir, comme par une entente tacite, chacun dormit dans son lit : notre « contrat » était terminé.

Les voies de la pudeur sont impénétrables...

Le pont

Au cours de ma dernière nuit chez Claude, je fis un rêve bouleversant. J'étais une femme assez âgée, et je montais une longue côte en direction de l'est. C'était à l'est que se trouvait Montréal, dans mon rêve, même si j'étais encore à Québec. Montréal était sur le haut de cette côte, lumineuse, propre, vêtue de bleu. Il y avait des moments où je courais vers elle, comme on court vers une personne que l'on aime et que l'on retrouve après une longue absence. Quand je me suis réveillée, je n'étais ni triste ni gaie. J'étais apte à recevoir n'importe quoi. Alors est entrée en moi une drôle d'idée, émise par la petite voix intérieure :

— Tu remontes le temps...

— Quoi ?

— Tu remontes le temps.

Puis soudain la côte de mon rêve me rappela un souvenir de Sawinne, qui m'avait raconté l'une des fantaisies de Norbert : quand son père était mort, il avait fait venir le corbillard à la maison, avant d'aller à l'église, puis il avait demandé au chauffeur de monter la côte devant la grange. Tous les membres de la famille avaient suivi, montant la côte, pleurant, revivant leur enfance. Et moi, tout naturellement, je me dis : « Je remonte le temps comme Norbert a remonté la côte avec sa famille », mais je ne savais pas ce que cela signifiait, ni comment ni pourquoi une telle idée m'était venue. Une chose était sûre : c'était une belle fantaisie, un beau produit de l'inconscient que j'allais peut-être seulement comprendre au moment de mourir. Il y avait une chose qui m'amusait : dans mon rêve, je remontais le temps parce que j'allais vers l'est, alors que dans ma vie, je marchais vers l'ouest, comme on le fait depuis le quinzième siècle...

Puis ce fut le moment de lever l'ancre, par ce beau matin de mai. Portant mon baluchon, avec mes souliers de marche aux pieds, je me trouvai devant Claude et Nadine. Nous sommes restés silencieux pendant un long moment, puis Claude a dit, la gorge serrée :

— Gaïagyne, pour nous tu as été un don du ciel.

Nadine a versé une larme en marmonnant :

— Plus qu'un don ! Une fête...

Il faut dire que sans moi, elle n'aurait probablement jamais goûté l'amour au féminin... J'étais un peu émue, mais mon jeune âge, capable d'égoïsme, me projetait dans le futur. En avant, toutes ! Alors je dis :

— C'est vous qui m'avez donné le plus, en m'aidant à développer mon intelligence. Même si j'ai travaillé de nuit pour vous payer, j'ai l'impression d'être encore en reste. Merci... de tout mon cœur... et de tout mon corps.

Accolade, porte ouverte, rue (sans me retourner), pont Pierre-Laporte, route n° 3, car il n'était pas question de me faire casser les oreilles par la circulation de l'autoroute. Je voulais longer le fleuve, traverser les villages, comme je l'avais fait en venant de Rimouski. Voir du monde et me faire un peu d'argent. Claude m'en avait donné, mais il n'était que professeur d'université... Financièrement, c'est pas le Pérou. Ainsi, d'un seul coup, je frappais le sol de mes pieds, après avoir engrangé des connaissances pendant plus de deux ans, assise dans une maison confortable. Subitement, l'air, le soleil, les odeurs de fleurs, la rosée, la pluie, la fatigue dans les jambes, mais un bonheur explosif à manger tout cela. Car j'avançais avec un appétit de fauve, sans savoir ce que j'allais faire dans la métropole. C'était d'ailleurs le dernier de mes soucis. Une soif terrible me poussait, me guidait :

une soif de vie ! Peu importait ce que j'allais devenir, bâtisseur d'églises ou ministre de la culture, tout ce que je savais, c'était que je devais satisfaire ce plaisir que j'éprouvais à marcher vers mon destin.

D'autant plus que j'étais devenue plus sensible aux nouveaux visages de la nature, provoqués par les changements de climat. Entre Rimouski et Québec, la différence est énorme. Entre Québec et Montréal, elle est plus subtile, mais les feuillages s'adoucissent graduellement, s'épaississent, deviennent comme des matelas sur lesquels on voudrait se rouler. Le vert de l'herbe est de plus en plus tendre, et la lumière est plus douce à mesure que l'on avance. Plus j'allais vers l'ouest, plus la terre devenait sensuelle.

Au lieu de planter ma tente tous les soirs, je dormais dans des « chambres à louer », comme il y en a dans tous les villages, pas très confortables mais pas chères. Pour ce qui est de l'argent, je m'étais mise à l'œuvre dès le troisième jour, avec un gros monsieur qui avait insisté pour me faire monter dans sa Cadillac. Un brave type qui avait le sourire facile et la bite énorme.

Je marchais lentement, tâchant de mettre en pratique les idées de Krishnamurti sur la perception de tout ce qui existe (secret du bonheur !). Souvent je m'arrêtais, m'assoyais sous un arbre. Là, j'écoutais les oiseaux tout en regardant l'eau du fleuve s'en aller vers mon lieu d'origine. Il s'agissait alors de moments où la nostalgie m'empoignait. L'eau s'en allait vers la terre sur laquelle j'avais eu mon nid, et je ne pouvais pas l'oublier, même si j'avais quitté ma maison natale en pleurant, presque blessée à mort par mes parents.

Tout en marchant, je guettais la côte nord, maintenant assez proche pour que je puisse voir ses villages, tous semblables, avec leur église au toit de tôle réfléchissant le soleil. Maintenant, en face de moi, ce Nord était civilisé... Ou presque. Rien à voir avec le Nord que je voyais de Saint-Fabien ! Ça, c'était « mon » Nord, pour l'avenir, sans savoir ce que j'allais y faire.

Je mis plus d'une semaine pour atteindre Sorel. Mais alors, subitement, je sentis la palpitation de Montréal qui se répercutait jusque-là. Déjà, il y avait plus de voitures, plus de monde, et une espèce d'allure difficile à définir, que j'allais bien voir seulement quand je serais en ville : la certitude, chez les citadins, qu'ils sont des êtres accomplis, qu'ils ont raison, qu'ils ont des droits, un peu comme les seigneurs d'autrefois. Les barons du béton... Dans cette charmante petite ville qui a enrichi notre patrimoine culturel, je passai une semaine, histoire de garnir ma bourse un tantinet. Il y avait là plusieurs douzaines d'hommes qui s'ennuyaient avec leurs épouses. Je les soulageai courageusement...

Puis ce fut Longueuil. Subitement, la ville était là ! La métropole ! La folie ! La science ! L'art ! L'argent ! Les compagnies ! Les industries ! Le poumon du Québec ! Et moi qui étais si petite ! C'est vrai, je ne suis pas baraquée comme une lanceuse de javelot ! Plutôt mince, pas très grande. Les hommes me disent que je suis « mignonne ».

Je le sais que je suis belle. Aussi belle que Venise... Mais, mes canaux transportent du sang.

Donc, la métropole, la folle, celle que je devais apprivoiser, prendre par la main, serrer contre ma poitrine sans me laisser dévorer. Car la grande folle est redoutable. Et je suis restée là pendant des semaines, fascinée par le pont Jacques-Cartier, que je ne voulais pas traverser tout de suite. Pas encore. On n'entre pas dans une grande ville comme dans un moulin, si on veut la posséder. D'ailleurs, j'allais découvrir que j'avais affaire à plus grande pute que moi...

Je m'approchais du pont, à la station de métro de Longueuil, et je le regardais s'élancer au-dessus de l'eau avec ses deux courbes qui ressemblent à des appels de hanche. « Viens, je t'emmène... » Non... Je me disais que pour bien démarrer, il me fallait réussir un coup en mettant les pieds sur l'autre rive. Oui, mais quoi ?

C'était presque l'été. Le 15 juin... Allait venir le 21, le solstice d'été... D'un seul coup, la lumière m'inonda. Il fallait traverser le pont le 21 juin, à midi, mais pas n'importe comment. À cheval ! Je l'avais !

En travaillant plus ou moins le soir, j'avais déjà amassé plus de deux mille dollars.

— Où pourrais-je m'acheter un cheval ?

— Un cheval ! Qu'est-ce que tu veux faire avec ça, mignonne ?

— De la confiture...

Il se moquait de moi, le dépanneur à qui je m'adressais. Un cheval en ville, entre les mains d'une petite puce comme moi ! Il y avait de quoi rigoler. Mais il ne savait pas que chez moi, à Saint-Marcellin, j'avais monté les chevaux qui ne faisaient plus rien, après l'arrivée des tracteurs... Finalement, il m'envoya du côté de Sainte-Julie. Il y en avait tout un troupeau qui paissait dans un grand champ. Leur odeur forte me ramena d'un seul coup à mon enfance, et ma gorge se serra. Mais cette émotion fit place rapidement à quelque chose de plus profond. Cette odeur chevaline, maintenant que j'étais femme (seize ans déjà !), je pouvais la percevoir avec des sens affinés, capables de détecter tout ce qu'elle contenait de sexuel. Ce fut une belle excitation.

— Je voudrais acheter un cheval, monsieur.

Le propriétaire commença par esquisser un sourire condescendant, puis il laissa tomber :

— Mes chevaux sont pas à vendre.

— J'en ai besoin d'un...

— Écoute, ma petite fille, j'ai pas le temps de m'amuser à des enfantillages...

Je m'approchai de lui lentement en le regardant d'une certaine manière que je ne sais pas décrire, mais qui apparemment fait de l'effet.

— J'ai besoin d'un cheval noir, absolument...

Je le pris par la main et l'emmenai dans une stalle vide. Là, j'ouvris lentement sa braguette, pris son pénis dans ma paume chaude, et je vis ses lèvres trembler, pendant que son regard s'embuait.

— Combien ?

— Heu... heu... Deux mille cinq cents dollars...

— Trop cher, dis-je, en exerçant une pression de l'ongle à la racine du gland. Il grimaça et annonça deux mille dollars.

— O.K.

Alors je le branlai avec plaisir, dans cette odeur vieillie de l'étable vidée par l'été, mais où je pouvais encore entendre des grognements d'étalons se dressant sur leurs pattes de derrière pour enfoncer des juments qui laissaient couler leur liquide jaunâtre en « grogne-hennissant » de plaisir. Je ne le quittais pas des yeux, jouissant de voir sa jouissance imprégner son visage de mâle fouetté par le vent et brûlé par le soleil. Il eut un long gémissement, et son liquide gicla contre une vieille planche chaulée, en trois ou quatre poussées violentes. Alors il eut un beau sourire de vaincu satisfait, et il eut la gentillesse de me dire :

— Merci. T'as une main divine ! (Dieu est partout !)

Il y a encore des hommes civilisés, quoique en disent certaines femmes que je ne qualifie même pas de féministes enragées...

Puis ce fut le 21 juin, le premier jour de l'été. Tel que convenu, à onze heures, le gentil monsieur que j'avais soulagé d'un cheval s'amena au terrain de stationnement du métro Longueuil, traînant la boîte dans laquelle se trouvait le bel animal. Il me serra la main en me regardant avec une chaude complicité, et je lui souris comme une bonne fille. J'étais heureuse. Non, plus qu'heureuse, car j'avais l'impression de commencer l'une des étapes les plus importantes de ma vie. Pour moi, c'était un grand jour. Du moins, il fallait que ce le fût.

Au soleil, la bête piaffa, laissa échapper un long hennissement. Le cheval était d'un noir brillant, à poil doux et ras. Une beauté !

— Au revoir, monsieur, et merci !

— Qu'est-ce que tu fais avec le cheval ?

— Je traverse le pont.

— Es-tu folle ? Tu vas te faire tuer par les automobiles !

— On verra bien...

— Fais pas ça... heu... comment tu t'appelles ?

— Gaïagyne !

— Drôle de nom... Gaïagyne, fais pas ça ! C'est dangereux... Viens avec moi, sur ma ferme... Y a du travail intéressant, facile... Je vais te payer comme il faut...

Est-ce que le diable n'est pas allé jusqu'à tenter le Christ lui-même !

— Cher ami, le pont Jacques-Cartier, c'est mon Golgotha ! Il faut que je le traverse absolument. Sinon je suis une femme indigne de la mission que je dois accomplir.

Sur son visage, je vis qu'il me considérait comme une pauvre folle, mais comme j'étais jeune et belle, il y avait aussi une profonde désolation dans ses yeux.

— Adieu, dis-je, et d'une détente du mollet, soudaine, juvénile, je me hissai d'un seul mouvement sur l'échine de mon cheval.

— Comment vous l'appelez ?

— Le cheval ? Y a pas de nom.

— Alors imaginez qu'il a des ailes, et je l'appelle Pégase. Au revoir...

D'un coup de talon, je mis la bête en route, jetant un dernier regard au pauvre homme qui ne savait plus que penser de moi. Je le vis se gratter la tête, dans une attitude désespérée, puis remonter dans sa voiture. Que lui restait-il de moi ? Le souvenir de ma main sur sa chair, et l'idée que j'étais une enfant perdue de « ce monde devenu fou », idée qui revient régulièrement depuis les débuts de l'humanité.

Je portais une robe très légère, blanche, courte et ornée d'une échancrure qui dégageait mon épaule gauche ainsi que la naissance d'un sein. J'avais enfilé une petite culotte, pour le principe, car j'aurais préféré le contact direct avec la peau de la bête. Pour me protéger les pieds, une petite paire de sandales en cuir blanc. C'était tout ce qui m'habillait. En bandoulière, un petit sac dans lequel se trouvait toute ma fortune, quelques centaines de dollars, tout ce qui me restait après l'achat de Pégase. C'est ainsi que, dépourvue d'impedimenta, le cœur plein d'espoir, je dirigeais mon animal et mon corps vers ce pont qui, en enjambant le fleuve, reliait le corps de la province à son cœur, à ses poumons, à ses sources de vie.

Tout à coup je lus sur un panneau : MONTRÉAL VIA PONT JACQUES-CARTIER. J'eus un pincement au cœur. À midi pile, j'allais m'engager sur le tablier de fer. Tout se présentait bien. La circulation automobile n'était pas trop dense et le soleil, ce divin soleil du premier jour de l'été, coulait sur moi, m'imprégnait de sa lumière, de ce sang venu du ciel, divinité que je retrouvais dans la réalité, après l'avoir appréhendée dans les livres savants de Claude, et l'avoir goûtée comme une petite bête, aux premières années de mon enfance, en compagnie de mon chien Minou...

C'est à tout cela que je pensais, de même qu'au chien de Fluvius que j'avais chevauché dans le Bas-du-Fleuve, en rêve, quand je me suis engagée sur le pont lui-même. Soudain, cette structure métallique, élégante lorsque je la voyais de loin, devenait une masse de ferraille qui grondait, tremblait, criait, m'écrasait de toutes ses poutres de fer oxydées. Alors, je m'aperçus qu'il n'y avait plus d'espace. À droite, c'était le gouffre, à gauche, les voitures qui me doublaient en klaxonnant avec fureur. Comme il n'y avait pas trop de circulation, les automobiles roulaient passablement vite, mais jamais assez vite au goût des automobilistes. Si bien que mon cheval ne pouvait pas trotter assez rapidement pour tenir la place d'une voiture. On devait me doubler, en frôlant les flancs de Pégase, bien sûr, ce qui l'énervait. De sorte que j'avais toutes les peines du monde à le maîtriser. Il y eut même un passager, assis à la droite d'un chauffeur, qui baissa sa fenêtre pour me crier au passage :

— Qu'est-ce que tu fais là, Christ de folle ?

— Va chier, maudite tarte ! lançai-je en retour, pour ne pas être en reste. La situation devenait horriblement stressante. Pour éviter la panique, je dus faire appel à tout ce que j'avais acquis de force « naturelle » au temps où je marchais aux côtés de mon chien Minou, de même qu'à toutes les connaissances des sages que j'avais lus chez Claude, comme Jung et Krishnamurti. Mais à peine avais-je repris le contrôle de mes nerfs qu'un poids lourd me doubla, rapide malgré sa masse énorme, et il fit trembler l'immense structure de métal sur son passage. Je fermai les yeux momentanément, croyant que toutes ces poutres verdâtres allaient s'abattre sur ma tête. Mais non, rien. Si on peut appeler rien ce bruit infernal, causé par la circulation, chaîne interminable qui s'engouffrait dans cet entonnoir de fer, mon pont que j'avais trouvé si beau, quand je le voyais de Longueuil...

Puis je vis qu'il y avait une direction pour aller à l'île Sainte-Hélène, là, tout de suite à côté, et j'eus la tentation d'aller m'y reposer. N'était-ce pas de mon âge, cette grande roue qui tournait pour donner une illusion de grandeur aux enfants ? L'illusion de voler. C'était ce que je voulais, voler, non ? Je faillis faire dévier Pégase pour aller me réfugier dans cette petite île consacrée à l'innocence-insouciance, à ce nid pour chiots.

Mais non ! J'étais une « grande fille » ! Pas question de flancher. En avant ! Le tintamarre continuait, effarant, horrible pour mes oreilles qui n'avaient connu que le chant des oiseaux, les râlements de plaisir et les joyeux aboiements de mon chien. Mais je me durcis. D'ailleurs, sitôt après l'élévation provoquée par la voie maritime du Saint-Laurent et l'accès à l'île Sainte-Hélène, je venais de m'engager sur le tronçon principal du pont, celui qui surplombe vraiment le fleuve en prenant appui sur la petite île. Alors me revint en mémoire, malgré le vacarme et l'effroi qui menaçaient de me disloquer la charpente, un souvenir qui remonte à mon temps d'école : parlant de Napoléon, notre maîtresse d'école nous avait raconté une anecdote émouvante. Sur l'un de ses cahiers, on avait retrouvé une note de sa main d'enfant : « Sainte-Hélène, petite île... » Émouvant pour ceux qui savent que Bonaparte est mort sur la petite île en question, dans l'Atlantique Sud.

Maintenant j'avançais donc dans l'entonnoir, car la structure métallique m'enveloppait, tel un tuyau perforé dans lequel je devais progresser. En bas, à droite, à des douzaines de mètres, me semblait-il, c'était l'eau qui coulait, rapide, folle et sombre comme l'inconscient de tout un peuple en délire. Les Amérindiens avaient passé par là des centaines d'années auparavant, puis les colonisateurs de France étaient venus, saints et bandits confondus, puis des Anglais ; ils s'étaient battus entre eux, et maintenant l'eau du fleuve charriait tout ce purin psychologique, sans compter les déchets industriels du Québec moderne... Non, il ne fallait pas que je tombe dans cette eau sale !

Je devais me raccrocher à des valeurs « positives ». Par exemple, sur ma gauche, je voyais fumer la grosse maison en briques rouges de la brasserie Molson. Sans la famille Molson, Montréal ne serait pas ce qu'elle est aujourd'hui ! Il faut le reconnaître. Je marchais donc, « positivement », vers la famille Molson et une industrie prospère ! Bien ! Je devais tenir le coup !

— Qu'est-ce que tu fais là, idiote ?

Un cri lancé d'une fenêtre de voiture, hurlé avec une telle puissance que Pégase fit un bond sur la droite. Je perdis l'équilibre et c'est en m'accrochant à sa crinière que je parvins à rester sur son dos. Décidément, je dérangeais le « monde en marche »... Mais en relevant la tête, j'aperçus la Maison de Radio-Canada, juste à côté de Molson ! Là, on « brassait » des idées et on les diffusait aux quatre coins du pays, *A Mari Usque ad Mare...* Ce n'était pas de la p'tite bière ! Après les chemins de fer, l'audio-visuel reliait les différentes parties du pays, ensemble, cette chose dégingandée, trop vaste, qui menaçait de s'écrouler à cause de toutes sortes de caprices. Donc, encore là, quelque chose d'important, vers lequel j'avançais ! Oui, j'arrive, criait ma petite voix de femme-terre, avide, désireuse d'embrasser la vie à pleins bras. La petite voix me disait à l'oreille : « Vie, sens-tu mes seins, mon ventre, la chaleur de mes entrailles ? C'est pour toi ! »

Ma force était là, mais il y a des limites à tout, et vint un moment où mes nerfs étaient tellement à bout, à cause du bruit, des « embardées » de Pégase et des insultes des automobilistes, que j'eus envie de me laisser tomber par terre, de me laisser anéantir par cette marée de fer qui roulait vers la ville.

Assez curieusement, c'est le soleil qui me sauva. Éclatant, le dieu des premiers habitants des Amériques cognait de toutes ses forces, installé à son zénith pour une période relativement courte. Ce faisant, il frappait les poutres du pont sous lesquelles j'avançais, et les ombres dessinées par cette espèce de treillis métallique se succédaient, violemment contrastées, à un rythme changeant, variant selon la vitesse de ma course. Soudain, ce rythme des ombres produites par le soleil, variable, soumis à un certain hasard, me fit penser au rythme de l'univers, dans lequel il y a, paraît-il, beaucoup de hasard ! Alors je me dis que je faisais vraiment partie du monde. Pour la première fois de ma vie, dans ce maelstrom indescriptible, j'eus la sensation d'embarquer dans le bateau de l'univers. J'étais à son rythme ! Cette idée me fouetta les sangs, si bien que je pus fermer les yeux et les oreilles aux turbulences qui agitaient le pont, ce lien entre la campagne et le poumon de la province. Alors, au creux de mon ventre, prit naissance la certitude que j'allais gagner.

Finalement, j'arrivai au bout de la structure qui m'enveloppait, et j'amorçai la dernière courbe du pont, à l'endroit où il prend appui sur les bords de l'île. J'étais tout entière au soleil, ce qui fut pour moi un grand soulagement, même si ma lutte pour détruire l'espace qui me restait à parcourir sur ce tablier était encore extrêmement pénible. Car au moment où ils voient arriver la fin prochaine du pont, on dirait que les automobilistes éprouvent le besoin instinctif d'aller encore plus vite, pour gagner une seconde ou deux, comme si ce temps passé au-dessus de la terre ferme était une menace épouvantable. Au cours des derniers cent mètres, on me frôla davantage, on me cria les insultes les plus grossières (« Petite pute ! » ou même, « Lady Godiva des pauvres ! »), et vint un moment où je faillis perdre le contrôle de ma bonne bête. Mais j'étais sur le point de réussir mon aventure, et plus rien n'allait me faire craquer avant le but atteint. Enfin, ce fut la terre ferme. Mais je dus m'arrêter. Deux ou trois panneaux me donnaient des directions : rue Sherbrooke, boul. de Maisonneuve, boul. René-Lévesque, etc. Mais je ne savais pas du tout où menaient ces rues, n'ayant jamais mis les pieds dans cette monstrueuse ville que je voulais aimer. À ma droite, à quelques rues, je voyais un édifice moderne en forme de boîte à beurre, insignifiant. Plus tard j'appris que c'était une prison ! Où aller ? OÙ ALLER ? Cette question devint comme la pointe d'un poignard qui s'enfonçait dans ma poitrine. Alors j'arrêtai Pégase, et ce fut un beau hurlement de klaxons qui s'éleva dans mon dos. Au même instant, je vis une espèce de terrain vague autour duquel on tournait pour accéder au pont de même que pour en sortir, au beau milieu du paysage immensément triste devant lequel je me trouvais. C'était là que je devais me réfugier, il n'y avait plus de doute possible. Mais j'étais à la droite de la voie dans laquelle, apparemment, je n'avais même pas le droit de circuler avec mon V.A. (véhicule animal). Une seule solution : tirer sur la rêne qui allait faire passer Pégase de droite à gauche. Je le fis donc, attendant le moment que je jugeai le plus propice, mais dans ce monde motorisé où les secondes sont plus importantes que les découvertes d'Einstein, il n'y a jamais de moment propice.

— Vas-y, Pégase !

Un bon coup de rêne accompagna mon injonction. L'animal obéit, faillit se faire arracher un sabot par un pare-chocs agressif, puis ce fut un sinistre concert de crissements causés par les pneus que l'asphalte bouillant rendait plus collants. J'entendis aussi des injures, mais je m'en foutais. J'étais enfin sur le terrain des vaches. Je me retournai vers les chauffards qui me criaient des bêtises pour leur faire un joyeux bras d'honneur, et au même instant la tension m'abandonna. J'avais gagné ! J'étais arrivée ! En ville !

Ce fut une espèce de chute d'eau qui me fit tomber au bas de Pégase. Seulement alors je m'aperçus que l'échine du cheval m'avait ouvert la raie du cul, que ma petite culotte était maintenant à peu près inexistante, que mon entrecuisse était une espèce de rivière dans laquelle coulait ma sueur emmêlée à celle de Pégase, que cela dégageait une odeur primitive de sexe, comme si le dos de l'animal avait été un énorme eucaryote qui aurait voulu m'enseigner les origines de la sexualité en voulant me pénétrer... Puis tous mes muscles se relâchèrent et malgré moi l'urine se mit à couler le long de mes jambes, pendant que je me mettais à trembler, puis, bien malgré moi, à pleurer à chaudes larmes. Je me laissai tomber par terre, là dans l'herbe, au pied des trois mâts au bout desquels flottaient des drapeaux, entourée de quelques misérables résineux et de quelques jeunes peupliers que les déchets atmosphériques empêchent de pousser normalement.

En moi, soudain, rien. Rien que ce vide immense créé par l'absence d'énergie. Pour atteindre cette île-ville, je m'étais vidée totalement. Tout ce qui me restait, c'étaient des larmes, les larmes de l'impuissance. Étendue dans mon urine qui pénétrait l'herbe chaude, j'attendais un miracle.

Tout à coup, je m'aperçus que des gens me regardaient. Quelques automobilistes s'étaient arrêtés, ce qui nuisait à la sacro-sainte circulation. Et le tintamarre des klaxons recommença à m'arracher les oreilles. Puis on se mit à m'interpeller : qu'est-ce que je faisais là ? Étais-je blessée ? Ou malade ? Etc. Toutes ces questions banales que l'on pose fatalement quand on se trouve devant un cas qui dépasse l'ordinaire. Bientôt, il y eut un attroupement. Je me dressai sur mon séant et je vis des centaines d'yeux qui me regardaient. Ce fut un choc merveilleux pour moi. Par ces yeux d'hommes, je pus me retrouver telle que j'étais. En effet, par ces yeux de mâles qui me lorgnaient, je vis mon corps : ma taille, mes seins, mes yeux, mes lèvres, mes hanches, tout l'attirail du corps qui allume le désir. J'étais belle, et tous ces regards me le disaient.

Dans l'état où je me trouvais, il n'en fallait pas davantage pour me faire délirer : ils s'approchaient de moi à quinze ou vingt, et ils me prenaient tour à tour ou ensemble, là sur l'herbe, dans une belle orgie digne de l'Antiquité, à l'époque où les dieux se mêlaient à la copulation des humains. Puis ils devenaient violents, voulaient me frapper. Ou encore ils devenaient tous abominablement laids, nus, avec des pénis en forme de manche de hache. Ces images hypnagogiques durèrent quelques secondes seulement, et bientôt je vis un homme d'une quarantaine d'années se détacher des autres en me demandant :

— As-tu besoin d'aide ?

— Non, je suis fatiguée, c'est tout.

Une autre image hypnagogique éclata subitement dans ma tête : tous ces hommes étaient des loups, avec des crocs énormes, qui voulaient me manger ! Était-ce le soleil qui m'avait assommée ?

— On va faire venir la police, dit une voix.

— Pas la peine d'appeler la police... C'est rien qu'une fillette qui a besoin d'aide...

Moi, une fillette ! Cette affirmation réveilla la femme qui était épanouie en moi depuis deux ans. Une image salvatrice suivit presque immédiatement celle des loups : les rayons de soleil découpés par les poutres du pont. Le rythme du monde... Fillette ? Qui donc, parmi toute cette bande de veaux, avait vécu aussi intensément que moi depuis la mort de mon chien Minou ? Personne, j'en étais sûre. Alors je me dressai sur mes belles jambes nues, et malgré toutes les souillures qui marquaient mon corps, je les regardai comme une femme qui s'offre. J'étais la perle ornée de fumier, et c'est cela, je crois, qui me rendait encore plus désirable. Car il y a, au fond de nous, un étrange besoin de vase, vieilles traces de ces moments d'innocence datant de l'époque où on se traîne à quatre pattes.

Et je vis le regard de tous ces hommes se transformer, aiguillonné par le désir. Alors je voulus être d'une sincérité absolue avec ces gens qui me voyaient pour la première fois sur leur territoire. Je me dis qu'ils avaient le droit de savoir comment je conduisais mon petit chariot. Lentement, je levai la main et, passant un doigt dans l'encolure de ma robe déjà lâche, je la fis glisser sous mes deux seins qui perlèrent au soleil de midi. Il y eut alors comme un arrêt du temps. Dans leurs yeux, je vis d'abord l'étonnement, puis l'émerveillement, car mes seins sont beaux, fiers, ornés de leur mamelon dur, têtu, vaguement brun, pour rappeler qu'il est rattaché aux parties secrètes du corps. Vint ensuite la lueur du besoin de posséder ma jeune chair. Ce fut un beau moment d'exaltation pour moi. (Si Sawinne avait pu me voir, je crois qu'elle aurait été fière de moi...).

Alors un homme descendit d'une Mercedes et s'approcha, l'œil sévère, décidé, devançant tous les autres qui s'avéraient incapables de prendre le contrôle d'une telle situation.

— Relève ta robe. Tu vas te faire arrêter par la police.

Je m'exécutai, même si la perspective de me faire arrêter par la police n'avait rien de paniquant pour moi. D'ailleurs, c'est une expérience que je souhaitais de façon plus ou moins consciente, dans le but de mettre à l'épreuve la force de l'homme quand elle est soutenue par une arme à feu... Non, ce qui me « soumettait », c'était la détermination de cet homme, et la « valeur sûre », c'est-à-dire la Mercedes. Pour ce genre de détails, j'avais déjà l'œil.

— Où habites-tu ?

— Dans un motel de Longueuil.

— Comment ça ?

— Parce que j'arrive...

— Tes parents ?

Je me contentai de rire.

— Comment tu t'appelles ?

— Gaïagyne.

— Quoi ?

— Gaïagyne...

— Drôle de nom... Moi, c'est Gaston... Tu veux venir avec moi ?

— Ça dépend.

— Qu'est-ce que tu veux dire ?

— Je coûte cher...

Gaston se gratta le front, hésita un moment, puis il lorgna du côté de mes seins, de mes hanches, etc. Il avait du goût, l'animal...

— Viens.

— Minute... Mon cheval !

— *Shit*!

Justement, Pégase laissait échapper le fruit abondant de sa digestion. Nous allions aborder cette épineuse question lorsqu'une camionnette de Radio-Canada s'arrêta d'un puissant coup de frein à deux pas de nous. Deux hommes en sortirent avec caméra, micro et tout l'attirail pour une entrevue-minute-sur-le-vif. Que se passait-il donc ? Il se passait qu'en cette magnifique journée du 21 juin 1991, il ne se passait rien et les journalistes s'arrachaient les cheveux pour avoir quelque chose à se mettre sous la dent. Or à cinq cents mètres du pont Jacques-Cartier s'élève la tour de Radio-Canada, et sur son toit il y a une caméra en permanence pour faire voir aux Montréalais à quoi ressemble leur ville par tous les temps. Cette caméra m'avait vue traverser le pont sur mon cheval, puis elle avait vu le commencement d'attroupement sur le terrain vague où j'avais échoué. On avait jugé que j'étais digne de quelques secondes au bulletin du soir.

De prime abord, je n'avais pas tellement envie de cette publicité, n'ayant connu jusque-là que l'aspect primaire de la prostitution. Mais Gaston, le vaniteux Gaston, fut tout fier de voir arriver la caméra, et il me dit qu'il fallait accepter, que c'était bon pour moi... Le journaliste, un brave gars plutôt empoté, me demanda :

— D'où venez-vous ?

— Du Bas-du-Fleuve.

— Ah ! Bon ! C'est loin...

— Oui. Ça fait deux ans que je suis partie de chez moi. (Il eut un petit rire niais).

— Pourquoi avez-vous traversé le pont Jacques-Cartier à dos de cheval ?

— Pour le dompter.

— Le cheval ?

— Non, le pont... J'arrive en ville ; le pont, c'était le lien entre ma terre natale et ma ville adoptive... J'avais besoin de me l'approprier, de le maîtriser, pour ne pas être détruite par le futur...

Visiblement, il ne comprenait pas, et il s'adressa à Gaston qui en profita pour dire le nom de sa compagnie et déclarer qu'il allait s'occuper de moi, une pauvre petite orpheline...

— Merci, monsieur...

Il fut quand même gentil, Gaston, car il prit la peine de louer une camionnette pour transporter le cheval à Sainte-Julie, où l'ex-propriétaire de l'animal le reprit et me redonna mon argent. Ensuite il m'amena au motel de Longueuil où je voulais absolument récupérer mon petit bagage personnel, si mince fût-il... Quelques vêtements et le couteau que Sawinne m'avait donné. Il m'avait déjà si bien servi que je ne voulais pas m'en séparer pour tout l'or du monde.

C'est ainsi que dès ma première journée à Montréal, je me retrouvai dans un beau « condo » de la puritaine Outremont.

Le célibataire affamé

Le reste de la journée avait été dépensé en démarches nécessaires au transport et à la revente du cheval, puis par la visite au motel où, instinctivement, Gaston avait voulu profiter de mon lit. Car dans notre civilisation, le seul mot « motel » a une implication sexuelle automatique... Mais je l'en avais dissuadé par un argument massue : j'avais l'entrecuisse au sang, ou presque, à cause de ma course à cheval, à peu près nue sur le dos de la bête.

À la fin de l'après-midi, au salon, Gaston alluma la télévision pour voir l'émission *Montréal ce Soir*, à Radio-Canada. Il se disait que l'équipe n'était certainement pas venue pour rien sur les lieux de notre « événement ». Il avait raison, Gaston ! Je regardais l'écran sans trop le voir, essayant plutôt de faire le point sur mes aventures des deux dernières semaines, lorsque je vis une jeune femme que j'eus du mal à reconnaître mais que je connaissais pourtant ! C'était moi !

— Tiens ! C'est toi ! cria Gaston.

Moi ? Oui, moi. Mais, que se passait-il, au juste ? Je m'étais vue des milliers de fois dans mon miroir, et je connaissais chacun de mes traits par cœur. Pourtant il y avait une chose à laquelle je n'étais pas habituée, dans l'image que je voyais à la télévision. Sur le moment, je n'arrivais pas à comprendre, mais le lendemain j'ai fini par saisir ce que c'était : quand je me regardais dans la glace, je n'avais aucune expression. J'étais « plate » comme une patate. Mais à la télévision, je répondais à des questions, je vivais, je jouais instinctivement le jeu de celle qui doit convaincre un interlocuteur incrédule. J'exprimais quelque chose, une conviction profonde, et cela donnait une vie que je ne connaissais pas à mon visage.

— Tu crèves l'écran ! dit Gaston, qui connaissait plusieurs clichés du monde moderne (socio-communicatif !), tu passes comme une tonne de briques !

— Qu'est-ce que tu veux dire ?

— T'es belle comme c'est pas possible !

Et l'affamé Gaston se pencha sur moi, posa sa bouche sur mes genoux et lécha ma peau, la mordilla, me fit deux ou trois sucettes, petits gestes par lesquels il cherchait à tromper son impatience.

Cependant, mon image avait disparu de l'écran et on passait à autre chose, une autre nouvelle pas plus importante que la mienne, car il fallait bien remplir cette heure de télé avec quelque chose. Mais moi, je restais accrochée à mon « événement » personnel de la journée, qui était double : j'avais traversé le pont sur un cheval noir en plein midi le 21 juin, au grand soleil, et je m'étais vue à la télévision, découvrant que mon corps avait des pouvoirs. J'étais belle d'une façon particulièrement sensuelle, me semblait-il. Alors je voulus en avoir le cœur net.

— Gaston, est-ce que j'ai l'air cochonne, à la télévision ?

Il resta estomaqué pendant un petit moment, puis il éclata de rire.

— Oui, mon trésor ! Oui, j'osais pas te le dire, mais c'est en plein ça ! On a envie de te manger tout rond !

— Parfait, dis-je sans enthousiasme apparent, neutre, ayant l'air de faire un constat d'importance minime. Mais je n'en pensais pas moins : « Ça peut toujours servir... »

Deux jours plus tard, Gaston n'en pouvait plus, et il m'examina l'intimité, sans protestation de ma part.

— Oui, ça va, je suis guérie, dis-je. On peut.

Déjà, il faisait sauter son slip et je pouvais constater que son arme était presque à la verticale. Puis il y eut dans ses yeux un reste d'inquiétude venue d'un autre âge :

— T'as déjà fait l'amour ?

— À mon âge, penses-tu !

Soulagé, il s'apprêtait à foncer comme tous les taureaux de l'Égypte et de l'Espagne réunis.

— Mais, dis-je, c'est pas gratuit... À chaque fois qu'on va faire l'amour, ça va te coûter deux cents dollars.

— Quoi ! Qu'est-ce que c'est ça ! Il faut te payer pour baiser ! Mais c'est de la prostitution !

— Oui. Je suis une jeune pute.

— À ton âge ! Mais c'est épouvantable !

Gaston était un brave garçon dont la culture était d'une minceur égale à l'intelligence des protozoaires.

— Calme-toi... Je fais ça depuis l'âge de quatorze ans...

Il se laissa tomber sur le divan, littéralement désarmé... Et je tendis la main en disant :

— Deux cents.

— C'est vraiment ton prix ? Il me semble que c'est cher...

— C'était moins cher en province, mais maintenant je suis en ville, et tu m'as dit que j'avais l'air cochonne...

Il resta pensif pendant plusieurs minutes, le front plissé, l'air sombre. Visiblement, il butait sur un obstacle qu'il n'arrivait pas à contourner, ce qui l'outrageait au plus haut point. Car cet homme était un dur, un homme d'affaires qui brassait des centaines de milliers de dollars, peut-être des millions, et une petite minette de seize ans l'envoyait au plancher. Sur son front, je pouvais lire, en lettres de feu : MAUDIT CUL ! Finalement il dit :

— Tu veux dire que tu vas rester ici dans mon appartement, vivre avec moi, mais que même à ça, quand on va faire l'amour, va falloir que je te donne deux cents piastres ?

— Que je partage ton bel appartement moderne, c'est une possibilité, pas une obligation. Je peux très bien aller vivre ailleurs. C'est toi qui m'as amenée ici. Je t'ai rien demandé. Pour moi, tout ce qui compte, c'est l'argent que tu vas me donner pour baiser.

— J'ai jamais payé pour faire l'amour ! Jamais !

— On finit toujours par faire certaines choses qu'on n'a jamais faites, comme par exemple, tomber malade, mourir...

— C'est humiliant !

Gaston étant dans la force de l'âge et vivant dans un luxe de yuppie, je concevais son humiliation. Mais je restai inébranlable, la main tendue.

— C'est vrai que tu m'as rien demandé...

Il allongea les billets, et il me souleva dans ses bras avec une espèce de rage pour m'emporter sur le lit. Je me sentais légère, car à cette époque de l'année où la lumière est au maximum de son ascendance, j'avais le pouvoir de monter avec elle, ou plutôt, de me laisser aspirer vers le ciel par son mouvement. En plein été, le dieu soleil est si fort qu'il divinise tout ce que les humains peuvent faire. (C'est du moins ce que je crois : il y a des moments où le mal est obligatoire et lavé par la luminosité, qui prend un caractère numineux.)

Toujours est-il que dans ses bras vigoureux, je me laissais devenir sa chose, cet objet qu'il emportait sur son lit où il allait prendre un plaisir « primitif » à le frapper de son arme, à jouer à le détruire pour jeter en lui sa giclée bouillante, but ultime de toute cette tension musculaire qui l'habitait des cheveux aux orteils. Or je m'amusais à le regarder se lancer dans cette entreprise guerrière où je le laissais seul combattant, fier de son corps et de ses armes qu'il allait brandir dans un instant, sans pitié. Oui, je m'amusais comme une folle, ayant la possibilité de m'exciter contre sa poitrine forte, de sorte que je mouillais déjà avant d'être jetée sur le lit et dévêtue avec la même fièvre qui préside aux gestes des affamés du désert auxquels on tend un morceau de viande.

Classique, dressé entre mes jambes, Gaston n'était pas laid du tout. J'eus même le temps de penser qu'il était plus jeune et un tantinet plus beau que Claude, le savant. Sans le moindre petit baiser, sans le moindre coup de langue, il s'abattit sur moi avec la rage d'un contribuable qui réclame son dû au gouvernement ! Un vrai rêve... Pour lui d'abord, et pour moi ensuite, que de le voir s'« accomplir », comme homme, pur produit de l'évolution des eucaryotes, en bandant tous ses muscles pour faire cogner son bassin contre mon pubis, avec la violence des lames que produisent les grands océans des tropiques.

Je me laissais pénétrer avec joie, poussant moi aussi de toutes mes forces vers le haut (encore ce mouvement ascendant ! ?), et à nous deux nous produisions assez de jus pour huiler tous les mal baisés de la terre. Je lui accordai cette ivresse sans aucune retenue, m'alliant à sa gymnastique, m'accordant à son rythme, gémissant, moi aussi, comme une bonne bête, ce qui lui donna l'illusion qu'il me baisait comme un dieu. Or s'il est un moment où le mâle veut être semblable à Dieu, c'est bien celui où il cogne au rythme de six coups en six secondes, avec un arrêt d'une seconde, pour souffler et regarder son paradis terrestre...

Évidemment, cette tempête fut de courte durée. La violence brûle beaucoup d'énergie en peu de temps. Et je le vis s'abattre sur moi en hurlant, pareil à un arbre qui se fût déraciné lui-même... Il y avait de la sueur entre nos poitrines, ce qui n'était pas très agréable, et je le fis doucement basculer sur le côté sans la moindre protestation de sa part, étant donné qu'il avait la conviction d'avoir œuvré de façon très efficace. Sur son visage il y avait quelque chose de rosé, ce que j'appellerais la teinte de la satisfaction. J'ai vu cela à quelques reprises sur le visage des bébés qui, repus, abandonnent le sein de leur mère... Mais pour être franche, je dois avouer que moi aussi j'avais joui de cette bourrasque soudaine. Quand on ose se faire payer, il faut avoir certaines aptitudes, sinon mieux vaut rester chez soi, bien au chaud...

Je revins au lit après m'être nettoyée de la transpiration et d'autres excrétions naturelles... Alors je décidai de lui faire un petit cadeau, car il me fallait bien admettre que grâce à lui, j'avais un toit. Spontanément, sans savoir si j'étais une « sans foi ni loi », une malhonnête, une voleuse ou quelque chose de ce genre, il m'avait sauvée d'une situation vraiment difficile, pour ne pas dire désespérée. Oui, il méritait une récompense. Alors sans demander un cent de plus, je me mis à l'œuvre, lentement, me souvenant des mains de Sawinne, abordant son corps athlétique par des caresses qui n'étaient au départ que des frôlements, que je faisais alterner avec des souffles répandus sur son échine, puis mes lèvres le touchèrent doucement, quelque part loin de son sexe, comme si j'avais eu peur de réveiller une bête dangereuse. Mes doigts examinèrent la peau jeune et ferme de son dos, prenant plaisir aux frémissements qu'ils provoquaient, et graduellement, tous mes membres entrèrent dans le processus de l'excitation sensorielle, prélude aux caresses plus précises qui font partie de ce train de mesures conduisant à l'activité sexuelle de deux corps humains. Maintenant, c'était lui qui était « ma » chose entre mes mains, et je le travaillais avec une application voulue, non simulée, de même qu'avec une ardeur que la jeunesse de mon corps était tout à fait apte à développer. Il fut de nouveau en moyen de jouer au mâle, dur, et je le chevauchai comme une cavalière olympique. Mais quand je le voyais se tendre vers le dénouement de ce jeu que des millions d'années n'ont pas réussi à rendre désuet, je me retirais afin de prolonger le plaisir. Quand je lui permis enfin de lancer sa purée « primordiale », il était presque mort.

Il voulut prendre un verre, ce que je trouvai bon, puis il téléphona à Saint-Hubert BBQ, ce qui n'était pas mauvais, mais dès qu'il eut raccroché le téléphone, je le poussai de nouveau vers le lit, car il y avait une heure d'attente pour la livraison du poulet. Et à son grand étonnement, je me remis à l'œuvre.

Trois quarts d'heure plus tard, il eut un gémissement d'enfant malade, et je sentis en moi une faible poussée de chaleur. Il tomba sur le flanc, guerrier terrassé, me suppliant de le laisser récupérer ses forces.

C'est moi qui dus aller ouvrir au livreur, ce que je fis sans prendre la peine de couvrir ma nudité flamboyante. En me voyant, le vieil homme faillit laisser échapper son paquet, et repartir sans l'argent. Nous avons mangé de bon appétit...

Pendant nos ébats, le téléphone avait sonné deux ou trois fois, mais Gaston avait laissé jouer le répondeur. Après le repas, il prit ses messages. Évidemment, il y en avait un de sa maîtresse. Je l'entendis mentir au téléphone. Puis il vint me trouver au lit, où je me sentais à l'aise.

— J'ai une grande décision à prendre... J'ai une maîtresse. Ou je casse avec elle ou je continue en te gardant ici.

— Je peux m'en aller, tu sais... Si t'es déjà pris...

— Non, je veux pas te perdre !

Le cri du cœur sortit spontanément. Mais, orgueilleux, dans l'instant qui suivit, Gaston voulut atténuer la portée de sa phrase :

— Heu... J'ai l'impression que t'es une fille assez spéciale, pis... j'ai envie de te connaître comme il faut... On pourrait peut-être finir par avoir une relation intéressante...

Par « relation intéressante », il pensait probablement à « relation non payante », ce en quoi il se trompait magistralement, mais ce n'était pas le moment d'en parler. Ce que je sentais bien, c'était que par les deux séances de baise au cours desquelles j'avais mené le bal, je l'avais complètement soumis. Maintenant, il ne rêvait plus que de se retrouver de nouveau à la merci de mes mains, lui, le cogneur impérial.

— Fais ce que tu voudras avec ta poupée, moi, je m'en fous. Tu peux lui mentir tant que tu voudras si tu me gardes ici, tout en allant faire l'amour chez elle de temps en temps. Même si j'étais amoureuse de toi, je ne serais pas jalouse. Tout ce que je veux, c'est qu'elle ne vienne pas me tirer une balle dans la tête quand elle va découvrir mon existence...

Pragmatique, Gaston rompit. Apparemment il y eut des pleurs à l'autre bout, mais ma petite voix intérieure disait à mon sens de la compassion que ça ne me regardait pas. La vérité, aussi nue que mes fesses à certains moments, était que je n'avais pas couru après Gaston. C'était la vie, avec ses hasards, le « doigt capricieux du destin » (*fucken finger of fate*). Et je me gardai bien de pleurer sur les misères de cette amoureuse, qui aimait peut-être plus le garage de Gaston que Gaston lui-même.

Car mon Gaston était un vendeur de voitures. Très prospère ! Et le deuxième message sur le répondeur était celui de son partenaire, Gérard (ils ont de ces noms, dans le commerce du véhicule !), qui nous avait vus à la télévision. Il voulait absolument voir Gaston le lendemain matin. Il avait une idée ! Morte de fatigue après ma traversée du pont et mes séances amoureuses, j'entendis à peine cette nouvelle qui entra mollement dans mon oreille. Je dormais déjà, la tête pleine de vieilles images où se croisaient Claude, Sawinne, mon couteau dans le dos de l'agresseur, au bord du fleuve, et mon chien Minou qui hurlait après la lune. Mais je sentais que cette bête, si proche de la bête que nous sommes, nous les humains, me lançait un message d'encouragement, à travers les grands espaces où les esprits se meuvent.

Le lendemain matin, il y eut un moment difficile à passer pour mon « amoureux ». Au moment de partir pour son garage, à sept heures trente, Gaston vint me trouver au lit, où je somnolais encore dans la plus pure innocence. Sur son front, il y avait la barre de l'inquiétude :

— Qu'est-ce que tu vas faire ?

— Voir la ville... Il faut que je sache où je suis.

— Évidemment... Heu... Où est-ce que tu vas manger à midi ?

— Je le sais pas... As-tu peur que je me perde ?

— Non, non, c'est pas ça... Veux-tu venir manger avec moi ?

— Si tu veux...

Il me donna l'adresse d'un restaurant, dans le nord de la ville, où je m'engageai à le rejoindre à midi, sans faute. Puis il partit, à moitié libéré de son inquiétude, que je devinais sans peine : si je me faisais payer pour baiser avec lui, je pouvais faire la même chose avec n'importe qui. Et ça l'agaçait. Avant de partir, il m'avait embrassée sur la bouche, gauchement : il me parut évident qu'il ne savait pas trop comment « gérer » notre relation... Ce qui me faisait bien rire. Car on ne pouvait tout de même pas parler d'amour, ou alors je n'y connais rien du tout ! Mais les affamés, comme Gaston, sont des possessifs. De la graine de dictateur...

Il me restait la rue... à découvrir ! Légère, je me mis en marche. L'appartement de mon bienfaiteur était situé à flanc de montagne, au milieu de maisons assez cossues, mais qui ne me parurent pas tellement sympathiques. En me fiant à mon instinct de marcheuse (péripatéticienne ! ! !), je tombai sur l'avenue du Parc, toute droite, bariolée, multicolore, peinte en grec, et tout à coup je me sentis dans une vraie ville. Le monde grouillant du commerce. Des restaurants, du tapis, des livres, des banques, des autobus, un bruit impersonnel, tellement impersonnel qu'il devient comme une personnalité refermée sur elle-même, impossible à ouvrir, coquillage renfermant une « moule » que personne ne peut déflorer. Assise à une terrasse canado-grecque, près du boulevard Saint-Joseph, je passai plus d'une heure à rêvasser à ce qui m'arrivait : je venais d'entrer dans la plus grande ville du Québec. Pour y faire quoi ? Moi qui venais de si loin ! Moi qui n'étais rien. Un grain de sable dans une mer déchaînée.

Mais si je considérais le chemin que j'avais parcouru depuis trois ans, il me fallait bien admettre qu'une main invisible me guidait. Pour la centième fois depuis que j'avais entrepris ma « marche vers l'ouest », il me vint à l'esprit que j'avais été « choisie », que j'avais un destin particulier à accomplir. Comment ? En suivant mon instinct, comme toujours.

Je demandai où se trouvait le centre-ville : on m'indiqua le sud, et je partis dans cette direction avec mon insouciance naturelle, mais aussi avec un petit quelque chose de solennel dans la nuque. La ville, il me fallait la conquérir.

Arrivée au milieu du grand parc, qui me parut admirable, je vis le cœur de la ville, avec ses grands buildings pleins de monde, de papiers et d'ordinateurs. Tout cela voulait dire de l'argent : des rires, des larmes, des inquiétudes, de la mauvaise foi, du vol, des instants de bonheur, tout cela programmé, relié au reste du monde par des écrans cathodiques. Des milliards de tonnes de matière, des milliards de circuits intégrés, et au bout du compte, des clignotements. Allais-je être seule, au milieu de tout cela, avec mon ventre, mes membres et mon visage de vraie chair ?

Si c'était le cas, mon problème allait être de me sauver en demeurant telle que j'étais : une vraie femme.

Mais je dois admettre qu'il y avait quelque chose d'enivrant dans cette explosion sans cesse recommencée du cœur de la ville. Il paraît qu'il se passe à peu près la même chose au centre du soleil : le feu se nourrit à lui-même, une explosion en engendrant une autre, comme par plaisir, ce qui donne de la lumière. Donc, de l'intelligence...

Je m'épuisai à marcher dans cette folie de verre, de plastique, d'acier et de bruit. Mais tel que promis, à midi, je me trouvais au nord de la ville, près du boulevard Gouin, dans un restaurant quelconque, et Gaston n'osa pas m'embrasser avant de me présenter à son partenaire et ami, Gérard. Ce dernier me serra la main, bafouilla quelque chose d'incompréhensible tout en dévorant mon anatomie des yeux. Il finit par dire, la langue enfin libérée :

— Parfait ! Parfait, mon Gaston ! Ça va être formidable. Écœurant ! Viarge !

Ils avaient un plan, les braves garçons. Un plan de publicité pour le garage.

Deux jours plus tard, je me retrouvai sur le capot d'une voiture de luxe, dans une posture amène, presque nue, avec un photographe qui s'amusait à me faire lever les jambes, à m'incliner, vraisemblablement pour mettre mon buste en valeur, à ouvrir la bouche, à sourire à la façon des comédiennes qui ont pris un coup de vieux, etc. Ce que je faisais avec toute la complaisance qui m'est naturelle quand il s'agit de faire travailler mon corps.

Avant d'arriver sur ce capot de bagnole, j'avais passé deux heures chez un coiffeur et trois autres chez une maquilleuse, personnages « incontournables » si on veut avoir un look. Assommant, mais je n'avais rien d'autre à faire, et en plus, la main invisible ne me signifiait pas d'aller ailleurs.

En outre, je m'étais négocié un petit contrat de mille dollars pour cinq photos, avec la compagnie qui faisait la publicité de Gaston. Je savais qu'on me volait, mais je crus bon de ne pas trop demander au départ. J'étais une petite provinciale qui débarquait dans la grande maffe... Très bien.

Gaston assistait à la séance de photos, car c'était « son » affaire, et il salivait en me regardant poser, mais parfois il y avait une petite ombre qui passait dans son œil : son secret était dévoilé, donné en pâture au reste du monde. Mais au bout de quelques minutes l'intérêt l'emportait, et il me disait :

— T'es formidable, Gaïagyne ! Formidable !

Nous étions faits pour nous entendre : il était aussi pute que moi !

Le soir, il arriva au lit avec un appétit sexuel décuplé. Ça tombait bien, moi aussi j'avais envie, mais je tendis la main :

— Deux cents !

Les bras lui tombèrent.

— Encore !

— Toujours.

— Mais, Gaïagyne, on est ensemble...

— C'est notre entente, tu le sais. Il faut que tu sois honnête, Gaston...

J'avais réussi à dire cela sans rire. Je devais avoir un certain talent... Il paya, et je le fis profiter de toute la sensualité que j'avais accumulée en jouant la *pin up* pour faire les photos. Gaston s'endormit heureux, après avoir dit :

— J'espère que les photos vont rapporter...

— Bravo, Gaston. Tu perds pas le nord...

Je m'endormis en pensant à mon nord à moi, qui m'attendait...

Et les photos rapportèrent ! Gros ! Grâce à ma frimousse et à mon anatomie plus ou moins révélée sur les capots de bagnoles, les clients capotèrent. Deux mois plus tard, Gaston eut l'imprudence de m'avouer, en me soulevant à bout de bras avec fierté, force et virilité :

— Gaïagyne, grâce à toi, on va doubler notre chiffre d'affaires cette année !

— Bravo, Gaston ! Félicitations !

Mais quand il voulut me pousser vers le matelas pour satisfaire son appétit de quadragénaire, je tendis la main en disant :

— Moi aussi je double... quatre cents.

Il hurla un méchant juron, une espèce de blasphème qu'on entend seulement au fond des campagnes, quand ça va très très mal. Puis il ajouta :

— T'exagères !

— Gaston, grâce à moi tu fais de bonnes affaires. Il faut que tu sois juste, dis-je en enlevant mon pull, libérant mes seins, puis faisant glisser mon jean le long de mes cuisses... Il laissa échapper un autre horrible juron, puis il allongea les billets, et je lui en donnai pour son argent... Des petits trucs que j'avais en réserve, qu'il ne connaissait pas, évidemment.

— Où est-ce que tu vas chercher ça ? demanda-t-il avec étonnement.

— Gaston, n'importe quelle femme connaît ces choses-là. C'est parce que toi, tu les baisais à ta manière, en taureau, sans les laisser prouver leurs talents...

À ma grande surprise, il accepta ce reproche et me remercia de le ramener sur le bon chemin. C'était ma façon à moi d'être féministe...

Pendant ce temps la roue des affaires tournait, et elle tournait bien. Un jour, Gaston arriva à la maison avec un homme qui faisait partie d'une autre maison de publicité. Il déballa une caméra vidéo dite Bétacam, tout en me scrutant du regard avec quelque chose de libidineux dans l'œil.

— Un *screentest*, dit Gaston.

— Qu'est-ce que c'est ça ?

— On veut savoir si tu peux jouer dans un commercial, dit l'œil libidineux, qui n'avait rien d'attirant. Il plaça son appareil devant un mur blanc, installa quelques spots, puis il commença à me faire travailler. Marcher, danser, sourire, chanter, entrer dans le cadre et en sortir, toutes choses qui me paraissaient insignifiantes. Puis il me demanda d'exprimer des sentiments par mes attitudes. J'étais devant l'appareil en marche quand il me fit cette demande, et ma réaction fut enregistrée. Elle fut plus concluante que tout ce que j'essayai de jouer par la suite. Ensuite il me donna un texte de trois phrases qu'il me demanda d'apprendre par cœur : « Le personnel de vente au garage de Gaston est le plus dévoué en ville ! Entrer chez Gaston, c'est être assuré d'en ressortir enrichi... car il ne vend que le meilleur ! »

J'avais pris place dans mon fauteuil préféré pour apprendre le texte que je lisais et relisais, le plus attentivement possible, pour tâcher de le graver dans ma mémoire. En deux minutes, j'aurais dû le savoir par cœur. Pourtant, quand je fermais les yeux pour réciter, je butais au bout de quelques mots. L'œil libidineux me faisait répéter, avec une patience qui m'étonnait. Il faut dire que, assis en face de moi, il aimait bien avoir le temps de regarder... Gaston, dont c'était l'affaire parce que c'était lui qui payait, m'encourageait par de bonnes paroles. Il voulait absolument que je réussisse, parce qu'il était convaincu que j'étais un « bon vendeur ».

— Énerve-toi pas, ma crotte. Tu vas l'avoir ! On va gagner...

Et tout à coup, je me mis à rire comme une dératée. Je me laissai rouler sur le tapis, gigotant du popotin, des jambes, des bras et du bassin. Une « embardée » qui ne voulait plus finir. Les deux hommes me regardaient sans comprendre, se demandant si je venais de virer sur le capot. Au bout de quelques minutes, Gaston me prit doucement dans ses bras et je finis par me calmer.

— Pourquoi tu ris comme ça ?

— C'est nerveux, dit l'œil libidineux, même les plus grandes actrices peuvent faire des crises comme ça...

Ce qui faillit me faire repartir de plus belle, mais je réussis à me contenir, et je dis que c'était nerveux, en effet. Mais la raison de mon fou rire était tout autre. En relisant le texte qu'on voulait me faire apprendre, j'avais eu un flash : tout à coup, je m'étais revue chez Claude, à Québec, lisant les plus grands philosophes du monde, les grands historiens et les poètes... Cette rupture, dans ma vie, était quelque chose de si brutal qu'elle me tirait les larmes... du rire. D'autant plus que j'avais même eu le temps de me rappeler une petite phrase de Démocrite, étrangement en rapport avec ce que j'étais en train de faire :

« Il ne faut pas aspirer à tout plaisir, quel qu'il soit, mais à celui qui est lié au beau. »

Comment transmettre ce message à Gaston, cette pensée venue de l'Antiquité et qui allait durer plus longtemps que toutes ses belles voitures ?

Le technicien me fit dire le texte de plusieurs façons : douce, arrogante, ferme, convaincue, aguicheuse, etc. Et je me fis aussi docile que possible, en me référant à certaines scènes typiques de la télévision, qui est devenue l'étalon-or de l'art pour la majeure partie de la « communauté artistique ».

Gaston me dit que j'avais été formidable, et il repartit avec son ouvrier publicitaire. Quelques jours passèrent, au cours desquels je me contentai d'arpenter la ville, à pied. Non pas l'ensemble de la CUM, bien sûr, car il faudrait toute une vie à une jument pour y parvenir, mais le centre, le Vieux-Montréal, Westmount, la montagne. Du laid, du beau, du misérable, du gigantesque. Ce qui fait qu'une ville est une ville : un endroit qui engendre la puissance. Parfois, cette puissance est réelle, comme celle de l'argent, mais elle peut aussi être grande, même lorsqu'elle est fondée sur une image : le symbole. Une tête que l'on aime, par exemple, à la télévision ou au cinéma. La tête, symbole, peut être aussi puissante que tout l'argent contenu dans un édifice de cinquante étages, pleins de bureaux où on fait des transactions à travers le monde. C'était cette vision des choses qui me faisait marcher durant des heures. Je n'acceptais pas l'idée d'avoir quitté Saint-Marcellin, d'avoir traversé presque toute la province pour venir disparaître dans une foule, comme un grain de maïs pourri au fond d'un dépotoir. Je voulais voler, comme les belles outardes qui relient le nord au sud...

Au bout de trois jours, Gaston m'amena dans le bureau d'une vraie agence de publicité. Grâce à moi, il avait maintenant les moyens de s'offrir une publicité à la télévision. Le bout d'essai que j'avais fait à la maison, s'il n'avait pas totalement convaincu le concepteur de l'agence, l'avait au moins allumé.

— Il trouve que t'as un «body» extraordinaire, me dit Gaston en me devançant dans la porte de l'ascenseur.

— Évidemment, j'avais pas tellement besoin d'être intelligente pour faire le *screentest*...

Gaston ne comprit pas ce que je voulais dire, car il n'y avait aucune amertume dans ma voix claire. Je riais intérieurement. Il y eut donc le concepteur du message qui me reluqua, fit des blagues, me fit marcher devant lui, asseoir, relever, uniquement pour se rincer l'œil et aiguiser son appétit, car tout ce qu'il me faisait faire, je l'avais fait au cours de l'essai. Puis il y eut une espèce de patron, un genre de gérant des ventes, qui voulut me négocier un contrat pour un message qui allait être diffusé pendant trois mois. D'ailleurs le contrat était déjà rédigé, avec des tas d'articles que je ne comprenais pas. Tout ce que je voulais voir, c'était le montant : cinq mille dollars... Gaston trouvait que c'était très bien, et devant l'étranger, il me fit même un petit clin d'œil qui voulait dire : «Avec ça, je ne serai plus obligé de te payer pour baiser...» Mais je lui répliquai par ce qu'on appelle un «poker face». Un vrai mur de pierre.

Je refusai de signer tout de suite. Il me semblait que j'étais en train de me faire avoir. C'était mon corps qu'ils voulaient exploiter, ils allaient payer! Dès que nous fûmes à l'extérieur du bureau, Gaston me fit une scène : je risquais de tout perdre, il fallait profiter de l'occasion, commencer lentement, ne pas chercher à tout avoir du premier coup, et pour qui je me prenais, une fille qu'il avait ramassée dans le fossé, toute nue...

— Fallait me laisser où j'étais !

C'était exaspérant de le voir piaffer comme un étalon sauvage qui veut monter une pouliche de cirque ornementée de rubans multicolores ! Il n'en connaissait pas plus long que moi dans ce monde fou de la publicité. Alors je lui dis que dorénavant j'irais seule à mes rendez-vous d'affaires. Ce qui était lui planter un aiguillon générateur de jalousie en plein ventre.

J'avais deux jours pour signer mon contrat, m'avait dit le gérant, mais il avait ouvert les négociations en me demandant si j'avais un agent. C'est ainsi que j'avais appris l'existence de ces animaux plus ou moins charognards mais indispensables, quand vous êtes au faîte de la gloire ou au fond du puits. J'avais aussi appris l'existence de l'Union des Artistes, dont je ne pouvais faire partie, cela va de soi, à ce moment épineux de mon existence.

En me démenant comme une abeille, je parvins au bureau d'un agent au bout de vingt-quatre heures. Ginette, elle s'appelait. Une brave fille qui trouva que j'avais du chien, de l'allure et un petit quelque chose de coquin dans l'œil.

— Je crois qu'on peut faire quelque chose avec toi, dit-elle. Et après m'avoir prise sous son aile, elle me négocia un beau contrat de dix mille dollars avec le « méchant » monsieur qui m'avait d'abord offert la moitié de ce montant. Il me fallut un permis de l'Union des Artistes. Or dans ce monde mi-véreux mi-snob, je sentis que je n'étais pas tellement la bienvenue, car je prenais la place d'une autre fille qui avait étudié, alors que dans mon cas le talent se résumait au « body »... Ce en quoi on avait parfaitement raison, mais j'avais déjà vu tellement de nullités à la télévision, comédiennes et comédiens ayant étudié, que mon sens de l'équité n'en fut pas ébranlé.

Puis ce fut le tournage. Beaucoup d'argent dépensé pour en mettre plein la vue à Gaston, et surtout, je le compris plus tard, parce que l'agence de publicité en profitait avec le fisc : les dépenses sont déductibles d'impôts... Le scénario du message était banal, bien sûr. Un client se présentait chez Gaston et c'était moi qui le recevais, légèrement vêtue, la bouche entrouverte pour bien montrer mes dents blanches. Puis je lui faisais faire le tour de tous les modèles en vente à une vitesse folle en l'invitant à s'asseoir au volant de chaque voiture. À la fin, je faisais un geste bizarre : je devais lever les deux bras, comme si je tendais quelque chose de léger vers le client. Je ne comprenais pas, même si on m'expliquait ce qu'on allait voir à l'écran : c'est une belle voiture scintillante que j'allais tenir à bout de bras, grâce à un trucage électronique.

— Fais le geste, comme ça, pis laisse faire, tu comprendras plus tard, quand tu le verras.

Le réalisateur était un jeune garçon qui me dévorait des yeux, et qui ne se lassait pas de me faire recommencer mon texte, car je n'ai jamais été comédienne. Mais on me voulait ! On voulait quoi, au juste, à part me baiser ? Il me fallut accepter l'évidence, au fond de ma petite tête : il s'agissait là d'une putasserie organisée à grande échelle.

Au bout de deux jours et de cinq cents prises, le message publicitaire fut emballé. On m'expliqua qu'il y avait une chose qui s'appelait le montage, et que je pourrais me voir dans quelques semaines. J'étais épuisée, vidée, lessivée. Au moment de nous quitter, le réalisateur parla d'une rencontre prochaine, mais croyant qu'il s'agissait de travail, je lui répondis qu'il ne fallait pas compter sur moi. Pendant deux jours, j'avais été l'épine au pied de toute l'équipe, tellement il fallait toujours recommencer à cause de moi. Jamais plus ! Ma carrière s'arrêtait là.

Déprimée, boudeuse, je m'enfermai chez Gaston en me repliant sur moi-même, essayant de deviner ce qu'allait être mon avenir. Il était certain qu'on ne me redemanderait plus jamais de jouer quelque chose. D'autre part il y avait un malaise que je n'arrivais pas à surmonter. Parce que je n'avais pas de talent, j'emmerdais toute une équipe. Mais on m'avait engagée. Était-ce ma faute ? Non. Mais j'étais incapable de leur dire à tous, au fond de moi : « Allez vous faire foutre, je prends ce qui passe. »

Gaston tâchait de me remonter le moral, mais je l'envoyais promener. Il voulut faire l'amour.

— Ça va te changer les idées, dit-il.

— Même si tu me donnais cinq mille piastres, ce serait non !

Allais-je abandonner mon vrai métier, parce que je m'étais fourvoyée dans une malheureuse aventure de jeunesse ? Je ne pouvais tout de même pas retourner à Saint-Marcellin ! Ma longue marche vers l'ouest s'arrêtait à Montréal, avant de repartir vers le Nord. Mais comment mettre une grande ville dans sa poche ? Comment m'en faire un tremplin, afin de rebondir ? Le poids de l'impuissance m'écrasait, faisait de moi une bestiole que n'importe quel marcheur pouvait anéantir d'un seul coup de talon.

Puis un soir, on commença à diffuser le message publicitaire que j'avais tourné. Assis à mes côtés, Gaston criait :

— As-tu vu ça ? T'es belle en pas pour rire ! Avec ça, ma pitounne, on va en vendre, des chars, tabarnac ! ! !

Pourtant, j'étais mauvaise. Comparée aux autres comédiens, les vrais, je parlais faux. Mais j'étais belle, cela je me l'avouais à moi-même, secrètement. Et il y avait autre chose, dans mon visage, que je ne parvenais pas à identifier, mais qui pourrait peut-être se révéler accrocheur. Quelqu'un d'autre allait-il pouvoir me le dire ? Il me restait à attendre en continuant ma « petite vie ». Justement, ce soir-là, Gaston était tellement heureux qu'il allongea six cents dollars pour faire l'amour. Il n'en pouvait plus, le pauvre, et il faillit me dévorer tout rond, avec son appétit de cannibale...

Le téléphone sonna trois jours plus tard. C'était mon agent qui me demandait d'aller rencontrer le directeur d'une grande agence de publicité.

— Pour quoi faire ?

— Pour un engagement. Ton commercial fait fureur, ma p'tite fille !

— Pourtant, je suis pas très bonne...

Mon agent était une femme extraordinaire. Elle prit un petit moment de réflexion, puis elle me dit avec une franchise désarmante :

— Oui, comme comédienne tu vaux pas cinq cennes, mais y a autre chose d'aussi important, on sait pas trop ce que c'est, mais tu l'as. On te regarde et puis on t'aime... Ça s'est déjà vu, au cinéma, avec des noms prestigieux...

Donc, je ne m'étais pas tellement trompée sur moi-même : j'étais mauvaise comédienne, mais j'avais quelque chose dans l'œil, ou dans le visage, ou dans le cul... un petit crochet auquel on voulait aller se pendre ? !

L'agence de publicité s'appelait G.P.Q. (Groupe Publicitaire Québécois), et son directeur, celui avec qui j'avais rendez-vous, se prénommait Pascal. Ce « garçon » et ses adjoints faisaient partie des jeunes hommes d'affaires québécois francophones qui avaient réussi, à la fin des années soixante-dix, à se tailler une place assez importante dans le monde de notre dieu-dollar. Ils étaient tous fiers, à juste titre il faut l'avouer, d'avoir défoncé le mur anglo-saxon derrière lequel on s'amusait à faire germer et pousser l'argent. Opération mystérieuse s'il en est, car l'Église catholique n'a jamais enseigné dans quel humus on peut réussir ladite opération. Leurs bureaux étaient situés au centre-ville, là où il y a de l'ombre dans les rues à toute heure du jour, à cause des gratte-ciel.

Pour m'accueillir, Pascal se leva poliment, puis il me serra la main en me regardant avec un étonnement non dissimulé :

— C'est toi, Gaïagyne ?

— Oui.

— Drôle de nom...

— C'est mon nom d'artiste, dis-je du tac au tac, avec le plus grand sérieux du monde. Je m'attendais à ce qu'il éclate de rire, mais non.

— Moi c'est Pascal... T'es pas habillée comme les filles qui viennent nous voir d'habitude...

— Les guenilles, ça m'intéresse pas tellement...

Je portais un jean délavé et une blouse ordinaire, comme n'importe quelle étudiante du secondaire. Évidemment, je n'avais jamais porté un soutien-gorge de ma vie, et je crois que mes seins étaient là, bien vivants... Pascal ne se gênait pas pour me détailler d'un œil qui semblait expert. Ce qui ne me gênait pas du tout, car le rôle de «chose», je pouvais le jouer très bien, sans aucune répugnance.

— J'ai vu ton commercial sur le garage de Gaston... Ça me paraît assez concluant... J'ai envie de t'offrir un beau contrat...

Chien et rat à la fois, comme tous ces hommes capables de manipuler les autres pour en tirer profit, Pascal se mit à me faire une série de compliments qu'une restriction venait contrebalancer aussitôt. Je souriais. Je le regardais, étudiais son visage, ses mains, sa poitrine. Bien bâti, pour un rongeur de bureau. Devant moi, il annula son déjeuner d'affaires et m'invita, prétextant un problème subit. Mentir en ma faveur, c'était pas mal, pour une première rencontre... Mais je savais bien qu'il pouvait faire la même chose avec quelqu'un d'autre... Prudence !

Je signai un beau contrat pour faire une publicité d'eau gazeuse, domaine où l'argent coule. Le machin classique, presque muet : vêtue d'un bikini très très « rase-pet », tout juste un mors de bride, comme disait mon père, je sortais de l'eau, au pied d'une chute qui m'arrosait au ralenti. L'eau cristalline, argentée, une eau de rêve m'éclaboussait pendant que mon corps harmonieux se déployait à la manière des grands félins. Et je souriais, heureuse, pendant qu'on m'entourait en chantant, filles et garçons, la « belle jeunesse » en santé... Puis je prenais une bouteille de cette eau miraculeuse et buvais au goulot en renversant la tête. Enfin je disais : « Moi, c'est... qui m'a rendue heureuse... et belle ! »

Le succès de cette chose éminemment insignifiante, tout à fait à la mesure de ce que consomme notre fin de siècle dans tous les domaines, fut extraordinaire. Mon agent, qui me téléphonait maintenant tous les jours pour retenir mes services, commençait à me trouver un certain talent. Il lui arrivait même de me féliciter. À quinze pour cent de mes revenus, je la comprends... J'étais en train de devenir une star. Je faisais de la publicité à la radio, autant qu'à la télévision. On voyait maintenant ma photo sur les autobus de la ville, toujours dans une tenue assez provocante, bien entendu, ce qui m'enchantait. Mon corps chantait, et cela me faisait plaisir d'offrir cette chanson corporelle au bon peuple, lui qui s'ennuie tellement...

Je faisais donc de l'argent. Pas comme de l'eau mais beaucoup plus que les « honnêtes travailleurs ». Gaston le savait, forcément. Alors il voulut me baiser sans payer. Ce qui me révolta, du moins en apparence, car notre entente était qu'il devait payer. Chose promise, chose due. Il hurla :

— Mais c'est pas possible ! T'es aussi riche que moi ! Je comprends pas ! T'es le diable en personne ! Une pute finie !

Quand il eut sorti les billets, je lui dis :

— Traite-moi encore de « pute finie », ça me fait du bien... Alors il sauta sur moi avec la rage d'un loup blessé à une patte... Pour la dernière fois...

Un amant, ou presque...

Car il y avait Pascal qui rôdait autour de moi depuis des semaines. Pascal qui était plus «raffiné» que Gaston. Qui était plus puissant, qui évoluait dans mon monde... Mine de rien, en effet, je commençais à avoir un «monde»! En tout cas, j'étais entrée dans un certain monde...

Dès le premier tournage que j'avais fait pour lui, il avait commencé à me faire des propositions assez directes. Mais je refusais tout :

— J'ai un chum. Il va te tuer si je couche avec toi...

— Voyons donc... On va aller au motel. Il le saura jamais.

— Mais je pourrais avoir envie de le lui dire, par honnêteté. Toi, tu le cacherais à ta femme, parce que t'es un homme comme tous les autres, mais moi je suis une femme, et j'aime les choses claires...

À mon grand étonnement, j'arrivais à lui dire tout cela sans rire. Ce qui me donnait à penser, encore là, que je devais avoir un certain talent pour jouer... Il était très attirant, Pascal. Gentil, prévenant, il s'occupait de ma «carrière». En réalité, je n'étais pas sans savoir que grâce à mon «body», il faisait des sous. Je tournais de plus en plus souvent, pour lancer une marque de bikini, pour refaire l'image d'une vieille soupe, un parfum, un shampooing, un désodorisant, toutes ces choses devenues absolument nécessaires au bonheur de notre peuple gavé de sucreries... Pascal m'invitait au restaurant presque deux fois par semaine, le midi. Immanquablement, au dessert, il posait une main sur mon genou, s'inclinait vers moi en disant :

— M'aimes-tu un peu ?

— Je t'adore.

— J'ai une envie folle de te caresser... Tu veux pas ?

C'était adorable. Jamais on ne m'avait désirée avec une telle délicatesse. Fatalement, un jour, j'ai eu envie de lui. D'autant plus que la vulgarité de Gaston commençait à me peser gravement. Je me suis donc retrouvée dans une chambre d'hôtel avec Pascal. Assez curieusement, dans son cas, je n'avais pas tellement envie de me faire payer. Mais après une légère hésitation, je me dis que c'était une question de principe, et avant de laisser tomber ma petite culotte, je lui demandai cinq cents dollars. J'ai cru qu'il allait s'étouffer, mais il finit par accepter cette vérité : je me prostituais... Et il paya. Alors je le gratifiai d'un sourire qui le fit basculer dans un autre monde.

Comme j'avais envie de lui, c'est avec un talent décuplé que je me lançai dans l'«œuvre de chair». Il avait bon goût, Pascal. Je le dégustais par petites touches du bout des dents ou à pleine bouche, comme une bonne viande, et j'éprouvais un plaisir fou à le relancer vers les étoiles, quelques instants après l'avoir laissé tomber. Au bout d'une heure, il parla de son bureau, mais je pris son téléphone cellulaire, le gadget de nos hommes modernes, et je lui dis d'appeler pour annuler. De l'autre main, je lui chatouillais doucement l'épidyme de la couille gauche. Il obéit. Alors tout se remit en branle. Une merveille.

Deux jours plus tard, il me dit qu'il m'aimait, qu'il ne voulait plus que je couche avec d'autres.

— Je veux que tu sois ma maîtresse.

— Je suis pas une maîtresse. Je suis une pute.

Après quelques séances d'amour à l'hôtel, il devint passionné... Il y avait quelque chose de fascinant, pour moi, dans ce dérèglement qui l'agitait quand nous étions ensemble. Était-ce vraiment ça, l'amour ? Toujours est-il que j'annonçai à Gaston que je me louais un appartement. Il cria, menaça, hurla. J'aurais aimé le voir pleurer un peu, mais Gaston n'était pas un vrai homme. Il voulait cogner et régner, point. Évidemment, il avait beau jeu :

— Je t'ai sortie du fossé, grâce à moi tu es devenue une fille connue, tu fais de l'argent, et gnagnagnan...

Il avait raison, mais je n'avais pas tout à fait tort quand je revenais au point de départ : je ne lui avais rien demandé. C'était lui qui avait sauté sur la proie facile que j'étais... En réalité, je n'avais pas tellement le goût de prouver ma bonne conscience : depuis longtemps je me sentais liée à des forces supérieures, et le train-train des enfantillages qui font le bonheur de la gent médiatique d'aujourd'hui, me laissait dans une indifférence totale.

Après avoir essuyé une bonne flopée d'insultes, je montai dans un taxi avec deux valises contenant tout ce que je possédais, surtout des vêtements, car pour me déshabiller devant la caméra, il fallait que je m'habille ailleurs... Le temps de mon baluchon était fini ! (En apparence seulement, car au fond de moi, il y avait toujours une pulsion qui allait d'est en ouest, comme le soleil. Je n'avais pas oublié le jour où Claude m'avait appris le sens du mot septentrion. Mon subconscient, lui, était toujours en marche...)

J'emménageai dans un appartement du centre-ville, rue Sherbrooke. Je voulais sentir le cœur de la métropole battre à mes oreilles. Il me fallut apprendre des tas de choses pratiques en rapport avec la vie décente dans un appartement très convenable de la ville. Après le compte en banque, obligation à laquelle je m'étais facilement pliée, il y eut la vaisselle, les meubles et toutes sortes de niaiseries comme celles-là, obligatoires quand on ne vit pas sous la tente... ou chez un amant...

Ce fut harassant car en même temps, Pascal me faisait tourner sans arrêt. Et en plus il me désirait... Et il payait ! Assez curieusement, plus il payait, plus il me désirait. Pascal était un cas, vraiment... Apparemment, sa femme ne savait encore rien, mais parfois je le sentais tourmenté, étant donné qu'il était foncièrement honnête...

Puis, sur un plateau de tournage, je fis la rencontre d'une fille charmante. Une comédienne de métier qui ne me fit pas la gueule parce que j'étais seulement une « gueule » qui n'avait pas étudié l'art dramatique. Elle me regarda « jouer » (à ma manière), puis elle me dit :

— Il y a quelque chose de sauvage, chez toi... tu regardes la caméra comme un être primitif... Ces gens-là ont toujours l'air de regarder la mort en face. C'est pour ça qu'ils sont tragiques, même quand ils mangent de la soupe...

— Tu rigoles !

— Non, je te jure... Quand j'ai su que j'allais travailler avec toi, je me proposais de t'inviter à t'inscrire à l'École nationale de théâtre, mais maintenant je me demande si ça vaut la peine...

— Tu veux dire que je saurais jouer sans avoir appris ?

— Non... Excuse-moi, mais tu joues mal... Tu sais pas jouer... Pourtant il y a quelque chose dans ton visage qui va te permettre de passer à travers toutes sortes de rôles... À la télé ou au cinéma, mais pas au théâtre...

— Quelque chose de sauvage, tu dis ?

— Oui... Je vois pas d'autre mot pour le dire... C'est comme si tu acceptais tout d'un bloc, comme si tu étais livrée d'avance à la fatalité...

— Comme si j'étais vendue, autrement dit ?

— Si tu veux... Le mot est peut-être fort... (J'avais envie de lui dire que je me vendais très bien, mais je me suis retenue). En réalité, je crois que tu es inconsciente... C'est en toi, tu dois le savoir mieux que moi.

— Non, moi je sais rien. J'ai pas été à l'école longtemps. Je suis partie en voyage à treize ans... Merci de ton avis...

Et vive le monde livré d'avance, vendu, prostitué ! La clé du succès est là... Donc, quelque chose de sauvage en moi ? Dans mes yeux ? Dans mon ventre ? Pourtant, il n'y avait pas d'Amérindien chez mes ancêtres ! Tout ce que j'avais de « sauvage », c'était le souvenir de Sawinne : la force qu'elle m'avait communiquée, cette force qui me rendait capable d'affronter n'importe quoi, ou presque... C'était peut-être cela, l'inconscience...

On fit sur moi un long article dans un magazine féminin à fort tirage, coiffé d'un titre débile :

GAÏAGYNE LA GAMINE

On m'avait photographiée pendant quatre heures pour publier deux pauvres petites têtes. Pourtant, le photographe m'avait fait prendre des poses provocantes, à peu près nue. J'avais aussi répondu à plusieurs questions sur le féminisme, sur la politique, sur les hommes, dans le genre de :

— Que pensez-vous du nouveau courant féministe ?

— Je ne connais ni le vieux ni le nouveau et je m'en fous comme de ma première culotte.

Vous auriez dû voir la gueule de la bonne femme qui me posait des questions ! Elle voulait me tuer !

— Que pensez-vous des hommes, en cette fin de siècle ?

— La fin du siècle, à mon humble avis, n'a rien à voir avec ce que les femmes peuvent penser des hommes. De toute façon, il n'y a pas plus de femmes qui pensent, aujourd'hui, qu'il y a quelques centaines d'années. Les hommes non plus n'ont pas changé avec le temps. Ils ne pensent pas plus qu'avant. Comprenne qui pourra, mais ce que j'ai envie de dire à propos de toute cette histoire sur le féminisme et la violence faite aux femmes, c'est ceci : la seule chose qui compte, c'est que l'enfant soit aimé de sa mère quand il est jeune. Pour le reste, un homme, il faut le faire payer, c'est tout...

Déconcertée, elle laissa échapper son stylo et oublia de me demander ce que je voulais dire par « faire payer ». Ce qui me soulagea un peu car je ne sais pas si j'étais prête à avouer que je me faisais payer pour baiser. Il était peut-être trop tôt... (Un jour, l'un de mes « fournisseurs » allait peut-être s'ouvrir la trappe ? En attendant, vogue la galère...)

— Avez-vous une opinion sur la classe politique ?

— Justement, depuis quelques années, j'ai remarqué que ces gens-là n'ont plus de classe du tout.

— Oui mais, que pensez-vous de la façon dont ils gouvernent ?

— Ils gouvernent mal, parce qu'ils n'ont pas envie de bien gouverner, c'est tout...

— Vous voulez que je publie cette déclaration ?

— Bien sûr ! Ce que je dis n'a aucune importance pour ces gens-là. Ils se foutent de moi autant que je me fous d'eux !

L'article fit sensation. Alors on m'invita à la radio, dans trois ou quatre stations. Et je commençai à donner mon opinion comme une grande fille, car j'étais déjà presque une vedette. Ma franchise, associée à un manque de pudeur évident, choquait, mais en même temps faisait l'envie d'un nombre grandissant d'hommes et de femmes. J'OSAIS !

Après la radio, vite, la télévision rappliqua. Évidemment ! Ce qui est bon pour les chiens est aussi bon pour les chats. J'y allais en mini-toutes-sortes-de-choses, combinées avec des décolletés que les caméramans ne pouvaient s'empêcher de « visiter » avec leurs yeux électroniques. Avant d'aller en ondes, je les regardais en riant, et pour répondre à mon œil provocateur, on me disait parfois :

— Enlève tout ! (*Take it off*!)

— Pas ce soir, ma mère me regarde...

Je riais plusieurs centaines de fois par jour, de sorte que je ne voyais pas le temps passer. Ces rires clairs me soulevaient la poitrine et me donnaient un air de santé qui faisait décupler la beauté de mon corps. Oui, j'étais belle ! Je m'enthousiasmais... Littéralement, je me remplissais de divinité (« endieuser » se trouve dans la racine d'enthousiasme)...

Fatalement, il arriva ce qui était inévitable : un rôle dans une série télévisée, pour une station privée ! Quel rôle ? Rien. Une jeune fille qui a des frères, des sœurs, un père divorcé et une mère qui travaille... La banalité de la vie dite moderne. L'incontournable « vécu » du vrai monde, qui a besoin de se voir sur l'écran. Il se mange lui-même avec un appétit féroce. Une autofellation qui n'en finit plus depuis vingt ans ! À partir de ce moment-là, je fis la une des journaux à potins plus souvent que les chanteuses populaires, ce qui n'est pas peu dire, car nous vivons dans une société qui n'a d'oreilles que pour les onomatopées, les bêlements et les grognements. Apparemment, c'est comme ça qu'on exprime l'amour, la fraternité, la beauté, la joie, tous ces merveilleux sentiments qui sont le propre de l'homme... comme la parole... et le rire.

Alors je riais ! Mais Pascal maigrissait. Il ne me voyait plus assez, disait-il. Surtout, je le sentais bien dans ses yeux, il avait peur de me perdre.

— Le réalisateur de ton émission, je le connais, c'est un gars qui a toute une réputation de baiseur... Il t'a fait des propositions ?

— Mais non, voyons ! On travaille... Jamais au travail ! Et puis il est pas assez bien payé pour s'offrir une pute comme moi !

Ce genre de réplique le dardait en plein cœur. Car une pute, c'est essentiellement une femme qui se vend à celui qui veut bien payer. Alors, qu'est-ce qui m'empêchait d'empocher quelques centaines de dollars par semaine en plus de ce qu'il me donnait quand il pouvait venir à mon appartement et s'offrir l'illusion de me «posséder»? Ah! La fragilité de ces âmes masculines! Ce pauvre Pascal, qui dirigeait une entreprise commerciale énorme, était en train de capoter parce qu'il voulait, pour lui tout seul, ma bouche, mes seins, mes fesses, ces choses qui ne sont que des agrégats d'humus harmonisés par le temps, ou si vous voulez, des enfants d'eucaryotes évolués. Pitoyable!

Oui, Pascal devenait jaloux, ce qui était insupportable. Un soir, après un interrogatoire plus long que les autres, séance qui prenait toujours place au moment où il venait de me payer, je lui remis les billets et lui ordonnai de s'en aller.

— Va faire l'amour à ta femme, c'est moins cher et ça te causera pas de problèmes...

— C'est toi que je veux!

— Alors fous-moi la paix!

Je repris l'argent et lui ordonnai de bander. Malheureux, troublé, il en fut incapable.

— Rentre chez toi et laisse-moi dormir. Demain je commence de bonne heure.

L'argent retourna dans son portefeuille puis il sortit, humilié, la larme à l'œil. Ainsi, tout allait à merveille pour ce qui était de ma «carrière», mais j'avais des emmerdements à cause de l'amour impossible d'un pauvre homme qui était la proie d'une passion. Il brûlait pour moi. Il souffrait! Or je n'y pouvais rien. C'est-à-dire que je l'aimais bien, moi, Pascal. Il était bon, beau, généreux, et il m'avait beaucoup aidée au moment où je commençais à faire de la publicité. Je lui devais beaucoup. Mais je ne pouvais pas lui faire une transplantation d'âme. Or la sienne était condamnée au tourment, parce qu'il était incapable de m'aimer comme je le concevais. L'amour universel. Je voulais être à tous. Toute à tous, comme Dieu. (Baudelaire l'a si bien dit : « Dieu est la plus grande putain du monde : il est tout à tous. »). Et avec le temps, je me sentais de plus en plus divine...

Deux semaines passèrent sans que j'aie des nouvelles de mon amoureux. Pendant ce temps, j'eus le loisir d'empocher quatre mille dollars pour soulagement d'hommes en mal d'orgasmes. On m'invitait dans les meilleurs restaurants, où j'apprenais à boire du bon vin et à manger autre chose que du steak. Partout, quand j'arrivais dans un endroit public, les hommes étaient à mes pieds. J'étais devenue une vedette ! Incroyable !

Puis le téléphone sonna et Pascal fut devant moi, plus maigre encore, les traits tirés, mais avec une détermination nouvelle dans les yeux :

— Gaïagyne, je vais divorcer et nous allons nous marier.

Assommée ! Littéralement assommée, je le regardais sans dire un mot, incapable d'ouvrir la bouche.

— T'es pas contente ? As-tu entendu ? Je veux divorcer pour t'épouser...

Silence. J'étais coincée. Terriblement coincée, prise entre la rage et la pitié. Cet homme avait besoin d'être réveillé, ramené sur terre. Il lui fallait un choc. Il ne servait à rien de discuter. Ce genre d'amour exclusif est insensible aux arguments de la raison. Alors je me levai, m'approchai de lui lentement pendant qu'il me regardait avec une lueur d'espoir dans les yeux, mais aussi avec la marque des êtres qui sont impuissants à surmonter un problème. Ce qui les rend pitoyables. Rien de plus triste à voir. Une vraie déchéance. À l'époque, j'étais encore trop jeune pour savoir qu'il peut y avoir de la dignité, même dans cette déchéance morale. Il fallait que j'avance, et pour avancer, il fallait me libérer. Alors, froidement je levai la main et je le giflai de toutes mes forces à trois reprises.

Il cria mon nom à pleins poumons, cinq ou six fois, puis il se mit à pleurer. Alors je m'approchai de lui, posai une main sur son épaule en disant :

— Vas-y, pleure. Vide-toi de moi. Libère-toi de moi... Je ne peux pas être ta femme, ni celle d'aucun autre. Je suis la femme de ceux qui me payent. C'est tout.

— J'étais prêt à tout pour que tu sois avec moi tous les jours, pour fonder un foyer...

— Tu parles comme un curé des années cinquante... Fonder un foyer ! Moi, le foyer que je veux fonder sera composé de millions de personnes, ce sera un foyer continental, quelque chose qui n'a rien à voir avec la maison, la cuisine, les enfants et le Père Noël... Oublie ça, je t'en supplie. Oublie-moi et va travailler, tu es capable de réussir quelque chose de formidable avec ta compagnie. Tu es un homme d'affaires extraordinaire...

— Merci. (Sourire triste)

— C'est moi qui te remercie... Sans toi, j'aurais végété avec les minables. Tu m'as aidée et je le reconnais...

La scène dura au moins deux heures, avec des sursauts d'amour et des chutes de résignation se succédant à un rythme variable, entrecoupés de questions angoissées sur mon « foyer continental », concept qui n'avait prise sur aucune réalité dans son esprit. Alors je lui disais que je n'étais pas prête à parler de cela maintenant, que et que et que... Finalement je sentis la chute, l'abandon, dans son âme, comme si le désir avait commencé à s'évaporer, à moisir, comme le lait qui a fait son temps à l'air libre.

Quand il fut parti, j'éprouvai un soulagement profond, intégral. Chacun de mes muscles reprit sa place habituelle dans l'échafaudage de mon corps. Une autre étape de ma petite vie venait d'être franchie.

Le canal

J'appris la mort de Pascal comme tout le monde, à la radio, trois jours plus tard. Un collision frontale avec un poids lourd, alors qu'il était seul dans sa BMW... Je ne pouvais avoir de doute : il s'était suicidé. « Pas nécessairement », répétait la petite voix de la raison. Elle avait raison, la petite voix de la raison, mais comment me défaire du doute ?

Je passai quelques jours à jongler avec cette balle de ping-pong qui sautait dans ma conscience : oui, non, oui, non, interminablement. Puis j'acceptai le doute : « Oui, c'était fort possible. Il était même très probable que Pascal ait donné un coup de volant subit, impulsif, maladif, en voyant venir vers lui un mastodonte, sachant très bien qu'il allait être le seul à en mourir ». Effectivement, le chauffeur du poids lourd en avait été quitte pour un petit choc nerveux. On pratiqua une autopsie : il n'y avait pas eu d'arrêt cardiaque avant l'impact. Du moins apparemment.

Bon. Un homme était mort d'amour pour moi. Mort à cause de moi, plus exactement. Étais-je obligée de me sentir coupable ? « NON ! », cria soudain la voix de la grande raison, la maman-raison, celle qui se cache au fond de la tête et qui sort seulement dans les grandes circonstances. « NON ! » Et elle me posa la question capitale : « Peut-on obliger une femme à aimer un homme ? » Ça ne se discute même pas !

Alors, adieu Pascal, tu n'avais pas les reins assez forts pour une jeune pouliche telle que moi. Tu as perdu la tête, comme cela se passait dans l'Antiquité, dans les grands moments d'orgie sacrée, à l'instant où le corps échappe à la raison et embarque dans la grande danse de Shiva, danse de vie et de mort, par laquelle on s'immisce dans le grand mouvement cosmique. Il y a des ratés, comme ça... De temps en temps, dans la longue procession des fourmis qui s'avancent, porteuses de nourriture, il y en a une qui tombe sans pouvoir se relever. La marche des autres l'ignore, et elles passent par-dessus la défunte, qui se mêle à la terre, pour devenir nourriture ensuite...

J'avais maintenant un courtier dans une grande maison de Montréal, un homme charmant qui plaçait mon argent de la meilleure façon possible. Et ça rapportait ! Ce qui pour moi était une chose absolument délirante : gagner de l'argent sans travailler ! Rien qu'à m'amuser... Car si je jouais à la télévision, je m'amusais comme une folle, en pensant que je jouais mal mais qu'on m'aimait quand même. Si je baisais, ce qui me rapportait le plus comme activité rémunérée, je jouissais comme une damnée. Donc je m'amusais. Mais voir mon compte en banque augmenter par ses propres moyens, sans efforts de ma part, pour moi c'était miraculeux.

Rien de tout cela n'aurait pu se passer à Saint-Marcellin, dans le Bas-du-Fleuve !

Maintenant j'avais des livres plein mon appartement. Quand j'allais dans une librairie, j'en achetais pour trois ou quatre cents dollars à la fois. Les libraires n'en revenaient pas.

— Vous êtes la seule vedette de la télévision qui achète autant de livres... Et des livres aussi sérieux !

Ils étaient sur le cul. Évidemment, puisque j'achetais tout ce que j'avais lu chez Claude : sociologie, médecine, philosophie, histoire des religions, anthropologie, etc.

— C'est extraordinaire, me disait souvent une vendeuse. Vous avez l'air jeune, et vous achetez les mêmes livres que les vieux professeurs d'université ! Où avez-vous étudié ?

— À Québec...

Ce que les Montréalais n'aimaient pas du tout, à cause d'une vieille rivalité qui s'éternise bêtement entre la capitale et la métropole. Car le pourcentage d'imbéciles est le même dans les deux villes...

Quand un homme d'affaires venait chez moi, il avait parfois le temps de jeter un coup d'œil sur les choses qui traînaient un peu partout.

— Mircea Eliade ? C'est qui, ce romancier-là ?

— Laisse faire. C'est pas un romancier... Il écrit l'histoire des religions.

— Toi, tu lis l'histoire des religions ! J'ai mon voyage !

— Donne-moi tes huit cents dollars, tel que convenu, et laisse faire...

Car mon tarif était maintenant de huit cents dollars la passe. Cette augmentation n'était pas seulement motivée par la TPS qui venait de frapper le peuple canadien comme tant d'autres calamités qui s'abattent régulièrement sur son portefeuille depuis que les gouvernements ont décidé de le voler légalement. C'était beaucoup plus simple. Plus j'avançais, plus j'étais connue, plus je rencontrais des hommes dont le statut social et financier était élevé. J'aurais été idiote de n'en point profiter. Surtout qu'ils sortaient toujours de chez moi comblés. Car avec le temps, je prenais de l'expérience, et les moyens de satisfaire un homme, même le plus raffiné sur le plan sexuel, n'avaient plus de secrets pour moi. En tout cas, j'attendais toujours le mâle qui allait m'en remontrer, mais il ne se présentait jamais... hélas !

Pourtant, même si je vivais au rythme de la fête, de l'enthousiasme orgiaque, je me rendis compte un jour qu'il y avait un petit quelque chose qui me manquait. J'attendais... J'étais dans une période transitoire, dans une espèce de tunnel. Et un bon matin je me levai en sentant un certain vide en moi. Ce vide était visuellement représenté par le souvenir de mon chien Minou. J'avais besoin de toucher une bête, un pelage, un être qui se laisse aller sans retenue. Car il faut bien le dire, malheureusement, les hommes n'ont plus la tête à la folie des sens. Au « dérèglement de tous les sens », comme l'a dit le poète. Les gens ordinaires sont pauvres, et les riches, ceux qui avaient les moyens de me payer, sont pressés de remettre leur culotte parce que les cours de la Bourse oscillent à la vitesse de la lumière, tout étant électronique.

Un jour, l'une de mes camarades de travail m'amena chez elle pour me montrer ses chats. Sa chatte venait de mettre bas et elle en avait de trop. Comme je ne pouvais m'imaginer avec un chien dans mon appartement, j'optai pour le chat, petite bête qui fait bon à regarder, qui nous donne des leçons de bien-être physique à chaque moment de la journée. Je revins donc à la maison avec un amour de petite chatte, une écaille de tortue au pelage doux, au poil noir parcouru de courants bruns qui faisaient d'elle une véritable peinture ambulante. Elle avait les oreilles bien pointues et un regard aigu, intelligent, qui avait toujours l'air de vous interroger. Mais ce qui la caractérisait surtout, c'était son besoin de se faire flatter. Elle me suivait partout, me frôlait les jambes en émettant un petit son qui n'était pas un miaulement mais une espèce de plainte aiguë sonnant comme un appel, puis elle allait s'écraser sur le flanc, le long du mur, pour que je la frotte avec la plante de mon pied. Jamais je n'avais vu une bête aussi ouverte, aussi apte à la sensualité. Alors je me dis : « Ma foi, elle me ressemble ! » Si bien que je la baptisai Gaïamine. Et nous avons commencé à vivre comme deux petites sœurs, toujours à l'affût l'une de l'autre, moi attentive à ses désirs, elle toujours en attente, ce qui me donnait l'illusion, quand je n'avais pas de client à la maison, que ma vie était une fête continuelle.

Heureuse dans ma peau, que le temps n'avait pas encore vraiment torturée, je courais d'un arbre à l'autre, cueillant les fruits que la nature, ma bonne maman, ne cessait de produire. Mais vers la fin de la saison télévisuelle, je commençais à trouver difficile de jouer le jeu de toute cette bande d'abrutis qui fabrique du « dramatique » à la petite semaine en puisant dans le quotidien le plus plat du monde le plus ordinaire.

Je jouais le rôle d'une fille de seize ans qui a un amoureux, évidemment, qui fait l'amour, mais qui risque de tomber enceinte, et il faut que la maman s'occupe d'elle, car son amoureux est un jeune égoïste qui ne comprend rien aux problèmes des filles, qui sont plus fragiles (!) que les garçons, et gnagnangnagnangnan... *Ad nauseam per magnam gloriam Dei*. Un jour, nous avions à simuler une scène de baise, Luc (mon amoureux) et moi. Le réalisateur me demanda, avec un petit sourire imbécile :

— Gaïagyne, as-tu déjà fait l'amour ?

C'est dans ces moments-là que j'étais bonne comédienne ! Je baissai les yeux avec pudeur et je dis à voix basse :

— Un peu, oui, comme une jeune fille qui vient tout juste de se passer le doigt sur le clitoris et qui a peur d'être enceinte...

— Bon, tant mieux... Parce qu'il faut jouer cette scène de lit, sans exagérer, mais quand même, il faut que ce soit vraisemblable. Aujourd'hui on peut quand même aller assez loin. Par exemple, accepterais-tu qu'on voie tes seins ?

Même jeu de ma part. Les yeux baissés et le « oui » à peine soufflé, comme un aveu de vieux péché mortel.

— Très bien, reprit le réalisateur, sans parvenir à cacher une certaine satisfaction, un petit plaisir anticipé, un salivage de vieillard qui se prépare à lorgner une paire de fesses qui l'excite depuis trente ans.

Évidemment, pour les répétitions en salle, il n'était pas question de se découvrir. La mise en scène, bien sûr, était très classique. Le garçon m'embrassait après m'avoir dit qu'il me désirait, puis il m'entraînait vers un lit sur lequel je devais me coucher sur le dos, sans résistance. Ensuite il faisait semblant d'enlever sa chemise, puis la mienne. Alors il se plaçait au-dessus de moi et il faisait les mouvements que Dieu seul ne peut pas faire parce qu'il est un pur esprit. Luc était intimidé, car il n'avait jamais beaucoup fait l'amour, et c'était un garçon qui n'avait rien du fanfaron. Mais quand il se laissait aller à me toucher avec son bas-ventre, je sentais une certaine virilité, ce qui fit germer en moi une certaine idée...

Avant d'entrer en studio pour l'enregistrement, le réalisateur me prit à part pour me dire quelque chose de très important :

— Tu ne le sais peut-être pas, mais Luc est amoureux de toi. Il n'a jamais osé te le dire... S'il a l'air un peu maladroit, c'est parce qu'il te désire vraiment. Alors sois gentille pour lui, hein ?

— Oui, oui...

Mais je ne voyais pas en quoi je pouvais être gentille pour lui devant la caméra. Il est vrai que malgré mon jeune âge, j'avais toujours eu, vis-à-vis de lui, un comportement qui lui avait probablement paru bizarre, pour ne pas dire offensant. Malgré moi, je le traitais comme un enfant. Lui qui avait dix-sept ans ! Quelques mois de plus que moi ! Mais pour l'expérience... Donc j'avais dit « oui, oui » comme ça, sans trop y penser, parce que je me foutais royalement de cette purée...

La journée de tournage suivait son petit bonhomme de chemin ordinaire, suivant une mécanique si bien huilée qu'il n'y a plus de surprise depuis au moins vingt ans dans ce monde qui a pour mission de vendre du rêve au public. Champ, contrechamp, zoom in, pan à gauche, lève-toi, tourne à droite, lève la tête pour éviter l'ombre dans les yeux, attends je vais ajouter un spot à gauche, etc.

Celle qui jouait le rôle de ma mère, une bonne comédienne d'une trentaine d'années, me donnait des conseils de vieux curé, je rouspétais en termes grivois, une psy de vingt-cinq ans me recevait dans son cabinet mortel à l'école, je pleurais, puis je sortais du décor pour aller rire un peu dans un coin du studio. J'étais l'adolescente à problèmes de cette télésérie qui avait la plus grosse cote d'écoute de tout le Québec. Yolaine, je m'appelais. Et les titres des journaux à potins suivaient ma vie télévisuelle à la trace. «La difficile Yolaine a fait pleurer sa mère...» Ou encore : «Yolaine ne veut pas faire l'amour à quinze ans!» De quoi mourir de rire.

Toujours est-il que la dernière scène à tourner, ce jour-là, était celle au cours de laquelle je devais faire semblant de baiser avec mon pauvre amoureux maladroit. À mesure que ce moment approchait, on sentait la pression monter. Une «sombre excitation» se lisait dans les yeux de tous ces braves «travailleurs» qui vivaient depuis des années au rythme lent des interdits provoqués par le sida, et aussi, il faut bien le dire, par un retour du balancier à la suite de la grande libération sexuelle des années soixante et soixante-dix. On était écolo et mangeur de tofu à bouche que veux-tu. Apparemment, j'étais la seule, entre la Baie d'Hudson et le Nouveau-Mexique, à manger du sexe.

— *Stand by*, attention Gaïagyne et Luc, en place...

Je m'approchai lentement, m'installai sur le divan. Luc vint me rejoindre, l'air inquiet, tendu. Je lui demandai :

— As-tu mal aux dents?

— Non, pourquoi?

Au lieu de rire, il prit un air insulté. Décidément, j'étais impossible!

— Cinq, quatre, trois, deux, un... dit le régisseur.

Luc vient s'asseoir près de moi, pose sa main sur mon genou et dit :

— Yolaine, je, je... voudrais... *Shit*!

— Coupez ! On recommence... En place. Tout de suite. As-tu ton texte comme il faut, Luc ?

— Oui, oui, excuse-moi...

Cette scène idiote de séduction malhabile, nous l'avons recommencée cinq fois. Pendant tout ce temps, je me sentais de plus en plus prisonnière, au fond d'un trou, écrasée par une montagne de clichés et de tabous. Il était certain que j'allais éclater ! Luc devait m'embrasser sur la bouche, mais moi, je devais rester fermée des deux lèvres, parce que j'étais réticente, à cause de mon âge ! Il fallait quand même que j'aie un certain talent pour jouer une pareille insanité...

Finalement nous arrivâmes au bord du lit, et il eut toutes les peines du monde à déboutonner mon chemisier. Quand j'eus les seins à l'air, ce qu'il voyait pour la première fois, le pauvre, il resta bouche ouverte pendant un long moment à me regarder la poitrine, les lèvres tremblantes.

— Coupez ! Luc, c'est trop long... cria le régisseur, qui manquait un peu de délicatesse...

Un peu vache, je demandai à Luc :

— Tu trouves pas que j'ai de beaux seins ?

Il eut envie de pleurer et de me frapper à la fois, ce qui était tout à fait excitant. Mais à mesure que le temps passait, la tension montait, et je sentais, chez toutes ces bonnes gens, ce qu'un sociologue a appelé la misère sexuelle, institutionnalisée, orchestrée et imposée par les églises et les gouvernements occidentaux depuis des siècles. De minute en minute un besoin de libéralisation, de fête, de célébration du corps emmêlé au cosmos me montait à la racine des reins. Dieu qu'il y avait de choses à détruire dans ce monde faussement libéré, surtout mécanisé ! Comment une lentille de caméra électronique peut-elle remplacer un pénis ?

Toujours est-il que vint enfin le moment où le pauvre Luc, n'ayant plus qu'un slip sur le dos, se trouva au-dessus de moi, entre mes jambes, et il commença à bouger... Je soulevai le bassin pour qu'il atteigne mon pubis. Miracle ! Malgré son trac, il grossissait ! Alors je mimai le désir, puis la passion, le besoin incoercible de cette chose qu'il me tendait sans me la donner. Je me mis à improviser :

— Attends ! Attends, mon amour ! Mon amour, dis-je en enlevant ma culotte, puis je fis glisser son slip au bas de ses hanches juvéniles, saisis son pauvre oiseau qui bavait du bec, le caressai de ma paume brûlante, et le dirigeai au creux de mon intimité en hurlant :

— Dionysos ! Dionysos ! Viens nous sauver !

Comme je jouais, j'étais tout à fait consciente et je pouvais sentir la stupeur s'installer dans le studio. On n'en croyait pas ses yeux. Je faisais vraiment l'amour à la caméra !

— Coupez ! cria le régisseur, mais en réponse il reçut un grand cri :

— Dionysos !, que je lançai à pleins poumons tout en me faisant aller le bassin.

Le réalisateur arriva en studio en demandant :

— C'est qui, ce gars-là, Dino Nysos ?

Puis il s'approcha de moi en ajoutant :

— Gaïagyne, arrête, on peut pas faire ça à la télévision !

Il avait malheureusement la braguette à portée de ma main droite. Sans arrêter de me secouer le bassin, je tendis la main, descendis sa fermeture Éclair pour libérer son membre que je tirai lentement vers ma bouche... Ce fut le *turning point* de la journée. Il y eut un moment extraordinaire de suspense au cours duquel on eut l'impression que le temps s'était arrêté, puis, avant de prendre le gland de mon réalisateur entre mes lèvres, je criai une dernière fois de toutes mes forces :

— Dionysos, VIENS !

Le temps s'arrêta, me sembla-t-il. Dix secondes qui me parurent une journée. Est-ce que le réalisateur allait me foutre à la porte ? Non ! Il se laissa avaler par ma bouche avide...

Alors il y eut un cri immense dans le studio, une ruée de carnaval des corps les uns vers les autres, les caméras furent abandonnées par les caméramans qui se lancèrent sur les filles qui se trouvaient là, comédiennes ou techniciennes. Et comme il y avait des écrans-témoins un peu partout, à la salle de maquillage, par exemple, on vit ce qui se passait en studio, et les maquilleurs homos coururent vers le studio, suivis des maquilleuses soudainement en rut. Bientôt, nous fûmes une cinquantaine à crier, à nous embrasser, à nous déshabiller et à nous enfiler dans un tourbillon indescriptible. Au bout de dix ou douze coups, mon pauvre jeune Luc s'était défait de sa semence, de sorte que j'étais libre de ce bout-là, et pendant que je suçais mon réalisateur, un homme plus vigoureux remplaça mon jeune acteur du bas-ventre, et au bout de cette autre secousse, je me levai pour foncer sur la belle femme de trente-cinq ans qui jouait ma mère dans la télésérie et, me souvenant des lèvres de Nadine, la femme de Claude, je la fis rouler sur le divan de notre salon. Alors il n'y eut plus de règles : hommes, femmes et pédés se confondirent dans un merveilleux mouvement ascensionnel. J'avais l'impression que nous formions une grosse boule d'éléments divers qui montaient dans les airs et qui retombaient lentement, comme si tout cet agrégat avait été filmé au ralenti.

L'ensemble du phénomène pourrait être décrit de la façon suivante :

EXPLOSION
CONFUSION
FUSION

Et pendant que je me démenais comme une bête de sexe au milieu de ces bêtes de scène, je ne perdais pas l'esprit pour autant. Je voyais très bien ce processus de création d'un monde : explosion, confusion, fusion. Oui, dans notre éclatement panique (tête de Pan qui éclate), suivi de mélanges et d'unions, se réalisait le procédé de la création d'un monde. Nous étions une boule, une petite planète qui ne demandait plus qu'à s'envoler dans l'espace, se placer en orbite et rouler comme une entité propre, réalisant ainsi, symboliquement, l'une des plus grandes aspirations des humains.

Il y avait quelque chose de sacré dans notre fête des corps, et il me fut doux de repenser à mes moments de joie passés avec Sawinne, elle qui m'avait initiée à la chose divine.

Puis il y eut un moment où le cœur de notre danse de vie s'arrêta de battre, et un beau rire fatigué nous fit baigner dans le bonheur. Maintenant, nous étions libérés du poids de la fatalité attaché à nos corps. Nous pouvions reprendre le collier avec une ardeur nouvelle.

Silence... Je tourne!

Notre partouze en studio eut des suites. Plus ou moins heureuses sur le plan conjugal pour un certain nombre de personnes qui avaient participé à la fête, mais pour moi, ce fut un nouveau point de départ dans ma vie. Car la chose se trouva bientôt hors les murs de la maison qui produisait l'émission. Bien entendu, la scène au cours de laquelle j'introduisais ostensiblement le pénis de Luc dans mon appareil vagino-reproductif avait été coupée, mais elle avait quand même été enregistrée. Et non détruite... Deux jours plus tard, on aurait dit que la moitié de la ville l'avait visionnée, et je me trouvai de nouveau à la une des journaux. Pas seulement des pauvres feuilles à potins, mais à la une des grands quotidiens de Montréal :

LA JEUNE GAÏAGYNE MET LE FEU AU SEXE DE SES PARTENAIRES !

(Une partouze en studio de télévision)

Il y avait plusieurs raisons à cette effervescence, les principales étant évidentes pour moi. D'abord, l'absence de vrais problèmes à faire connaître au public, d'où la soif inaltérable de petits scandales. Il n'y a pas de grosses bûches pour faire du feu dans la cheminée ; alors on se jette sur la moindre brindille. Ensuite, il y a toujours ce besoin, pour les gens en place, de jouer les belles âmes à cause d'un manque de culture général. Aujourd'hui, cette lacune est visible même chez nos élites...

L'affaire fut une vraie affaire et devint vite « mon » affaire. Pendant des mois, il ne se passa pas une journée sans qu'on me braque un micro devant la bouche pour me demander quelque chose, sur n'importe quel sujet : la morale, la politique, la prostitution, la température, la philosophie, la littérature, le cinéma, la télévision, le journalisme, tout, absolument TOUT ! Jusqu'à la couleur de mes petites culottes et mon beurre d'arachide préféré. Je répondais comme je le pouvais, sans trop réfléchir, car j'avais vite appris que ce que je disais n'avait aucune importance. Ce qui comptait, c'était d'avoir un mot de Gaïagyne. Par exemple, quand on me demanda quel était le genre d'hommes que je préférais, je répondis :

— Ceux qui paient...

Or pas un seul journaliste ne pensa à déclarer que je devais être une pute. Non ! J'avais fait une déclaration drôle... Merci. Il n'y en avait plus que pour Gaïagyne ! Que fait-elle le matin, le soir, après ses heures de studio ? Mon nom faisait vendre n'importe quoi ! De l'électricité, des voitures, des brouettes, des motos, et même du fumier pour engraisser les potagers des congrégations religieuses. On ne pouvait plus ouvrir un frigo sans me voir la tête sur un pot de n'importe quoi.

L'un des grands quotidiens de la métropole m'offrit une chronique hebdomadaire dans ses pages !

— Pour parler de quoi ?

— De ce que vous voudrez, Gaïagyne... Vous avez de l'humour...

Comme on peut le voir, il y a plus d'une façon d'être putain !

Mais je refusai cette proposition, ne voyant pas comment j'aurais pu m'astreindre à écrire quelque chose à heure fixe, car la tombée des journaux, c'est une vraie guillotine. Je n'allais pas faire faux bond à des clients pour m'échiner sur une machine à écrire et gagner cent dollars, alors qu'au même moment un homme pouvait se déshabiller chez moi après m'en avoir donné mille. (Ce qui était maintenant mon tarif pour une passe.

Ceux qui avaient la force de bander deux fois en une heure et trente minutes devaient ajouter un supplément qui variait selon la gueule et l'importance du client...). Alors on me dit la chose suivante :

— Écoutez... vous pouvez les faire écrire par d'autres et les signer... Ça s'est déjà vu...

Plus pute que ça, tu te fais sodomiser par un éléphant !

Évidemment, autre corvée, je faisais partie de tous les jeux télévisés de nos quatre chaînes de télévision. Or cela commençait à me peser, car pour moi, la griserie générée par le vedettariat n'était pas une nourriture de base. Chaque matin, je me levais avec le septentrion au fond du cœur, et je ne pouvais pas oublier qu'un jour j'allais reprendre la route, car mon voyage n'était pas terminé.

Mais en attendant il me fallait danser sur place afin de parfaire la formation de mon être au contact des citadins, ces produits de fin de siècle, fourbes, intelligents, ratés, vulgaires ou raffinés, sans culture pour la plupart mais parfois très cultivés, de sorte qu'en me frottant à eux, en m'abreuvant à leurs lèvres, je devenais comme une plante qui a subi l'hybridation des milliers de fois. Oui, je le dis en toute franchise, je me sentais devenir meilleure, plus humaine, plus complètement femme-terre, plus « sacrée », plus apte à la création d'un nouveau monde.

Bien sûr, notre série télévisée battit tous les records d'audience et j'obtins une augmentation de cachet faramineuse. J'avais maintenant quatre cent mille dollars qui travaillaient chez Good Wundy, la meilleure maison de courtage en ville... Évidemment, pour « blanchir » le fruit de mon travail à la maison, je m'étais ouvert plusieurs comptes dans cinq ou six banques, et j'effectuais des transferts chez Good Wundy. Tout allait bien...

Puis la suite logique de tout ce vain brassage d'électrons arriva dans ma vie, pour me sortir du tunnel dans lequel j'avançais depuis des mois : un film. Un vrai long métrage !

Car après le cinéma, il n'y a plus rien. On tombe en bas de la lune... Un coup de téléphone enthousiaste de mon agent m'apprit que j'avais rendez-vous avec monsieur Normand Lebrun, le plus grand producteur de Montréal.

— C'est un chien, comme la plupart de ces gens-là, mais Lebrun est un homme cultivé, me dit-elle.

— Quoi, c'est rare, un producteur de films cultivé ?

— Extrêmement rare... ici à Montréal, en tout cas.

Assez curieusement, moi qui avais marché de Saint-Marcellin à Montréal, qui avais tué un homme d'un coup de poignard, qui avais traversé le pont Jacque-Cartier à cheval, qui recevais maintenant les hommes les plus riches de la province dans mon lit, j'avais peur de monsieur Lebrun, simple producteur de films ! C'est dire à quel point la conscience du monde a été transformée par les mythes que le cinéma a façonnés. Un bout de pellicule, une image qui apparaît sur un écran, puis qui disparaît, comme un rêve. Donc, le rêve est plus important que tout le reste... Comment garder la tête froide, après cela ?

Monsieur Lebrun était âgé de cinquante ans environ. Il était grand, mince, ni laid ni beau, mais il avait une peau sympathique. En le voyant, on avait envie de lui passer la main sur la joue, comme ça, rien que pour le plaisir de toucher un beau tissu. Il se leva, me sourit, me tendit la main (bonne, douce) avec empressement.

— Gaïagyne, je suis très heureux d'avoir enfin le plaisir de vous voir en personne !

— Moi de même...

Sa voix était neutre, sans éclat, sans musique. Une voix d'homme d'affaires ?

— J'ai un premier rôle pour vous au cinéma.

Fatalement, il allait m'offrir un rôle de jeune femme qui passe la moitié du film à poil, me disais-je.

— Quel genre ?

— Un peu particulier... Voyez-vous, au cinéma, on est allé très loin dans tous les genres : érotisme, violence, trucage, thriller, politique, etc. Mais il y a une chose qu'on a oubliée, c'est la religion...

Je faillis tomber en bas de ma chaise.

— La religion ! Mais ça n'intéresse plus personne !

Par fatuité, je faillis me lancer dans un long discours par lequel j'aurais prouvé à cet homme « cultivé » que je n'étais pas seulement une jeune dévergondée qui violait son partenaire à l'écran, mais que je connaissais la plupart des grandes religions de l'Antiquité... Comme il eût été ébloui ! Mais une petite voix intérieure, celle de la prudence, me ferma la bouche à temps. Il était trop tôt pour dévoiler ma culture au monde. Je m'étais dévêtue devant des centaines d'hommes, mais aucun d'eux ne me connaissait... Jouissance plus raffinée que les autres !

— Le monde s'ennuie du passé, Gaïagyne... Oh, en passant, je vous félicite, pour votre nom. C'est très beau...

— Merci...

J'étais sur le cul ! Il me dit l'étymologie de mon nom, et je voyais qu'il éprouvait un grand plaisir à manipuler ces vieux concepts dont on n'a cure en général... Étonnant, ce bonhomme ! Encore un peu et j'allais me demander si je ne devais pas tomber amoureuse.

— Bon... Donc, la religion d'autrefois, dans les années cinquante, avec tout ce que cela comporte de frustrations pour les religieuses...

— J'ai vécu en dehors de ça...

— Bien sûr ! À votre âge... Alors je vous offre un rôle de jeune fille qui entre au couvent, qui prend le voile...

— Moi !

— Oui, vous... Vous avez une tête intéressante au plus haut point... Vous allez prendre le voile, et on ne verra plus que votre visage : vos yeux, votre nez, votre bouche...

En prononçant ces trois mots, il avait soudain une expression sensuelle dans la voix. Surprenant ! Ce chien était probablement un vicieux d'un type très particulier, me disais-je en l'écoutant...

— Vous êtes sûr que mon visage, à lui seul, peut garder l'intérêt du public pendant tout un long métrage ?

Sans sourciller, sans l'ombre d'un sourire, il me répondit doucement :

— Je suis persuadé que d'autres parties de votre corps pourrait le faire avec plus de facilité, mais ce n'est pas le but du film que je veux produire.

De là ma conclusion : Lebrun est un super chien ou un super bonhomme.

— Je suis très flattée de voir que vous osez prendre un tel risque avec moi. Je vous remercie beaucoup.

— Je vous en prie... J'ai préparé un contrat...

— Non. Je ne parle jamais de contrat. C'est mon agent qui va vous appeler... Par contre, j'aimerais lire le scénario, avant de signer...

Le « monsieur » dressa une oreille de beau retriever qui vient d'entendre craquer dans les buissons. Puis il eut un sourire condescendant :

— J'apprécie votre prudence. C'est bien, pour une jeune fille de votre âge.

— Au cours de mon enfance, j'ai beaucoup fréquenté les animaux ; les chats, surtout un chien que j'aimais beaucoup, et ils m'ont appris la prudence...

Il y avait plusieurs minutes que je cherchais le moyen de prononcer le mot chien devant lui, et il venait de m'en donner l'occasion sans le vouloir. Il prit un manuscrit qui avait l'air de traîner sur son bureau, puis il me le tendit en disant :

— J'espère que vous lisez vite...

— Oui, je sais lire... Mon agent vous appellera dans quarante-huit heures au plus.

Je me levai. Il me tendit la main avec un sourire mesuré. Je sortis de son vaste bureau avec l'impression d'avoir livré un combat épuisant. Pourtant, est-ce que j'avais vraiment envie de jouer dans un film? Rien n'était moins sûr. Alors il y avait autre chose, et ce n'était pas seulement la «magie» d'un art qui fabrique des vedettes. Je ne pouvais pas être plus vedette que je l'étais à ce moment-là. Alors il y avait autre chose. Mais quoi?

Dans la rue, je me laissai couler comme l'eau d'une rivière, dans le courant des piétons. Je regardais devant moi, aussi large que possible, afin de m'ouvrir au maximum à la perception. En laissant entrer la réalité du monde physique en moi, je donnais une chance à la vérité profonde, celle qui régissait mon existence et le rythme de ma course, d'entrer en moi. Cet exercice avait toujours été bénéfique pour moi, dans les moments difficiles, obscurs.

Ainsi, avant même d'arriver chez moi, j'avais la certitude que je devais faire ce film, quelle que fût la qualité du scénario : il s'agissait d'un autre moment charnière dans ma vie.

Je lus rapidement : une jeune fille entrait au couvent, en 1950, à Montréal. Elle venait d'un milieu pauvre et elle souffrait d'une peine d'amour. (Idiot!). Problèmes d'adaptation au couvent, avec une Mère supérieure qui est jalouse de sa beauté. (Classique). Guerre de clans à l'intérieur du couvent. (Bien). Dérangement psychologique chez toutes ces femmes qui vivent enfermées, sans vraie vie sexuelle à part la masturbation. (Normal). Enfin, la jeune religieuse doit sortir dans le monde pour travailler à des œuvres de charité. Cela coïncide avec le grand branle-bas de 1960. On se libère. Elle rencontre un jeune homme qui est attiré par elle. Le plus beau moment était la dernière image du film : le jeune homme et la jeune religieuse sont face à face et ils se regardent avec tendresse. Va-t-elle céder ? On ne le saura jamais. FIN.

Je n'avais jamais lu un scénario de ma vie. En conséquence, il m'était très difficile de juger. Mais c'était sans importance puisque je devais faire ce film, selon les voix qui me guidaient d'en haut, ou de l'intérieur...

Ce soir-là, ma chatte Gaïamine me fit une surprise. J'avais un client très sensible, un homme du monde politique dont la renommée était grande, et il m'avait promis de l'aide, si jamais j'en avais besoin un jour. Nerveux à cause de sa situation d'homme public (ces gens-là ont toujours l'impression d'être surveillés par une caméra dissimulée dans un mur), il faillit sauter au bas du lit quand Gaïamine bondit sur le matelas en lançant son petit appel érotique à répétition, comme si elle avait soudainement compris que je m'adonnais à un exercice libidineux, alors qu'elle en était privée. Je la remis par terre, mais elle revint aussitôt, entêtée comme seuls les félins peuvent l'être. Je dus aller l'enfermer dans la salle de bains, sinon mon cher ami allait perdre sa force virile, déjà minable, et me redemander son argent. Je me trouvai donc dans l'obligation de travailler un peu plus fort que d'habitude pour le satisfaire. Or mon petit doigt me disait que cela me rapporterait quelque chose un jour... Mais quelle était donc cette évolution dans le comportement de ma chatte ? Est-ce qu'elle avait une carrière, elle aussi, un destin ? Ces petits mystères, dans notre vie, sont comme les fines herbes dans les plats de viande blanche...

Le lendemain il y eut une conversation assez longue entre mon agent et moi, à propos de mon cachet pour le film et les conséquences du tournage : si je faisais le film, il me fallait abandonner la télésérie. Mon agent voulait les deux, pour ne pas se faire des ennemis des gens de la télévision, et surtout pour l'argent. À moi toute seule je la faisais vivre comme une reine.

— Pour le film, tu vas demander cent mille dollars de cachet, lui dis-je.

— Es-tu folle ?

— Non. Tu lui diras, justement, que pour tourner je dois laisser tomber la télé. Il faut compenser...

— Mais on n'a jamais donné un tel cachet pour un premier rôle à Montréal !

— Mieux vaut tard que jamais !

— Monsieur Lebrun va se moquer de moi. Je vais avoir l'air d'une vraie folle !

— C'est mon prix...

Et je raccrochai, sentant qu'elle me détestait fermement à ce moment-là. Mais j'étais bien résolue à tenir mon bout. L'entrevue entre mon agent et monsieur Lebrun eut lieu deux heures plus tard. Il faillit faire une crise d'apoplexie.

— Impossible ! cria-t-il, puis il s'étouffa, ce qui était vraiment rare chez un homme comme lui, maigre, calme, élancé. (On s'étouffe quand on est obèse et qu'on fume le cigare...) La discussion dura dix minutes au plus. Monsieur Lebrun demanda à me voir. Ça, c'était son côté chien...

— Il veut te voir sans moi, dit mon agent.

— As-tu accepté ?

— Impossible de refuser.

— Qu'est-ce qu'il me veut, selon toi ?

— Il va vouloir te convaincre, mais je sais pas comment...

Il y eut ensuite un long silence, et elle dit quelque chose qui me prouva sa perspicacité de femme-agent :

— Au fond, peut-être qu'il désire secrètement que tu le séduises...

— Tu crois que j'en serais capable ?

— J'en doute, mais tu peux toujours essayer...

Elle éclata de rire, m'abandonnant à moi-même, selon la règle d'un jeu qui s'était installé entre nous depuis plusieurs mois. Monsieur Lebrun voulait me voir tout de suite au cours de l'après-midi, mais je lui fis savoir que j'étais libre seulement le lendemain à onze heures.

Selon ma bonne habitude, j'étais au rendez-vous cinq minutes avant l'heure prévue. Dans l'antichambre, il régnait une drôle d'atmosphère. Un silence terrible, comme si on avait cru à l'imminence d'une catastrophe atmosphérique. Imaginez que la lune menace de tomber sur la terre ! Sur New York, par exemple... La secrétaire aux grands cheveux noirs, laide et obèse, m'observait du coin de l'œil pendant qu'elle répondait au téléphone. Moi, je feuilletais le *Voir* d'un doigt flegmatique et d'un œil mi-clos. Détendue, contrairement à ma première entrevue avec le monsieur. Maintenant, je savais qu'il me voulait à tout prix. Alors à quoi bon m'énerver ?

À onze heures pile, le timbre retentit, faisant sursauter la secrétaire. Je fus invitée à pénétrer dans le sanctuaire du « dictateur »... Il était déjà debout, souriant, la main tendue.

— Jamais je n'aurais cru que j'aurais le bonheur de vous revoir si tôt !

— Heureuse de voir que ça vous fait plaisir... Mais j'y suis pour rien...

Après m'avoir fait asseoir, au lieu d'aller prendre place derrière son gros bureau, il resta debout, marchant, s'arrêtant derrière moi, revenant s'asseoir sur le bord du pupitre. Si bien que l'entrevue devint une espèce de mise en scène amusante au cours de laquelle le jeu des mouvements et les positions des masses dans l'espace devinrent un langage théâtral fort amusant. Car au bout d'un moment je me levai et me mis à répondre aux mouvements de son corps par les miens, de sorte que nos paroles furent supportées par une grammaire visuelle qui donnait plus de force à l'agressivité, la domination, la soumission, l'égalité, etc.

— C'est quand même vous qui me demandez un cachet astronomique...

— C'est vous qui refusez ce que je demande...

— Mais jamais un producteur, à Montréal, n'a eu les moyens de dépenser une telle somme pour un cachet, même pour une vedette !

— Alors si vous n'avez pas les moyens de me payer, oublions cela, rien de plus simple...

J'amorçai ma sortie d'une jambe alerte.

— Gaïagyne !

C'était une espèce de cri déchirant qui était sorti de sa poitrine. Étais-je en train de l'égorger? Je marchai quand même jusqu'à la porte avant de m'arrêter, mais sans me retourner. Je l'entendis s'approcher, puis s'arrêter à quelques centimètres de ma nuque. Était-ce le désir qui le rendait muet, suspendu à quelque chose d'invisible? Au bout d'un moment il dit :

— Gaïagyne, je veux que vous fassiez ce film.

« Je veux », langage de « boss » devant lequel le monde ordinaire s'incline... Moi, jamais ! Je me retournai vivement, mais dans ses yeux, je ne vis rien de libidineux. Était-il un super hypocrite ? Comment savoir ?

— Si vous voulez, il va falloir payer...

— Oui, mais...

— Pourquoi m'avez-vous fait venir ici? Je vous avais pourtant dit que je ne négocie jamais...

— J'ai pensé que je pourrais peut-être vous convaincre...

— Avez vous pensé, par exemple, que pour me donner cent mille dollars de cachet, vous auriez peut-être droit à mon cul ?

— Non !

— Je pourrais très bien vous tailler une pipe en or...

— C'est-à-dire ?

— C'est-à-dire que je suce merveilleusement... (S'il avait porté un lorgnon, cette ridicule prothèse oculaire serait tombée par terre). Oui, je pourrais, mais je ne fais jamais cela pour un cachet !

Il sembla se réveiller tout à coup, sortir du nuage sur lequel mes propos obscènes l'avaient propulsé.

— Mademoiselle, laissez-moi vous dire que jamais je n'ai osé faire de telles propositions à une comédienne ! Jamais ! Et même si vous êtes terriblement belle, je ne commencerai pas avec vous. Je parle affaires, point !

— À la bonne heure ! On est là pour ça... Donc, tout ce qui vous intéresse, c'est l'argent...

— Heu...

— Vous venez de l'affirmer clairement... Si vous voulez absolument que je tienne le premier rôle de votre film, c'est parce que vous avez la certitude que je vais vous rapporter gros.

— J'ai confiance en vous, oui...

— Bien. Moi, je sais que je ne suis pas une très bonne comédienne. Mais j'ai une réputation formidable. Je suis une vedette, dans un monde où tout fonctionne sur le système du vedettariat. Vous m'offrez ce rôle parce que je suis une vedette, et je suis devenue une vedette parce qu'il y a un petit quelque chose dans mon visage que des gens comme vous ont voulu exploiter. C'est à cause du système que vous avez contribué à imposer au monde que je suis une vedette. En demandant un gros cachet, je suis seulement logique avec votre système. Alors payez !

Je lui tournai le dos en lançant un joyeux « au revoir » et je sortis de son bureau aussi rapidement que possible. Deux heures plus tard, mon agent reçut un coup de fil du brave homme. Il acceptait. Elle m'appela tout de suite :

— Tu l'as eu ! Comment ?

— Avec ma langue.

Blanc au bout du fil. Puis :

— Tu veux dire que... ?

— J'ai parlé, idiote...

Quelques jours plus tard on signa le contrat et il y eut, fatalement, une conférence de presse pour annoncer au « monde » que je me lançais dans le septième art. Le brouhaha ordinaire de la grosse machine qui tourne à vide, alimentée par l'insignifiance du monde culturel. Car le mot « culture » a été littéralement vidé de son sens, comme un gros intestin qui a subi un lavement aux détergents les plus efficaces.

Heureusement que j'avais encore le temps de lire un peu, le soir, quand je n'avais pas de client, ou après le départ de ceux qui avaient des devoirs... Alors je me replongeais dans les livres merveilleux que Claude m'avait fait connaître !

Le lendemain, on fit la une de tous les journaux, même des plus sérieux, avec ma photo et une manchette grosse comme la bêtise humaine des belles âmes :

GAÏAGYNE AU CINÉMA !
CELLE QUI A FAILLI VIOLER SON PARTENAIRE
À LA TÉLÉVISION SERA UNE NONNE AU
CINÉMA ! DÉJÀ ON PARLE DE CANNES !

J'étais contre les conférences de presse, mais dans mon contrat, il était stipulé que je devais y participer, toutes les fois que le producteur jugerait bon d'en tenir une. Inhérent à ce devoir, se trouvait celui de ne rien déclarer qui pût nuire à l'exploitation du film. Je me trouvais donc dans l'impossibilité de dire ce que je pensais franchement quand on me demandait de commenter le cinéma en général, la télévision, les producteurs, les « femmes d'aujourd'hui », et tout le reste de cette bouillie que seuls les humains sont assez dénaturés pour avaler. Les chats, eux, la vomiraient...

— Allez donc chier !

C'est tout ce que j'avais envie de dire, mais je me retenais, me disant que ce film était la dernière connerie que je faisais. Je le sentais. Au dernier jour de tournage, il allait se passer quelque chose. Ma vie allait changer... Comment ? Je l'ignorais encore. Au fait, j'allais l'ignorer jusqu'au dernier moment.

En attendant, j'entrais dans le monde soi-disant merveilleux du cinéma. Le tournage à une seule caméra, les phrases dites en regardant un bout de planche sur un mur délabré ou la casquette que tient la main de l'assistant à côté de la caméra. Aussi, recommencer dix fois, toujours avec la même intensité dramatique, parce qu'il y a un petit quelque chose que seul le directeur-photo a vu, ou imaginé, ou parce qu'un technicien a oublié un petit détail... Rien de tout cela n'avait de sens pour moi, pour mon moi intérieur, pour mon âme et mon corps de jeune femme en marche vers un destin que je sentais, mais que je ne voyais pas encore.

La seule chose qui était fascinante, c'était l'ambiance sur le plateau. L'équipe ! Une équipe de cinéma, c'est un groupe de personnes qui ont l'impression, que dis-je, la certitude de fabriquer un chef-d'œuvre, et qui se soudent entre elles comme les cellules d'un seul corps amoureux de lui-même. On s'adore, on se tète les oreilles, on s'entraide sans hésiter, et parfois on se met à baiser entre soi. Curieux phénomène, tout de même : pour fabriquer du rêve, on s'installe dans l'obligation de vivre un inceste imaginaire...

Mais si je parle de cette ambiance, ce n'est pas pour m'en plaindre, au contraire. On m'adorait !

— OOOHHHH ! Gaïagyne ! Tu es belle comme un cœur ce matin ! Attends que je te fasse une grosse bise...

Smac ! Smac ! Indifféremment, des bras masculins ou féminins m'enlaçaient, et je sentais un beau frémissement de chair en appétit. Mais je gardais la tête froide : dans ce milieu, on joue beaucoup. On a toujours l'impression d'être devant une caméra, comme un acteur, et d'avoir à exprimer quelque chose qu'on ne ressent pas vraiment. J'avais la certitude que cinquante pour cent des compliments qu'on me faisait étaient mensongers.

— Tu étais formidable dans la scène avec la Mère supérieure hier, ma chérie ! OOOHHH !

Mon cul ! Je savais que je ne jouais pas très bien. Si j'avais pu montrer mes fesses, encore... Mais comment se déculotter devant la Supérieure ? Ce n'était pas dans le scénario, et il m'était interdit d'improviser. Sachant ce que j'avais fait à la télévision, le producteur avait protégé ses arrières... C'était dans mon contrat, en toutes lettres :

> Art. 22b : En aucun temps il ne sera permis à la comédienne Gaïagyne d'improviser, soit par des paroles soit par des gestes... érotiques ou autres...

Précaution inutile s'il en fut. Je n'avais aucune envie de recommencer ce que j'avais fait à la télévision. D'ailleurs, sur un plateau de cinéma, avec le réalisateur planté à deux pas des comédiens, on ne peut rien faire. Dès qu'il y a un poil qui dépasse, on recommence.

Monsieur Lebrun venait faire son petit tour sur le plateau, quotidiennement. Chaque fois, c'était pour me parler des rushes qu'il avait vus la veille. Il venait aussi pour voir de quelle façon l'équipe dépensait l'argent de la production, mais dès qu'il était entré dans le studio, je sentais son œil me chercher. Entre deux prises, il s'approchait de moi, me prenait les mains en souriant et il disait à peu près toujours la même chose :

— Ma petite Gaïagyne, dans les scènes que j'ai vues hier soir, il y a au moins deux gros plans de toi qui sont formidables. Extraordinaires, je te jure ! Ton visage est exactement ce que je voulais : pur, profond...

— C'est parce que je suis une primitive... C'est l'influence de Sawinne.

— Sawinne ! Qui c'est, Sawinne ?

— Ma deuxième mère... C'est elle qui m'a initiée à la sexualité sacrée...

Monsieur Lebrun me regardait alors d'un œil déboussolé. Je voyais bien qu'il se demandait : « Mais quelle est donc cette jeune fille ? Un vrai mystère... » Après deux semaines de tournage, il m'invita à dîner dans l'un des plus chics restaurants de Montréal. Mais comme l'un de mes clients avait retenu sa place pour le même soir, je dus refuser.

— Ce soir je ne suis pas libre...

— Votre amoureux ?

— J'ai pas d'amoureux... Je fais des affaires...

— Vous !

— Pourquoi vous m'invitez à dîner ?

— J'ai des propositions à vous faire... Et puis ça me fait tellement plaisir de vous avoir dans mon film...

— Merci. Vous êtes bien gentil...

— En place pour le plan 46 de la 20e scène, cria le régisseur.

— Excusez-moi, monsieur Lebrun...

C'était l'une des belles scènes du film : secrètement, la Supérieure me désirait. Mais comme elle se sentait coupable, elle me faisait la vie dure, m'imposant toutes sortes de corvées ou de pénitences qui avaient pour but de ternir ce corps qu'elle aurait voulu posséder. Dans le plan 46 de la 20e scène, j'étais à genoux, en train de laver un plancher, pendant qu'elle me surveillait, debout près de moi.

— Essuyez encore, disait-elle. Alors je me relevais, le visage souillé, les mains rougies, éreintée, et je la regardais longuement avant de lui dire :

— Ma mère, pourquoi me détestez-vous ? Moi, je vous aime...

Puis je m'approchais et je l'embrassais sur la bouche, ce qui la faisait hurler comme une damnée... et qui me valait une autre punition... Ainsi, au couvent, la punition devenait un ersatz de baisage. Drôle de perversion...

Monsieur Lebrun assista à toutes les prises (cinq), puis il me revint avec sa proposition de dîner, non sans m'avoir fait remarquer que je donnais facilement des baisers à une autre femme.

— Je suis payée pour faire ce film... Et puis, une bouche, c'est une bouche, la vôtre aussi, même si vous êtes un producteur de cinéma...

Je m'élançai sur lui et lui plaquai un « french » en pleine gueule. Il voulut se défaire de ma bouche mais, habituée à jouer la soif de l'autre, je lui avais entouré le cou de mes deux bras et je forçais sa tête à rester prisonnière de mon étreinte. Nous étions devant toute l'équipe, exposés aux réactions les plus diverses. Monsieur Lebrun souffrait le martyre, je le sentais au goût amer que distillait sa langue. Quand je le relâchai au bout de plusieurs secondes qui durent lui paraître une journée, il était rouge comme un beau gros poivron italien, sans voix. Je le regardai en souriant, puis je lui dis :

— Vous voyez, une bouche c'est une bouche, c'est fait pour donner des baisers.

Il n'y avait pas moyen de savoir s'il était en colère ou simplement excité par mon geste « indécent », devant une équipe dont il était le maître, ou à peu près le propriétaire. Avec la participation de Téléfilm et de la SOGIQ, évidemment...

— En place tout le monde pour le plan 4, scène 20 !

Le plan en question était d'une putasserie sans nom. Punie par la méchante Mère supérieure, la petite nonne que je jouais était à quatre pattes dans la cuisine, suant, crottée, peinant comme Aurore l'enfant martyre, et elle se retournait en gros plan (plongée) vers sa marâtre qui la regardait de haut. Après un long gémissement, la petite nonne disait :

— Ma mère, je suis morte de fatigue ! Pitié !

Après avoir dit ma réplique deux fois, en répétition, ce fut le moment de la prise. Silence, moteur... C'est toujours beau, ce moment-là, car on a l'impression qu'il se passe quelque chose de grand, que le monde va changer. C'était donc le moment de la belle tension qui précède le miracle :

— Action !

Je me tournai vers « ma Mère », entrouvris la bouche, puis j'éclatai d'un fou rire incontrôlable.

— Coupez ! Merde ! Gaïagyne, qu'est-ce qui t'arrive ? T'as jamais fait ça !

Incapable de répondre, je riais, riais, enchaînant les cascades de petits hahahaha l'une derrière l'autre, puis, soudainement effleurée par l'aile de Dionysos, je me laissai tomber sur le plancher pour me rouler dans ce rire qui sortait de moi comme une belle eau de source, au mois de juin. Le réalisateur se pencha sur moi, et en ouvrant les yeux je vis son regard éperdu. Pendant une fraction de seconde, j'eus envie de l'attirer sur moi, de le déshabiller et d'entraîner tout le plateau dans une scène d'orgie comme je l'avais fait quelques mois plus tôt à la télévision. C'était ce que mon cœur désirait. Mais on ne badine pas avec le cinéma. Il me secoua si fort que je fus projetée hors de la spirale qui m'entraînait vers la fête, dans le débordement des sens.

— Qu'est-ce qui t'arrive ?

— Je suis en train de devenir une vraie actrice... Tous les comédiens ont des fous rires... Mais il faudrait peut-être changer cette réplique idiote, non ? C'est tellement cucu !

Nous avons changé la réplique, mais rien n'y fit. Chaque fois que je tournais la tête en regardant vers la gueule de Mère supérieure, j'éclatais de rire.

— On reprendra le plan demain... En place pour le plan 6...

Monsieur Lebrun avait assisté à toute cette mini-hystérie engendrée par une machinerie qui ne peut engendrer que cela, étant donné que souvent, elle travaille sérieusement à produire de la fausseté. Ce qui n'empêche pas le cinéma d'exprimer de grandes vérités psychologiques, quand il ne fait pas trop la pute... Donc monsieur Lebrun s'approcha de moi, l'air drôlement inquiet, raide, car il avait son budget en travers de la gorge, et il me dit :

— Gaïagyne, je voudrais vous voir à mon bureau, après le tournage. C'est possible ?

J'ouvris lentement mon petit carnet pour le consulter, mais je savais très bien que je n'étais pas libre : un bon vieux président de compagnie qui était en relations très directes avec le gouvernement attendait depuis deux jours, ébranlé par une érection qu'il me disait fort douloureuse.

— Je regrette, monsieur Lebrun, il y a quelqu'un qui m'attend.

— Vous ne pouvez pas vous libérer ? Avec moi, il s'agit de votre travail...

— Avec l'autre monsieur aussi, il s'agit de travail, monsieur Lebrun ! Et vous pouvez me croire, d'un travail extrêmement agréable...

— Bon. Pouvez-vous à huit heures ce soir ? Nous dînerons ensemble.

— Très bien ! fis-je d'un air enjoué, sachant que mon étalon présidentiel était aussi ardent que rapide. Tout ce dont il avait besoin, c'était une lessive, ou une vidange, comme il faut traiter une voiture après un certain kilométrage. Pauvres hommes... Je les regardais se débattre comme une bande de chiens qu'on a lancés à la curée, et je ne donnais pas cher des quelques morceaux de viande qu'ils parvenaient à soustraire à leurs congénères. Quel était donc le tireur de ficelles, le manipulateur de marionnettes caché qui avait réussi à les embarquer dans cette galère qui voguait, paraît-il, vers la prospérité ? C'était fascinant... et parfois très déprimant...

Heureusement, je n'avais pas perdu le « nord ». Tous les deux ou trois jours, je me réservais une petite période de temps chaud, au creux de mon lit, pour rêver au septentrion qui m'attendait, pendant que Gaïamine ronronnait doucement près de mon épaule. Souvent, je regardais ses yeux inquiets, intelligents, et je me disais qu'elle n'avait pas le droit de mourir avant moi. Mais qui donc pouvait décider de cela ?

En décidant d'aller au restaurant pour me faire des remontrances, monsieur Lebrun avait fait une erreur de tactique impardonnable. Car il est à peu près impossible d'engueuler un commensal, même quand c'est une crapule. Que dire de la situation, quand le fautif est une jeune femme qui vous regarde avec un visage imprégné du besoin de faire couler la pluie-vie sur la terre, l'amour, la germination, le débordement des sens, toutes choses que la nature nous enseigne à chaque minute du jour ? Ainsi, au moment où il lisait le menu, monsieur Lebrun était sombre de visage, mais vint un moment où il dut lever son verre pour trinquer avec moi :

— Au succès du film !

Une gorgée, puis, ingénue, je demandai :

— Vous êtes content de moi ?

— Oui... Quand je vous vois en gros plan, je me rends compte que je ne me suis pas trompé. Vous allez avoir un succès formidable.

— Tant mieux...

— Mais... votre comportement sur le plateau...

Il s'arrêta, incapable de poursuivre. Alors je posai une main veloutée sur la sienne, rêche :

— Vous avez peur d'avoir perdu une parcelle de votre autorité, quand je vous ai embrassé devant tout le monde, sur le plateau ?

— Justement oui...

— Vous en avez tellement, d'autorité, monsieur Lebrun, vous pouvez bien en laisser tomber une petite lichette de temps en temps, pour satisfaire tous ces jeunes chiots qui jappent autour de vous sans arrêt... Hein ?

Cette métaphore le fit rire, puis il eut subitement une contraction de tout le corps, suivie d'un relâchement incontrôlé. Alors ses traits changèrent brusquement. Il devint pitoyable. La voix brisée il me dit :

— Gaïagyne, ne dites ça à personne, promis ?

— Juré !

— Heu... J'ai envie de vous... C'est la première maudite fois de ma vie que ça m'arrive, avec une actrice...

— Mais... c'est pas un crime, monsieur Lebrun ! Ça prouve que vous êtes normal, c'est tout !

À ce moment-là il me fallut toute la force de mes muscles pour ne pas éclater de rire. Du sublime dans l'ironie : je devais compatir à son problème ! Le plus pissant, c'est que j'aurais pu le faire venir chez moi et lui demander deux mille dollars pour une séance. Il aurait hurlé, mais craché ! Or, réflexion faite, il me parut plus amusant de ne pas avoir cet escroc comme client. Il ne méritait pas de me payer pour me baiser !

Alors je lui rappelai notre première conversation, ou la deuxième, au cours de laquelle il m'avait dit qu'il ne profitait jamais de sa situation de producteur pour obtenir les faveurs d'une femme.

— À cause de ce comportement, je vous ai trouvé extraordinaire, et je vous ai en très haute estime, monsieur Lebrun. Ce serait dommage de mettre nos bonnes relations en danger, pour une simple passade... Des femmes, il y en a des douzaines autour de vous, qui ne demandent qu'à vous plaire, parce que vous êtes puissant et d'un commerce agréable.

— Mais c'est vous que je voudrais...

— Monsieur Lebrun, si jamais il se passait quelque chose entre nous, il est certain que les journaux à potins l'apprendraient et en deux jours toute la ville le saurait. Ce serait très mauvais pour votre réputation... Sans parler de votre situation conjugale...

Ce fut le coup de massue final. Il était prêt à faire quelques folies, comme tous les hommes, mais il voulait la paix au foyer. Dans ce cas, on ne baise pas une vedette. Ainsi, j'eus le plaisir de me refuser à l'homme qui, plus putain que moi, profitait de mon nom pour tenter de faire un coup d'argent !

Sous la jupe de Thésée

Il ne se passa rien de particulièrement glorieux pendant le reste du tournage. Les scènes idiotes alternaient avec les scènes touchantes, le tout ponctué, une fois de temps en temps, par une saynète piquante.

Puis ce fut la fin, avec le *wrap up party*, que monsieur Lebrun arrosa copieusement de vin et d'alcool. À cette occasion, il m'embrassa sur la joue pendant que les caméras flashaient à tour de bras. Ce fut la une des journaux le lendemain, avec la manchette appropriée :

GAÏAGYNE EST CÉLÉBRÉE
PAR SON PRODUCTEUR

Je regardai la photo en me disant que j'avais eu droit au baiser de Judas, mais je n'y portai plus attention. J'étais déjà en route pour ailleurs. Par exemple, plusieurs de mes camarades de travail s'attendaient à ce que je transforme le *wrap up party* en orgie colossale, ce qui eût été tout à fait dans la ligne de mon « personnage ». Or je n'en fis rien. Après quelques verres de vin et deux douzaines de photos, je rentrai chez moi. J'avais déjà tourné la page. La même voix qui m'avait dit de faire ce film me disait maintenant que ce monde n'était pas le mien. J'étais née pour autre chose. Mais quoi ?

Comme cela se produit souvent pour les choses capitales, la réponse se faisait attendre. Je continuais donc ma vie de star qui fait de la pub et que l'on sollicite pour toutes sortes de niaiseries à la télévision. Mais je commençais à refuser ce genre de corvées qui n'amusaient que les artisans du petit écran. J'avais ma vingtaine de clients que je recevais et à qui je donnais satisfaction avec plaisir. C'étaient des présidents de grosses compagnies pour la plupart, mais dans le lot de mes élus, il y avait aussi deux ministres très importants, qui avaient les moyens de me visiter de temps en temps. Sans doute avaient-ils d'autres revenus que leur salaire de ministre...

Mais depuis la fin du tournage, je sentais une espèce de vide au fond de moi. Il se passait quelque chose dans ma petite âme de femme marquée par le destin. Je relisais mes grands auteurs, comme pour les appeler au secours.

— Empédocle d'Agrigente, dis-moi ce qui me pend au bout du nez !

Mais Empédocle, comme les autres Démocrite de son espèce, disait des choses qui me laissaient perplexe :

« Car je fus, pendant un temps, garçon et fille, arbre et oiseau, et poisson muet dans la mer. »

Je refermais le livre et j'allais faire mes dépôts à la banque, en proie à la frayeur de Pascal devant l'immensité du mystère dans lequel je nageais.

Puis un jour je vis dans le journal que c'était la première de *Phèdre* au théâtre. Un événement, car on ne jouait plus souvent les grands classiques. « Vas-y ! » me dit le petite voix. J'y fus !

Comme c'était soir de première il me fut impossible d'éviter les caméras, mais j'eus la force de sourire, même si je le faisais avec une certaine lassitude. J'avais l'impression que mes épaules s'affaissaient, subissant la pression d'un poids invisible. Rien de plus lourd que le vide...

Puis le rideau se leva et les vers de Racine m'emplirent les oreilles. Pendant quelques minutes, je m'abandonnai à mes souvenirs : les belles heures de lecture dans la chaude maison de Claude, toute cette poésie que j'avais connue grâce à lui... Ma dette envers lui était immense, et je me disais qu'un jour, il faudrait bien que j'aille le voir... Non ! Nous étions tous les deux au-dessus de ce sentimentalisme. Ce que nous avions vécu était dans le ciel, quelque part, à la disposition d'une certaine mythologie que personne au monde ne pourrait jamais décoder. Pourquoi ? Parce qu'il n'y avait pas eu de symboles, entre nous. Nous avions été les choses qui sont au bout de leur évolution. Le temps ne pouvait pas nous transformer.

Puis tout à coup les transports de Phèdre me ramenèrent sur la scène. La fille de Pasiphaé, brûlante de son amour coupable, tournait autour d'Hippolyte, cherchait le petit chemin par lequel elle allait pouvoir faire avancer son cupidon vers le beau jeune homme. Très habile, la vieille vicelarde fait un transfert et parle d'Hippolyte en faisant semblant de parler de Thésée, son mari :

« Que dis-je ? Il n'est point mort, puisqu'il respire en vous.
Toujours devant mes yeux je crois voir mon époux.
Je le vois, je lui parle, et mon cœur... Je m'égare,
Seigneur ; ma folle ardeur malgré moi se déclare. »

Mais Hippolyte, l'innocent, ne comprend pas. Il réplique en disant des fadaises sur l'amour conjugal. Alors là, Phèdre aux bras immenses et vides, aux cuisses flétries qui brûlent d'enlacer le beau corps, trouve un autre moyen. Elle part dans une grande « improvisation » au cours de laquelle elle se demande pourquoi, « juste ciel », ce n'est pas lui, le jeune innocent, qui a été choisi par les dieux pour aller tuer le Minotaure ? Alors elle, Phèdre, elle aurait pu être à la place de sa sœur Ariane, le fil à la main ! Il n'y a pas de justice :

« C'est moi, Prince, c'est moi dont l'utile secours
Vous eût du Labyrinthe enseigné les détours. »

Qu'est-ce à dire ? Je venais tout juste de comprendre, deux ans après ma première lecture : « Je t'aurais dépucelé, petit con, et je t'aurais enseigné l'art des caresses... » Quel trésor que le cœur des femmes, quand elles ont atteint un certain âge ! Qu'allais-je devenir, moi, déjà pute à quatorze ans ?

Maintenant, selon une mise en scène influencée par la télévision, la vieille parlait dans la nuque du jeune homme qui faisait face au public, comme si la salle avait été une caméra pouvant cadrer à partir des épaules, afin de bien sentir l'intensité de Phèdre et le trouble d'Hippolyte.

« Que de soins m'eût coûtés cette tête charmante !
Un fil n'eût point assez rassuré votre amante.
Compagne du péril qu'il vous fallait chercher,
Moi-même devant vous j'aurais voulu marcher ;
Et Phèdre au Labyrinthe avec vous descendue
Se serait avec vous retrouvée, ou perdue. »

Voilà ! Le morceau est craché. Maintenant il sait, le pauvre nono. Et au lieu d'affronter la lionne, il fuit. Bon. Tout est en place pour la tragédie. Le poison est connu des acteurs et la règle veut qu'on le boive. Quelqu'un en mourra, tant pis ! Du haut de l'Olympe et du fond de l'Hadès, les puissances enfantées par la conscience humaine s'amusent à faire danser leurs propres créateurs, les hommes, comme s'ils étaient incapables de vivre sans ce masochisme délirant.

Pendant que je m'amuse à faire cette lecture personnelle de la tragédie, il y a quelque chose qui me travaille. Le feu de maman Phèdre m'a touchée. Cet amour soi-disant incestueux m'allume. (Sawinne et Norbert, c'était un peu plus corsé, quand même...) Je voudrais le laisser entrer en moi, me consumer et embraser quelqu'un d'autre. Hippolyte ? Non. Ce benêt me laisse froide, même si le comédien qui tient le rôle est très beau. Il y a quelqu'un d'autre, dans ce cercle où vont se débattre les prisonniers du destin, avant de tomber. L'idée de la chute me taraude. Rouler en bas du piédestal après avoir connu la gloire, la puissance, quelle richesse pour l'âme ! J'ai envie de l'homme qui aurait vécu cette expérience. Avoir des raisons d'avoir honte est une cause de grandissement pour l'âme humaine...

Ainsi, pendant que la tragédie de Racine se continue sur les planches du théâtre, je me sens irrémédiablement embarquée dans une spirale nouvelle. Quelque chose va se produire, je le sens !

Or voici Thésée ! Je connais peu le comédien qui tient le rôle. Il est grand, fort, d'un visage rude. Il a la peau comme une écorce d'érable. Mais quelle force habite cet être qui a l'air d'un arbre fouetté par le vent et labouré par le temps ! Avec l'assurance d'un roi, il entre en scène :

« Thésée

La fortune à mes vœux cesse d'être opposée,
Madame, et dans vos bras met...

Phèdre

Arrêtez, Thésée. »

Le pauvre géant n'ira pas plus loin. Il sera la victime du destin, des dieux, qui, par l'entremise d'Œnone, la pauvre nunuche qui veut sauver une Phèdre coupable, le tromperont. Pendant tout le reste de la pièce, il se débattra pour essayer de comprendre ce qu'on lui raconte, sans parvenir à croire son fils, même quand il dira le plus beau vers du monde :

« Le ciel n'est pas plus pur que le fond de mon cœur. »

Ce qui est la pure vérité, hélas ! Car s'il avait été moins innocent, le pauvre Hippolyte, il aurait sans doute dénoncé la vieille crapule de Phèdre...

Toujours est-il que je suis allumée au plus haut point par ces discours démesurés, quand Thésée se trouve devant Aricie, la belle jeune fille qui a mon âge (en tout cas je me vois en elle), qui aime Hippolyte et qui en est aimée. Elle essaie de faire entendre raison à Thésée, mais le papa, aveuglé par la colère, ne veut rien savoir. Il reproche même à Aricie de ne pas garder son amoureux pour elle toute seule ! Un comble !

Mais à ce moment-là, je me mets dans la peau d'Aricie et je tremble d'émotion pour cet être qui sera victime, malgré toute sa puissance. Je fais le même transfert que Phèdre a fait de Thésée à Hippolyte : je me sens poussée par un élan incoercible vers ce personnage que plus de deux mille ans d'histoire n'ont pas réussi à détruire, tellement il est vrai.

Quand Théramène arrive avec la mauvaise nouvelle :

« Inutile tendresse ! Hippolyte n'est plus.
Thésée
Dieux ! »,

j'ai envie de pleurer tellement cet appel à la divinité est chargé de désespoir devant les puissances chtoniennes qui dévorent les grands hommes de ce monde. Et pendant que je me laisse bercer par le beau récit de Théramène que Claude lisait si bien à haute voix, je mouille en pensant au père maintenant veuf de son fils.

À la fin, Phèdre meurt par sa propre main et, désormais seul, Thésée met un point final en voulant faire sa fille d'Aricie, moi !

« ...Que, malgré les complots d'une injuste famille,
Son amante aujourd'hui me tienne lieu de fille. »

Rideau. Je t'en foutrai, des filles, mon vieux camarade ! Je veux Thésée ! À peine a-t-il lancé son dernier vers que je me précipite vers les coulisses, pendant que la salle réserve une ovation bien méritée à tous les comédiens. Dans le brouhaha de l'arrière-scène, on ne s'occupe pas de moi, de sorte que je parviens aux loges sans difficulté. Enfin le voici. Ciel !

— Gaïagyne ! Mais quelle surprise ! Tu fréquentes ce genre de théâtre !

— Oui, crétin, viens vite.

Nous entrons dans sa loge que je ferme à clé moi-même, puis je le regarde. Il est un peu gêné de me voir devant lui. Il a chaud, il est fatigué, après avoir tout donné à son rôle.

— Je voudrais bien me changer...

— Non ! Jamais ! C'est Thésée que je veux !

Je soulève sa tunique. Là-dessous, un slip seulement que je fais glisser.

— Qu'est-ce que tu fais ! ?

— Baise-moi, vite !

J'enlève ma culotte et je l'entraîne sur moi en m'allongeant par terre. Mais il est mou, bien entendu.

— Thésée, grand roi de la plus grande civilisation au monde, grande brute, chasseur de brigands, destructeur de monstres, grand baiseur devant l'Olympe, il faut que tu bandes !

Mon roi reste sans voix ni muscle. Je dois avoir recours à certaines caresses qui me sont familières, et voilà le membre qui se gonfle. D'une main fébrile, je le dirige vers ma petite caverne, mon petit labyrinthe où se cache le plus redoutable des Minotaures. Suivent les secousses d'usage, les soupirs, puis la semence chaude qui m'inonde.

Nous nous relevons dans un bel éclat de rire, je l'embrasse sur les deux joues (il ne faut pas être trop familier avec les gens que l'on connaît à peine...). Vite, je sors par l'entrée des artistes, avec la sensation bienheureuse de quitter un certain monde pour toujours.

***

Rentrée chez moi, je m'allongeai dans le grand fauteuil où je faisais ma lecture. Gaïamine vint se lover contre ma hanche, et je posai une main douce sur son poil soyeux. Elle ronronnait doucement et semblait à l'écoute de ce qui se passait dans mon ventre. Alors je pensai à mon chien Minou, au temps où, petite bête semblable à ma chatte, je m'endormais la tête posée sur son flanc. J'avais la certitude qu'une nouvelle vie allait commencer pour moi. Pour la première fois depuis mon départ de la maison, je retournais en pensée à mon enfance avec bonheur... C'était tellement bon que j'avais l'impression de me retrouver entre les mains de Sawinne qui avait l'art de me masser en sacralisant ses gestes. De sorte que je m'endormis dans mon fauteuil, au ronron de Gaïamine.

J'avais la certitude d'être enceinte, mais il fallait bien attendre un certain temps pour le savoir de façon absolue, ce qui me fut confirmé au bout d'un mois par l'absence de règles et un test de pharmacien. Alors je connus une joie et un soulagement que je ne me souvenais plus d'avoir jamais ressentis. J'avais certainement goûté quelque chose de semblable quand j'étais enfant, à deux ou trois reprises seulement, mais je ne m'en souvenais plus.

En devenant enceinte, le phénomène extraordinaire qui se produisit, c'est que ma blessure guérissait. Jusque-là, même en compagnie de Sawinne et de Claude, j'avais traîné cette plaie béante : mon enfance malheureuse avec des parents ignobles, et par-dessus tout la mort de mon chien qui avait été le coup fatal. Or, maintenant que la vie germait doucement en moi, cette blessure commençait à disparaître, comme si la multiplication des cellules nouvelles avait cousu la plaie... Alors je sentis en moi la joie de la grande fête, Pâques, la renaisssance du plus grand personnage des vingt derniers siècles. Bien sûr, je n'étais pas le Christ, mais si ce dernier avait vécu la mort et la résurrection, c'était pour nous enseigner ce besoin inhérent à tous les mortels : mourir pour renaître plus fort, plus grand.

Il y avait des moments où je me disais qu'il eût peut-être été préférable que le père de mon enfant fût King Lear, le personnage qui a dit : *Life is a tale told by an idiot...* Cela coulait souvent en moi, comme une rêverie qui joue au ruisseau. Mais tout compte fait, en repensant à Sawinne, j'étais comblée par la paternité de Thésée, personnage qui allait informer mon fils d'une façon plus appropriée à mes fins.

J'annonçai la bonne nouvelle à mon agent et la priai de n'accepter que les choses les plus importantes pour les prochains mois :

— Pourquoi ?

— Parce que je veux laisser ce métier de fou, mon trésor.

— Es-tu folle ?

Évidemment, le trésor, c'était moi, car elle faisait fortune avec mon nom.

— Non. Je ne suis pas folle.

En souvenir de Racine, je lui dis :

« Ma fortune va prendre une face nouvelle... »

— Cesse de déconner, merde ! T'es la plus grande vedette de Montréal !

— Peut-être, mais ça ne m'intéresse pas du tout... Ce qui compte, maintenant, c'est mon enfant...

— Ton enfant, ton enfant... il va falloir le faire vivre, ton petit monstre !

— T'inquiète pas...

Elle ne pouvait pas savoir, la pauvre, que mon premier métier m'avait déjà rapporté une fortune. Maintenant, j'étais libre. Je téléphonai à mes clients pour les avertir que je fermais boutique.

— La clé dans la porte !

— Quoi !

Je les sentais souffrir, mais ma décision était irrévocable. Comme Sawinne après la mort de Norbert, je ne voulais plus voir personne. Finies les sauteries... C'est ainsi que je m'enfonçai dans la gestation, m'adonnant à la marche dans les rues de la ville par tous les temps, puis m'allongeant dans mon fauteuil avec un beau livre qui faisait voler mon esprit vers la lumière. Il m'arrivait aussi de retourner en arrière. J'avais quand même un merveilleux stock de souvenirs pour alimenter mes rêveries... Les corps à corps avaient souvent été merveilleux, me donnant l'illusion, au moment de la jouissance, que j'étais immortelle. Car c'est là, je crois, la chose la plus importante dans la baise. Ce n'est pas la jouissance physique. C'est la certitude, pendant quelques instants, de tuer le temps. En trois ou quatre ans seulement, j'avais répété cette expérience un nombre incalculable de fois, de sorte que j'avais l'impression d'avoir rajeuni au lieu de vieillir...

À mon cinquième mois de grossesse, je cessai toute activité « artistique ». Je n'en avais plus que pour mon ventre. Quand j'étais sur le dos, au lit, Gaïamine montait sur mon commencement de proéminence où elle se couchait et ronronnait en me regardant avec l'air de me dicter quelque loi universelle sur la marche du monde. Ce doit être cela qui est si troublant, dans le regard de ces animaux. Cette insistance à vous fixer comme si vous étiez trop léger pour comprendre le sérieux de la vie... Pendant ce temps, la chaleur de ma chatte descendait jusqu'à mon utérus et allait activer les cellules de mon fils en croissance.

De temps en temps, ce cher monsieur Lebrun me téléphonait pour me donner des nouvelles du film.

— Le montage est fini et tout va très bien, ma chère Gaïagyne.

— Tant mieux !

— Et vous êtes superbe, comme je l'avais prévu !

— Tant mieux...

Je m'étais fait faire une belle robe de maternité pour aller à la première qui devait avoir lieu à mon septième mois de grossesse. Mais il y eut un petit problème, comme cela se produit couramment dans ce monde passablement débile, et cette belle soirée de triomphe eut lieu deux mois plus tard. Le soir de la première, au lieu de prendre un taxi pour me rendre à la Place des Arts, j'entrai à l'hôpital en vitesse, poussée par des contractions d'une violence atroce. Le petit monstre s'annonçait comme une tempête. La maternité a donc un prix ! Oui :

cette lutte entre le rejeton encore animal et la chair de la mère qu'il faut déchirer pour atteindre l'air que les humains respirent inconsciemment. Or au cours de cette bataille, l'amour se confond souvent avec la haine. Ce petit paquet informe vient prendre la place de quelqu'un d'autre sur la terre, et pour ce faire, il est capable de tuer celle qui le met au monde. La naisssance est une effraction, comme la création artistique. J'avais pourtant lu ça quelque part... Voilà des choses auxquelles on ne pense pas souvent, tant qu'on n'est pas aux prises avec les contractions...

Vers deux heures du matin, à l'heure où les artisans de « mon » film rentraient à la maison, ivres d'alcool et de succès, la tête de mon enfant me fit hurler de douleur, puis ce furent les épaules et le fessier. La chose gluante émit un grand cri de triomphe ou de peur, puis une main gantée la posa sur mon sein. Je pleurai en voyant mon enfant s'attaquer tout de suite à la source de vie que je lui tendais. J'étais épuisée. Heureuse ? Bien sûr. Ma chair triomphait. C'était tout simple, banal. Mais ce qui me touchait profondément, c'était les « déchets » produits par la fabrication de l'enfant : les eaux, le liquide amniotique sanguinolent, l'enveloppe, toute cette dégueulasserie qui entoure la petite « perle ». Comme tout cela ressemblait à certains aspects du plaisir...

Il me fut impossible d'éviter la presse. C'était un événement : la naissance de mon fils en même temps que le triomphe du seul film auquel j'avais participé ! Une fois de plus, je fis la première page des journaux.

GAÏAGYNE TRIOMPHE À L'ÉCRAN
ET À L'HÔPITAL !

Monsieur Lebrun arriva dès le lendemain avec une brassée de roses et des mots parfumés aux odeurs de gloire :

— Ma chère Gaïagyne ! Chère petite maman d'amour, nous serons tous ensemble à Cannes en mai prochain !

— J'en doute...

— Comment ! Vous allez triompher, là-bas ! Vous ne pouvez pas rater ça !

— Il faut que je m'occupe de mon enfant...

— Mais... mais...

Il avait réponse à tout, car il n'y a rien de plus facile à faire que de mettre un enfant dans un avion ! Il avait pris soin de se faire accompagner d'un photographe. Alors pour lui, j'offris le sein à mon bébé, il se plaça à mon chevet avec sa douzaine de roses, et il jeta un coup d'œil vers ma petite laiterie au moment où le flash éclata. C'était con, mais je m'en foutais complètement. Il me restait à donner un grand coup qui allait tout anéantir cette fumée inodore.

En effet, vint le moment où monsieur Lebrun voulut parler de « notre » prochain film. Alors je demandai aux autres parasites de quitter la chambre. Ils sortirent en clignant de l'œil comme si une grande complicité m'unissait au producteur.

— Alors, mon enfant...

— Alors, papa Lebrun, je vais vous dire un secret. Et si c'est un secret, ça veut dire que vous ne le direz à personne tant que je ne l'aurai pas annoncé publiquement : JE NE TOURNERAI PLUS DE FILMS. NI AVEC VOUS NI AVEC D'AUTRES.

Sa bouche resta ouverte un long moment, laissant voir ses fausses dents, et le silence qui accompagna cette béance orale ne fut troublé que par la tétée goulue de mon fils. J'eus l'impression qu'il vacillait. Il finit par poser sa main ridée sur mon épaule nue en disant :

— Gaïagyne, ma chérie, c'est pas possible ! Avez-vous pensé à la carrière extraordinaire qui vous attend ? Vous allez être une grande vedette internationale !

— Non...

— Mais, pourquoi ?

— Je ne peux pas vous le dire pour le moment. Un jour... Maintenant, je suis un peu fatiguée... Je vous prie de m'excuser...

Il sortit en oubliant de fermer la bouche, me libérant enfin de son monde. Jamais plus je ne le reverrais, j'en avais la certitude. *Ciao,* cinéma... Ensuite je me fis interdire de visite par la direction de l'hôpital.

GAÏAGYNE NE REÇOIT PLUS !

Alors on fit courir le bruit que mon accouchement avait des suites fâcheuses. Quelques jours plus tard je parvins à rentrer à la maison en cachette.

— Enfin seule !

Avec mon petit trésor de mâle qui me tétait la poitrine d'une bouche toujours aussi avide. Je le baptisai Adam. Et la vie à deux commença, douce, épuisante, enivrante.

Au bout d'une semaine, je téléphonai à Thésée pour lui demander de me faire une petite visite. Il avait l'air tout chose au téléphone mais il accepta. Je lui montrai l'enfant :

— Voilà, c'est ton fils...

Il pâlit dangereusement, puis la colère imprégna son regard.

— T'inquiète pas... Je te jure que personne ne le saura. Et jamais, au grand jamais je ne te demanderai quoi que ce soit...

J'avais préparé une déclaration écrite en ce sens. Je la signai devant lui avant de lui mettre entre les mains ce petit papier qui libérait son nom, son portefeuille et tout le reste des impedimenta que représente une paternité extraconjugale. Alors il parvint à sourire.

— Regarde-le bien... Il est beau, comme tu étais beau dans le personnage de Thésée. Merci de me l'avoir donné.

Je le tenais par le bras, pendant que nous regardions le rejeton dans sa couchette, et j'essayais de lui communiquer un peu de l'émotion qui m'emplissait la poitrine. Il finit par dire :

— C'est bien joli, tout ça, mais c'est aussi complètement capoté... C'est quoi, l'idée d'avoir un fils dont le père est un comédien déguisé en Thésée ?

— Tu crois pas aux symboles ?

— Oui, bien sûr, mais...

Là, il restait suspendu au-dessus du gouffre creusé par la « civilisation » moderne.

— Les symboles, c'est plus important que la réalité... Thésée, pour moi, c'est capital... Tu comprendras plus tard... Tu verras... Merci encore une fois de m'avoir fécondée...

— Ça m'a fait plaisir... même si j'étais pas en grande forme...

— C'est parce que Thésée t'avait épuisé ! Tu vois la force de ce personnage...

Je pris Adam et le plaçai entre ses bras.

— Tiens, prends-le un peu, pour que tu emportes le souvenir de son poids, de sa chair, de ses cellules en formation... C'est un peu de toi que j'emporterai sur les chemins qu'il me reste à parcourir, jusqu'à la fin de mes jours...

Ce discours un peu pompeux ne lui disait rien, mais il était visiblement ému, comme tous les pères un peu attardés, d'avoir donné la semence qui avait produit cette boule de vie qui respirait contre sa poitrine. Je remis le « paquet » dans sa couchette, j'embrassai le père avec toute la pureté de mon corps vierge à nouveau, et je fermai la porte derrière ce brave garçon qui ne savait pas trop à quelles fins son membre avait servi.

Le septentrion

Un jour, ce fut le premier anniversaire de mon fils Adam. C'était le moment que j'avais choisi pour entreprendre la dernière étape de mon avancée vers le point d'arrivée : le nord ! Il me fallait le nord. Le nord que j'avais regardé du haut du cap à l'Orignal, à Saint-Fabien, deux ou trois ans plus tôt, quand je marchais sans savoir où j'allais. Un jour, j'avais parlé à Claude de cette attirance un peu bizarre. Pourquoi avais-je le Nord dans la tête, cet espace infini, ou presque, peuplé surtout de lacs, de montagnes, de neige, et de quelques habitants à peau jaune venus de Mongolie, ou de quelque autre Asie, par le miraculeux détroit de Béring ? Pourquoi ?

— Il n'y a pas de réponse précise à un phénomène comme celui-là, m'avait dit Claude, rien si ce n'est un ensemble de facteurs psychologiques et physiques enchaînés dans une danse qui peut ressembler à celle des cellules qui forment les nuages et qui finissent par provoquer un orage à tel endroit plutôt qu'à tel autre.

Sa phrase terminée, il déposa devant moi un gros dictionnaire. À l'article « septentrion », je pus lire :

« N.M. (lat. *septentriones*, « la constellation des sept bœufs de labour » [étoiles placées vers le pôle Nord], puis le "nord". »

Suivaient quelques précisions sur la position exacte du pôle Nord et la constellation de la Petite Ourse, dont je n'ai rien à faire ici. Ce qui m'avait fait rêver pendant des jours et des jours, c'était l'expression « la constellation des sept bœufs de labour.» Le nord, à ma connaissance, n'avait été labouré que par la base des glaciers, au cours des millénaires. Pourtant, la charrue et les bœufs étaient associés à cette partie du monde dans la façon de la nommer ! Pour moi, il y avait là de quoi rêver. Ce que je faisais tous les jours depuis le moment où j'avais lu cet article du dictionnaire. J'avais la certitude (folle) que ce n'était pas un hasard, tout comme je croyais que j'avais une « destinée », que j'avais été choisie pour faire quelque chose de particulier.

Donc, au cours des mois qui m'amenèrent au premier anniversaire de mon fils Adam, j'avais minutieusement préparé mon voyage. Il faut dire que j'en avais le temps, ne travaillant plus du tout à la télévision et ayant cessé toute activité sexuelle, même vénale. Ainsi, grâce aux deux ministres qui avaient été mes clients, j'avais obtenu de l'aide, et du secours, dans le cas où le besoin s'en ferait sentir.

Le jour du premier anniversaire d'Adam, la chose éclata comme une bombe. Le soir à la télévision, on put voir un hélicoptère me déposer à Port-Cartier, au nord de Sept-Îles.

« La célèbre comédienne Gaïagyne quitte la ville et s'exile au Nord ! »

Je couchai dans une tente avec mon enfant et Gaïamine. Le lendemain matin, ils étaient tous là, les téteux de nouvelles. J'aurais bien aimé entreprendre ma dernière aventure avec discrétion, mais finalement je me dis que le monde devait savoir ce que je faisais : l'exemple allait peut-être porter ?

Depuis des années le Canada tout entier nageait dans une mer de faux problèmes pendant que le reste du monde se débattait dans un enfer de problèmes réels qui faisaient couler le sang à pleins ruisseaux. Un jour, j'avais étalé une carte du monde devant moi, tout en écoutant les palabres insipides de nos hommes politiques.

Ainsi, je voyais l'immensité de nos territoires pleins de ressources, nos « grands espaces » célébrés avec raison par tous les Européens, et en regard de cela, il y avait, ici, des mots, des chicanes d'enfants gâtés, le ventre plein, pendant qu'ailleurs l'espace disparaissait au bruit des canons et des mitrailleuses.

Ce spectacle me faisait vomir. Il fallait donc leur faire savoir ce que je voulais entreprendre. J'avais mon sac à dos dans lequel je portais ma petite tente (la même qui m'avait servi pour marcher de Saint-Anaclet à Montréal), des vivres concentrés pour deux jours, et ma chatte. Sur ma poitrine, suspendu à des lanières, il y avait mon fils Adam. C'est ainsi que j'apparus à la télévision, au moment où j'allais tirer ma révérence. Je ne voulus pas dire tout de suite ce que j'allais faire exactement.

— Vous dites que vous partez en suivant le vieux chemin de fer. Mais cette voie ferrée conduit à Gagnonville, qui est un village abandonné. Pourquoi ?

— Je ne veux pas le dire maintenant. Vous verrez quand je serai là.

— Vous n'avez pas peur, toute seule ?

— Je ne suis pas seule. J'ai mon enfant et ma chatte Gaïamine. En plus, j'ai pris mes précautions. On va me suivre, de loin. Je suis sans inquiétude... À bientôt...

J'allais me détourner et partir à grands pas quand j'eus soudain une grande émotion. Je regardai la caméra et dit :

— Sawinne, j'espère que tu me vois en ce moment. Je pense à toi. C'est la dernière fois que je pars... avant de partir pour l'autre monde... Merci encore une fois pour ce que tu m'as donné. Tu vois, je suis émue mais je ne pleure pas, grâce à toi. Tu as fait entrer le sens du sacré en moi, quelque chose que j'appellerais le doigt de la divinité. Merci, Sawinne. Adieu...

— Qui c'est, Sawinne ? Qui c'est ? Qui... ?

Mais j'avais tourné le dos et je ne répondais pas à ces assoiffés de manchettes. J'étais déjà sur les dormants ! J'avançais, quittant Port-Cartier, petite ville qui a sans doute été bâtie pour recevoir les choses et les hommes afférents à l'exploitation des mines du Nord. Des cabanes... Des cabanes à l'air pur. C'est toute la différence entre elles et les cabanes de Montréal, tout compte fait...

Il faisait beau, mais il n'y a rien de plus difficile que de marcher sur des dormants. C'est solide, mais l'espace entre chacun d'eux n'est pas calculé en fonction de la marche. Il faut, une fois sur deux, mettre le pied sur la pierre concassée dans laquelle ils reposent. Je ne le savais pas. Au lieu d'être rythmé et régulier, mon pas se trouvait cassé. Il allait donc falloir m'adapter à cet état de chose « incontournable », comme on disait alors à propos de n'importe quoi. Comment allais-je parcourir les trois cent cinquante kilomètres qui me séparaient de mon point d'arrivée ? Une seule réponse : par la patience. La patience et l'entêtement. La patience, l'entêtement et une foule d'autres petites choses qui n'ont pas de nom, mais qui aident vos muscles à recommencer l'effort de minute en minute. C'était tout cela qui m'avait soutenue, après mon départ de Saint-Anaclet.

Ma première surprise fut de voir l'aspect rabougri des épinettes. Il y avait une grande différence entre la végétation du Bas-du-Fleuve et celle de Montréal, mais là, c'était encore moins luxuriant qu'à Rimouski. Le Nord étreint la végétation... Mon Nord tant désiré était donc un animal difficile à apprivoiser... J'allais devoir me battre avec lui ? Sans doute. Les grandes histoires d'amour sont toujours des batailles, me disais-je avec la naïveté de mes dix-huit ans...

Il y avait surtout des corneilles pour me tenir compagnie. Du haut des épinettes, elles lançaient leur cri rauque dans l'air pur, et cela sonnait comme un chant d'allégresse à mes oreilles. J'étais heureuse de voir ces bêtes noires s'élancer du haut des arbres, apparemment sans raison, pour le seul plaisir de voler, « sans laisser de traces dans leur vol », comme l'a fait remarquer Krishnamurti. Quand j'avais lu ce passage, à propos du vol des oiseaux, cela m'était apparu comme une belle définition de la perfection. Ne pas laisser de traces !

Le soir du premier jour, comme je n'avais pas pratiqué la marche forcée depuis plus de deux ans, j'avais les pieds en feu et les mollets en compote. Là où je me trouvais, la voie ferrée longeait une rivière. Je quittai les dormants pour descendre sur sa rive, où je m'installai, après avoir fait tremper mes pieds dans l'eau froide. Gaïamine se sentait perdue, et elle pleurait comme une enfant abandonnée. Je la pressai contre ma poitrine, doucement, en lui parlant comme à un bébé, ce qui avait l'air d'amuser mon cher Adam, qui souriait. Apparemment, le noble fils de Thésée ne craignait rien. Était-ce vraiment de l'innocence, ou le fait que, lui aussi peut-être, avait été choisi par les dieux ? Les pieds dans l'eau pure et glacée, je rêvassais à ce genre de questions, ne pouvant m'empêcher de croire que je me lançais dans une aventure peu commune. Et ma rêverie partit à la dérive dans mes souvenirs, surtout les beaux et les bons, comme mon entrée à Montréal sur le cheval noir, ma petite orgie dans le studio de télévision, et tous ces hommes qui m'avaient possédée, moi, petit paquet de chair fraîche, la proie dévoreuse de ces hommes à la peau souvent ridée.

Maintenant j'avais les pieds dans l'eau, et j'étais presque seule en forêt. Je mis fin à mon bain de pieds par un grand éclat de rire, dans ce paysage où la voix humaine résonnait comme un mystère. J'imaginai la tête des renards se dresser en m'entendant, inquiète. Les pauvres bêtes devaient se dire que le temps était en train de changer. Alors, debout, seule dans ce paysage aussi pur que l'eau dans laquelle je venais de me laver, je dis à tous les animaux de la forêt :

— Oui, les temps changent. C'est la fin d'un cycle. Je marche vers le Nord, seule, mais on me suivra, et on construira un monde sur les ruines de celui qui s'effondre, comme on l'a fait dans l'Antiquité, après la destruction de temples qui symbolisaient de grandes civilisations...

Je n'étais pas folle. Je m'amusais, dans cette belle fin de journée du mois de mai, alors que le soleil était encore haut, puisqu'il s'accrochait délicatement à la tête des épinettes. Je m'amusais, mais je savais que je disais la vérité à ces animaux... qui ne pouvaient pas me comprendre...

J'allumai un feu au bord de la rivière, pour chasser les loups et les maringouins. Puis le soir se jeta sur moi, subitement, dès que le soleil eut disparu derrière les montagnes. Alors la forêt fit entendre sa respiration de gros animal primitif dont le ventre est plein de petites bêtes qui dorment durant le jour. Réfugiée dans ma tente avec Gaïamine et mon fils Adam, je cédai rapidement au sommeil, épuisée par la longue marche de la journée, bercée par le ronron de ma chatte et la respiration heureuse de mon enfant.

À l'aube, un chevreuil vint boire dans la rivière, et quand je sortis de ma tente, il me regarda longuement. Il ne se passe pas grand-chose dans l'œil des bovidés et des cervidés. (Je ne pouvais le regarder sans penser à certaines de nos vedettes...) Pourtant, il me sembla évident que ma présence inquiétait cet animal paisible, qui n'a jamais appris à fuir le loup affamé et le chasseur «intrépide». Je le saluai de la façon la plus amène possible, compte tenu des courbatures qui me faisaient grimacer de douleur. J'étais une incongruité dans son paysage, un peu comme les Blancs apparurent aux Amérindiens, au quinzième et au seizième siècle. Au fait j'étais une menace pour lui, mais je ne pouvais rien contre le rétrécissement de la planète.

— Bonjour chevreuil ! N'aie pas peur...

Il laissa tomber quelques crottes en s'en allant, dégoûté par mes propos insignifiants. Ce qui m'amena à penser que la guerre était inévitable entre l'animal-homme et l'animal-animal.

Je repris ma pénible marche sur les dormants de la voie ferrée, après avoir mangé et nourri mon fils, de même que Gaïamine. Cette dernière, au lieu de se blottir dans mon sac à dos, manifesta le désir de se trouver à l'air pur. Alors elle se mit à trottiner devant moi, prenant une bonne avance en quelques minutes. Elle se retournait et me regardait d'un œil ironique. Vers trois heures de l'après-midi, elle s'arrêta pour laisser échapper un long miaulement inquiet en dressant les oreilles. Elle regardait vers le sud, immobile comme une statue. Deux minutes plus tard, à mon tour, j'entendais le bruit de l'hélicoptère envoyé par mes «amis». Alors je la pris dans mes bras pour la flatter et l'embrasser. Si jamais un malfaiteur, homme ou animal, se préparait à foncer sur nous, Gaïamine pourrait l'entendre avant de le voir et me prévenir. J'avais donc eu raison de ne pas vouloir m'en débarrasser avant mon départ.

L'hélicoptère nous ayant repérés, il tourna longtemps au-dessus de nous, cherchant un endroit propice à l'atterrissage. Mais dans ces montagnes de débuts du monde, il n'y a pratiquement pas de plateaux. Seulement des trous et des bosses... Alors le pilote se posa sur la vieille voie ferrée, à la perpendiculaire. La première chose que je vis sortir de cet appareil merveilleux, ce fut une maudite caméra manipulée par un assoiffé d'images-choc, puis une femme munie d'un micro, et les questions commencèrent avant même les salutations d'usage. Je savais qu'il était important de faire connaître mon œuvre au monde (j'emploie le mot œuvre en riant, me disant que mon entreprise avait autant d'importance que celle du cardinal Léger...), mais le harcèlement des hommes et des femmes qui travaillent dans le monde de l'information commençait à m'emmerder.

Ainsi, au lieu de répondre à leurs questions sur le but de mon voyage qui leur paraissait insensé, je leur dis que mon fils Adam se portait très bien, de même que ma chatte. Quant à moi, à part quelques courbatures aux mollets, j'étais dans une forme extraordinaire.

— Jusqu'où voulez-vous aller, comme ça ?

— La voie ferrée mène jusqu'à Gagnonville...

— Vous voulez marcher jusque-là ! ?

— Vous le saurez plus tard... Il faut un peu de suspense dans une entreprise comme celle-là...

— Mais, ce que vous faites nous semble tellement extraordinaire, les téléspectateurs sont très curieux de savoir ce que vous allez devenir...

— N'importe qui pourrait faire ce que je fais...

Les lieux communs commençaient à pisser de partout. Alors je mis fin à l'entrevue par un grand éclat de rire. On filma ma chatte et mon fils, on me remit de la nourriture et des couches neuves pour Adam (ces choses triviales n'étant pas à négliger...), après quoi on me quitta en promettant de revenir deux jours plus tard, comme convenu.

Effrayée par le bruit des pales qui fendaient l'air sec en produisant un bruit d'enfer, Gaïamine se blottit dans mes bras pour regarder la machine s'élever dans le ciel. On échangea des douzaines de signes de la main, et je repris ma fonction de Gaïagyne, cette avancée vers les sept bœufs de labour...

Il y eut de la pluie, des orages, des couchers de soleil magnifiques, des moments de silence qui me projetèrent lentement au cœur du cœur de ma conscience... Il y eut d'autres cervidés aux yeux d'actrices et d'acteurs adulés par le peuple, des renards au nez fin qui auraient bien aimé donner un coup de dent acérée dans la peau de Gaïamine, un gros ours qui me regarda marcher de loin en reniflant, le museau en l'air, puis qui se détourna de moi avec dédain, sans doute attiré par le miel des abeilles, ou préférant donner un coup de griffe aux poissons des rivières.

J'avançais, « chevauchant » la vieille voie ferrée qui longeait les rivières ou se glissait entre deux montagnes, s'accrochant aux rochers de granit que le travail des glaciers avait écorchés en glissant, quelques milliers d'années plus tôt. J'avançais comme une petite armée invincible, lente, buvant ce paysage par tous les pores de ma peau, tâchant de l'assimiler comme une nourriture, car il allait désormais être ma maison, ma chambre, mon lit, ma peau. Et plus j'avançais, plus je voyais les arbres devenir maigres, courts, fouettés par le froid, ralentis par la neige dans leur mouvement vers le ciel. Mais je n'en éprouvais aucune tristesse. La peau de la planète ne peut pas être la même partout.

Par ma lente « conquête » de cet espace à peu près vierge, je faisais croître en moi la notion d'hétérogénéité... J'étais de moins en moins comme les autres, là-bas, au sud... Et cela provoquait, au creux de mon ventre, une merveilleuse sensation de légèreté, de souplesse, de dilatation.

Tous les deux jours, l'hélicoptère me rejoignit pour m'apporter la nourriture dont j'avais besoin. Et chaque fois il y avait un journaliste qui en descendait pour me poser des questions. Mais j'évitais de répondre.

Au douzième jour, j'atteignis Gagnonville, la pauvre petite abandonnée depuis plus de vingt ans. Autrefois, il y avait là cinq mille personnes qui vivaient au rythme des machines travaillant à extraire le minerai de fer. Maintenant elle dormait dans un silence poussiéreux, morte, coquille vide abandonnée sur un rivage qui voulait redevenir plage depuis plus de dix mille ans.

Elle avait été bâtie au bord d'un lac comme il y en a des centaines de milliers dans le Nord. De l'eau et, de temps en temps une truite qui saute pour attraper un moustique. Une corneille, un appel d'élan, puis la respiration des astres qui tournent à des milliers d'années-lumière. Je choisis une maison au centre, pas très loin de l'eau, et je commençai à travailler pour m'y installer. À partir de ce moment, Gaïagyne la pute devenait squatter...

Puis il y eut un fracas énorme dans le ciel pur, ce ciel qui était nu comme les premiers moments de la conscience humaine. C'étaient les deux hélicoptères de mes «amis» qui arrivaient. Juste à point! Ils apportaient des meubles, mes livres, des vêtements, de la nourriture, tout le nécessaire pour vivre humainement. À leur bord, il y avait aussi des caméras et des journalistes. Cette fois, je répondis à leurs questions.

Pour célébrer mon entrée dans les «grands espaces», ce qui est l'équivalent du couvent (quand il n'y a pas de murs, on en cherche), j'avais demandé qu'on apporte du champagne. Les bouchons sautèrent, produisant un bruit plus qu'insolite dans cette virginité sidérale de l'air. Je buvais en pensant à mes soirées luxurieuses grâce auxquelles je pouvais maintenant m'offrir cette compagnie de curieux et d'esclaves à mille kilomètres de la métropole, et au fond de moi il y avait un sourire que nulle radioscopie ne pouvait détecter. Ils m'aidèrent gentiment à mettre les meubles en place, à faire un peu d'ordre, puis les machines s'élevèrent dans le ciel, lentement, tournoyèrent un moment au-dessus de moi, puis disparurent. Alors je tombai sur mon lit, morte de fatigue, après avoir nourri mon enfant et ma chatte.

***

Je viens de me lever, au lendemain de cette première nuit. Il fait beau. C'est le printemps, avec le soleil d'or qui joue doucement dans la buée qui monte du lac encore endormi. Je me couche à plat ventre sur la terre rocailleuse. J'ai quand même trouvé un petit carré de quelques mètres où je pourrai faire un jardin, quand on m'aura apporté de la terre noire en hélicoptère. À ma gauche, Gaïamine qui ronronne pour me communiquer sa quiétude. À ma droite, mon fils Adam qui vagit, émettant ces bruits charnels qui sont comme les commencements d'un nouveau monde. Il sera vraiment le premier homme de « ma » terre...

Au bout de quelques instants, j'ai la certitude que je viens de trouver mon « centre ». Autour de moi, un monde peut se mettre à tourner. Je me sens comme une espèce de phylum qui va donner naissance à des millions de branches. Oui, sur ce roc, je suis une souche humaine.

Alors me revient en mémoire le rêve que j'ai fait au cours de la nuit. J'ai vu mon chien Minou qui était au sommet d'une montagne. Je l'ai rejoint et il m'a léché le ventre, il m'a fait asseoir sur son échine, puis il s'est envolé, m'emportant avec lui dans le ciel, vers la lumière. Un rêve qui m'a remplie de bonheur.

Maintenant je repense à Sawinne. Couchée à plat ventre à côté de ma maison, c'est un peu comme si j'étais étendue par terre à côté de son lit. Je suis à part, capable de devenir sacrée. Merci, Sawinne, de m'avoir fait connaître la divinité de l'être humain.

Que va-t-il se passer maintenant ? Je l'ai expliqué aux curieux munis de caméras et de micros. Je ne bougerai plus d'ici. On va venir me rejoindre, et on va ouvrir ce territoire perdu aux gens de l'est et du sud qui crèvent de faim par manque d'espace, alors qu'ici, il n'y a que cela, de l'espace. La terre se réchauffe. Avec les hommes viendront la pourriture, l'humus, la germination. Dans quelques centaines d'années, les « bœufs de labour » du septentrion seront attelés à la charrue. Les Asiatiques viendront par le sud, par l'Atlantique, et rejoindront leurs ancêtres de Mongolie venus du nord, par le détroit de Béring. Ainsi, l'une des boucles humaines les plus longues et les plus importantes sera bouclée : un beau cercle de corps entourant la terre. Les Africains se joindront à eux, fuyant la sécheresse, la famine, la surpopulation, les guerres tribales.

Et moi, un jour, je me coucherai en terre pour la dernière fois. Je redeviendrai bactérie, humus, et on me labourera jusqu'à la fin des temps.

FIN

Roger Fournier
Montréal, le 10 avril et le 1er mai 1992.
Montréal, le 6 novembre 1992.
Montréal, le 29 octobre 1993.

COLLECTION LITTÉRATURE D'AMÉRIQUE

Audet, Noël
Écrire de la fiction au Québec
L'Ombre de l'épervier
La Parade

Beauchemin, Yves
Du sommet d'un arbre
Entretiens sur la passion de lire [TRANQUILLE]
Juliette Pomerleau
Le Matou (poche)

Bélanger, Denis
La Vie en fuite
Rue des Petits Dortoirs

Bessette, Gérard
L'Incubation
La Commensale
La Garden-party de Christophine
Le Cycle (poche)
Le Semestre
Les Dires d'Omer Marin

Billon, Pierre
L'Enfant du cinquième Nord (compact)
Le Journal de Catherine W.

Blondeau, Dominique
La Poursuite
Les Errantes
Un homme foudroyé

Bourguignon, Stéphane
L'Avaleur de sable

Champetier, Joël
La Taupe et le Dragon

Cohen, Matt
Café le Dog

Collectif
Avoir 17 ans
Plages
Un été, un enfant

Dahan, Andrée
Mille lunes et sept nuits

Degryse, Marc
Erick, l'Amérique

Demers, Bernard
Le Zérocycle

Dupuis, Jean-Yves
Bof génération

Dutrizac, Benoît
Kafka Kalmar : une crucifiction
Sarah la Givrée

Fournier, Roger
Le Retour de Sawinne
Gaïagyne

Gagnier, Marie
Une île à la dérive

Gagnon, J.
Forêt
Les Murs de brique
Les Petits Cris

Gaudet, Gérald
Voix d'écrivains

Gendron, Marc
Louise ou la nouvelle Julie
Minimal Minibomme

Gobeil, Pierre
Tout l'été dans une cabane à bateau

Goulet, Pierre
Contes de feu

Gravel, François
Les Blackstones vous reviendront dans quelques instants
Ostende

Guitard, Agnès
Le Moyne Picoté
Les Corps communicants

Hamelin, Louis
La Rage
La Rage (compact)

Hamm, Jean-Jacques
Lectures de Gérard Bessette

Jobin, François
Max ou le sens de la vie

Jutras, Jeanne-d'Arc
Délira Cannelle

Lamirande (de), Claire
L'Occulteur
La Rose des temps
Neige de mai
Voir le jour

La Mothe, Bernard
La Maison natale

La Rocque, Gilbert
Après la boue
Corridors
Le Nombril
Le Passager
Les Masques (compact)
Les Masques (poche)

LaRue, Monique
Les Faux Fuyants

Lazure, Jacques
La Valise rouge

Le Bourhis, Jean-Paul
Les Heures creuses

Lemieux, Jean
La Lune rouge

Lemonde, Anne
Les Femmes et le roman policier

Léveillée, Gilles
Les Paysages hantés

Poulin, Jacques
Volkswagen Blues
Volkswagen Blues (compact)
Volkswagen Blues (poche)

Proulx, Monique
Le Sexe des étoiles
Sans cœur et sans reproche (poche)

Ramsay, Richard
Le Roman de Tristehomme et Esseulée

Raymond, Gilles
Sortie 21

Renaud, Thérèse
Le Choc d'un murmure

Rioux, Hélène
Chambre avec baignoire
L'Homme de Hong Kong
Pense à mon rendez-vous (avril 1994)
Une histoire gitane

Robidoux, Réjean
La Création de Gérard Bessette

Robin, Régine
La Québécoite

Saint-Amour, Robert
Visiteurs d'hier

Saucier, Guylène
Sarabande

Sernine, Daniel
Chronoreg

Smart, Patricia
Écrire dans la maison du père

Smith, Donald
L'Écrivain devant son œuvre
Gilbert La Rocque, l'écriture du rêve
Gilles Vigneault, conteur et poète

Szucsany, Désirée
Beau soir pour mourir
Le Violon

Thério, Adrien
Marie-Ève, Marie-Ève

Tougas, Gérald
La Mauvaise foi

Tranquille, Henri
Entretiens sur la passion de lire [BEAUCHEMIN]

Tremblay, Janik
J'ai un beau château

Vanasse, André
La Vie à rebours

Veilleux, Florent
La Fiancée d'Archi

Vekeman, Lise
Le Troisième Jour

Vézina, France
Osther, le chat criblé d'étoiles

Vonarburg, Élisabeth
Ailleurs et au Japon
Chroniques du pays des Mères

imprimerie gagné ltée

IMPRIMÉ AU CANADA